Nora Roberts
Ruheloses Herz

IMPRESSUM

Dieser Roman erscheint im CORA Verlag GmbH & Co. KG,
20350 Hamburg, Axel-Springer-Platz 1

Redaktion und Verlag:
Brieffach 8500, 20350 Hamburg
Tel.: 040/347-25852
Fax: 040/347-25991

Geschäftsführung: Thomas Beckmann
Redaktionsleitung: Claudia Wuttke (v. i. S. d. P.)
Produktion: Christel Borges
Grafik: Deborah Kuschel (Art Director), Svenja Hahn
Vertrieb: asv vertriebs gmbh, Süderstraße 77, 20097 Hamburg
Telefon 040/347-29277

© 2000 by Nora Roberts
Originaltitel: „Irish Rebel"
erschienen bei: Silhouette Books, Toronto
Published by arrangement with HARLEQUIN ENTERPRISES II B.V./S.àr.l.
Deutsche Erstausgabe 2003 by CORA Verlag GmbH & Co. KG, Hamburg
Übersetzung: Emma Luxx

Fotos: shutterstock

Alle Rechte, einschließlich das des vollständigen oder auszugsweisen Nachdrucks in jeglicher Form, sind vorbehalten.
Dieser Roman darf nicht verliehen oder zum gewerbsmäßigen Umtausch verwendet werden. Führung in Lesezirkeln nur mit ausdrücklicher Genehmigung des Verlages. Für unaufgefordert eingesandte Manuskripte übernimmt der Verlag keine Haftung. Sämtliche Personen dieser Ausgabe sind frei erfunden. Ähnlichkeiten mit lebenden oder verstorbenen Personen sind rein zufällig.

Satz und Druck: GGP Media GmbH, Pößneck
Printed in Germany

Aus Liebe zur Umwelt: Für CORA-Romanhefte wird ausschließlich 100% umweltfreundliches Papier mit einem hohen Anteil Altpapier verwendet.
Der Verkaufspreis dieses Bandes versteht sich einschließlich der gesetzlichen Mehrwertsteuer.

1. KAPITEL

Für Brian Donnelly stand fest, dass die Krawatte die Erfindung einer rachsüchtigen Frau war, ein Folterinstrument, mit dem man einen Mann so lange würgen konnte, bis er genug geschwächt war, dass man das Ende packen und ihn hinter sich herzerren konnte. Eine Krawatte zu tragen bedeutete für Brian, dass er ständig das Gefühl hatte zu ersticken, dass er nervös war und sich irgendwie albern vorkam.

Aber in vornehmen Countryclubs mit ihren glatten, auf Hochglanz polierten Fußböden, den Kristalllüstern an der Decke und den Blumenvasen, deren Inhalt aussah, als ob er von der Venus stammte, kam man um eine Krawatte, geputzte Schuhe und ein wichtigtuerisches Gehabe nicht herum.

Er wäre viel lieber im Reitstall gewesen, auf der Rennbahn oder in einem gemütlichen Pub, wo man eine Zigarre rauchen und reden konnte, wie es einem beliebte. Das waren, zumindest in Brians Augen, wesentlich geeignetere Orte, um geschäftliche Angelegenheiten zu besprechen.

Aber Travis Grant hatte ihm immerhin den Flug bezahlt, und der war von Kildare nach Amerika nicht gerade billig gewesen.

Rennpferde zu trainieren hieß, dass man sich in sie hineinversetzen musste, wenn man wirklich gut mit ihnen arbeiten wollte. Menschen brauchte man natürlich auch irgendwie, aber eher am Rande. Countryclubs waren für Reitstallbesitzer und Leute, die sich zum Vergnügen und aus Prestige- oder Profitgründen auf der Rennbahn herumtrieben.

Ein einziger Blick durch den Raum genügte, um Brian zu verraten, dass die meisten der hier Anwesenden noch nie in ihrem Leben einen Stall ausgemistet hatten.

Dennoch, wenn Grant herausfinden wollte, ob er, Brian, sich in einer so feinen Umgebung anständig benehmen konnte, war er verdammt gut beraten, es auch zu tun. Bis jetzt hatte er den Job nämlich noch nicht. Und er wollte ihn.

Royal Meadows war eine der besten Vollblutpferdefarmen nicht nur in dieser Gegend. Sie hatte sich in den letzten zehn Jahren beständig weiterentwickelt, sodass sie mittlerweile zu den besten der Welt gehörte. Brian hatte die amerikanischen Pferde, von denen jedes einzelne eine Augenweide war, in Curragh laufen sehen. Das letzte hatte er erst vor einigen Wochen beobachtet, als das Fohlen, das er trainiert hatte, das Pferd aus Maryland um eine halbe Kopfeslänge geschlagen hatte.

Aber eine halbe Kopfeslänge genügte, um die Siegerprämie einstreichen zu können, von der ihm als Trainer ein Anteil zustand. Darüber hinaus hatte es offenbar auch gereicht, die Aufmerksamkeit des berühmten Mr. Grant auf sich zu ziehen.

Und jetzt war er auf dessen Einladung hin in Amerika in einem eleganten Countryclub, dessen Mitglieder aus den besten Kreisen stammten.

Die Musik fand er öde. Sie machte ihn einfach nicht an. Aber wenigstens hatte er ein Bier vor sich und eine gute Aussicht auf das bunte Treiben. Das Essen war reichlich und genauso übertrieben hergerichtet wie die Leute, die sich am Büfett bedienten. Diejenigen, die tanzten, taten es mit mehr Würde als Begeisterung, was seiner Meinung nach eine Schande war, obwohl man schlecht etwas dagegen sagen konnte, solange die Band nicht mehr Leben in sich hatte als eine Tüte durchweichter Chips.

Trotzdem war es ein Erlebnis, den Schmuck glitzern und das Kristall funkeln zu sehen. Sein letzter Arbeitgeber in Kildare hatte seine Angestellten jedenfalls nicht in den Countryclub eingeladen.

Obwohl der alte Mahan eigentlich ganz in Ordnung gewesen war. Und seine Pferde hatte er weiß Gott geliebt – zumindest solange sie sich am Ende auf dem Siegerpodest stolz aufbäumten. Trotzdem hatte Brian keine Sekunde überlegt und gekündigt, als sich ihm diese Chance hier geboten hatte.

Und wenn er den Job nicht bekam, würde er einen anderen kriegen. Auf jeden Fall würde er eine Weile in Amerika bleiben, und wenn sie ihn bei Royal Meadows nicht nahmen, fand er bestimmt etwas anderes.

Er kam gern viel herum, und er mochte das Gefühl, jederzeit seine Tasche packen und woanders hingehen zu können. Und weil er so viel herumkam, hatte er schon in einigen der besten Reitställe Irlands gearbeitet.

Es gab keinen Grund anzunehmen, dass er in Amerika weniger Glück haben würde. Im Gegenteil. Amerika war ein großes Land.

Er trank einen Schluck Bier, und als er wenig später Travis Grant hereinkommen sah, zog er eine Augenbraue hoch. Er erkannte Grant sofort, ebenso wie seine Frau, die aus Irland stammte und wahrscheinlich ihren Teil dazu beigetragen hatte, dass man ihm dieses Angebot gemacht hatte.

Grant war groß und stattlich gebaut, mit breiten Schultern und dichtem schwarzen, von silbernen Strähnen durchzogenem Haar. Sein markantes Gesicht war von der Sonne gebräunt. Seine Frau, die volles kastanienbraunes Haar hatte, wirkte neben ihm so klein und zierlich, wie er sich eine Fee vorstellte.

Sie hielten sich an den Händen.

Das fand er überraschend, wahrscheinlich, weil er eine so öffentlich zur Schau gestellte Zuneigung von seinen eigenen Eltern nicht kannte.

Hinter ihnen erschien ein junger Mann. Die Ähnlichkeit mit Travis Grant war unverkennbar, und Brian wusste, dass es einer seiner Söhne war, weil er ihn von der Rennbahn in Kildare kannte. Brendon Grant, der offensichtlich auserkoren war, in die Fußstapfen des Vaters zu treten. Und er schien sich in dieser Rolle wohl zu fühlen – genauso wie die schlanke Blondine an seinem Arm.

Die Grants hatten fünf Kinder, wie er in Erfahrung gebracht hatte. Eine Tochter, nach Brendon noch einen Sohn und dann ein Zwillingspärchen. Brian nahm nicht an, dass jemand, der so privilegiert aufgewachsen war wie sie, sich mit dem täglichen Kleinkram, der auf einer Pferdefarm anfiel, befassten. Er ging nicht davon aus, dass sich ihre Wege oft kreuzen würden.

Dann kam sie hereingerauscht ... lachend.

Ein seltsames Gefühl erfasste ihn. Einen Augenblick lang sah er nur sie. Sie war zierlich, und sie strahlte übers ganze Gesicht. Selbst aus der Entfernung erkannte er, dass ihre Augen so blau waren wie die Seen in seiner Heimat. Das leuchtend rote Haar, das aussah, als stünde es in Flammen, fiel ihr in großen weichen Wellen über die Schultern.

Sein Herz hämmerte drei Mal hintereinander hart und schnell, dann schien es kurz stillzustehen.

Sie trug ein langes, fließendes blaues Kleid, das einige Farbtöne dunkler war als ihre Augen. Und an ihren Ohren funkelten Brillanten.

Er hatte noch nie in seinem Leben etwas so Schönes, etwas so Perfektes gesehen. Etwas so Unerreichbares.

Weil sich seine Kehle plötzlich staubtrocken anfühlte, hob er sein Bierglas und trank einen Schluck, wobei er verärgert registrierte, dass seine Hand ganz leicht zitterte.

Davon lässt du die Finger, Donnelly, ermahnte er sich. Erlaub dir nicht mal im Traum, daran zu denken. Das musste die älteste Tochter des Meisters sein. Und die Prinzessin des Hauses.

Sobald sie den Raum betreten hatte, gesellte sich ein elegant gekleideter Mann mit vornehmer Sonnenbräune zu ihr. Als Brian sah, wie sie ihm kühl und hochnäsig die Hand reichte, entfuhr ihm ein verächtlicher Ton.

Ah ja, sie war in der Tat eine Prinzessin. Und wusste es auch.

Jetzt kam der Rest der Familie herein, unübersehbar die Zwillinge Patrick und Sarah. Brian wusste, dass sie erst kürzlich achtzehn geworden waren. Die beiden waren ein hübsches Paar, groß und schlank, mit kastanienbraunem Haar. Das Mädchen lachte und gestikulierte lebhaft.

Jetzt drehte sich die ganze Familie zu der Prinzessin um, wodurch – vielleicht absichtlich – der Mann, der gekommen war, um ihr seine Aufwartung zu machen, an den Rand gedrängt wurde. Aber er ließ sich nicht beirren, sondern legte ihr eine Hand auf die

Schulter. Sie warf ihm einen Blick zu, lächelte und nickte.

Gleich darauf jedoch trat er – auf ihr Geheiß hin, wie Brian vermutete – einen Schritt beiseite. Eine Frau wie sie war es wahrscheinlich gewohnt, einen Mann mit einem Fingerschnippen wegzuschicken oder herbeizuwinken. Und hatte bestimmt keine Schwierigkeiten, ihn dazu zu bringen, dass er selbst für das beiläufigste Tätscheln mindestens so dankbar war wie der Hund der Familie.

Nach diesen Überlegungen fühlte er sich schon wesentlich sicherer. Er trank noch einen Schluck Bier und stellte daraufhin sein Glas ab. Und entschied, dass jetzt ein ebenso günstiger Zeitpunkt war wie jeder andere, um sich den vornehmen, berühmten Grants zu nähern.

„Und dann hat sie ihm mit ihrem Spazierstock einen Schlag in die Kniekehlen versetzt", fuhr Sarah lachend fort. „Und er ist mit dem Gesicht voraus in den Ginster geflogen."

„Bei so einer Großmutter würde ich sofort nach Australien ziehen", warf Patrick ein.

„Aber Will Cunningham braucht gelegentlich einen Dämpfer. Ich war selbst schon manchmal versucht, ihm einen zu geben." Delias funkelnde Augen begegneten Brians. „Oh, Sie haben es ja geschafft!"

Zu Brians Überraschung ergriff sie herzlich seine Hände, drückte sie und zog ihn dann mit sich in den Kreis ihrer Familie.

11

„Erfreut, Sie wiederzusehen, Mrs. Grant."

„Ich hoffe, Sie hatten eine angenehme Reise."

„Ohne Zwischenfälle, was dasselbe ist." Da Konversation nicht unbedingt zu seinen Stärken gehörte, wandte er sich jetzt Travis zu und begrüßte ihn mit einer knappen Verbeugung: „Mr. Grant."

„Brian. Ich habe gehofft, dass Sie es heute Abend noch schaffen. Brendon haben Sie ja bereits kennen gelernt."

„Ja. Haben Sie auf das Fohlen gesetzt, von dem ich Ihnen erzählt habe?"

„Sicher. Und da es fünf zu eins war, schulde ich Ihnen zumindest einen Drink. Was möchten Sie?"

„Ich nehme noch ein Bier, danke."

„Aus welchem Teil Irlands kommen Sie denn?", fragte Sarah. Sie hatte die Augen von ihrer Mutter. Ein warmes Grün und neugierig dreinblickend.

„Aus Kerry. Und Sie sind Sarah, richtig?"

„Richtig." Sie strahlte ihn an. „Und das ist mein Bruder Patrick und das meine Schwester Keeley. Brady ist schon wieder an der Uni, deshalb sind wir heute Abend nicht ganz vollzählig."

„Nett, Sie kennenzulernen, Patrick." Mit einer wohlerwogenen Kopfbewegung wandte er sich Keeley zu. „Miss Grant."

Sie hob – nicht weniger wohlerwogen – eine dünne Augenbraue. „Mr. Donnelly. Oh, vielen Dank, Chad." Sie nahm das Champagnerglas entgegen, wobei sie mit der Hand ganz kurz den Arm des Mannes streifte, der es ihr gebracht hatte. „Chad Stuart, Brian Donnelly aus Kerry. Das ist in Irland", fügte sie trocken hinzu.

„Oh. Sind Sie mit Mrs. Grant verwandt?"

„Nein, diese Ehre habe ich leider nicht. Es gibt immer noch einige, die nicht mit ihr verwandt sind."

Patrick lachte schallend, was ihm einen tadelnden Blick seiner Mutter eintrug. „Oje, wir stehen wie üblich wieder mal mitten im Weg herum! Wir sollten diese Herde an unseren Tisch treiben. Ich hoffe, Sie leisten uns Gesellschaft, Brian", sagte Mrs. Grant.

„Möchtest du tanzen, Keeley?", fragte Chad artig, der mit vorschriftsmäßig angewinkeltem Ellbogen vor ihr stand.

„Sehr gern", sagte sie in Gedanken und trat einen Schritt vor. „Etwas später."

„Passen Sie gut auf, dass Sie nicht auf den Scherben des Herzens ausrutschen, das Sie eben zerbrochen haben", sagte Brian, während sie zusammen an den Tisch der Grants gingen.

Sie schaute zu Chad und wieder zurück. „Oh, ich stehe ziemlich fest auf meinen Füßen", versicherte sie ihm, dann entschied sie sich, zwischen ihren beiden Brüdern Platz zu nehmen.

Weil ihm ihr betörender Duft in die Nase gestiegen war, legte er Wert darauf, sich ihr gegenüber zu setzen. Er lächelte ihr kurz zu, dann begnügte er sich damit, Sarah zuzuhören, die ihn bereits in ein Gespräch über Pferde verwickelt hatte.

Keeley, die an ihrem Champagner nippte, gelangte zu dem Schluss, dass sie sein Aussehen nicht mochte. Er hatte von allem ein bisschen zu viel. Seine Augen waren zu grün, noch grüner als die ihrer Mutter. Man konnte sich gut vorstellen, dass er einen Gegner mit einem einzigen scharfen Blick in die Knie zwingen konnte. Und es war ihm zuzutrauen, dass er sich auch noch daran ergötzte. Sein Haar war dunkelbraun, doch die vielen helleren Strähnen darin verhinderten, dass es ein ruhiger Ton war, außerdem war es so lang, dass es sich über dem Kragen und an den Schläfen kräuselte.

Seine Gesichtszüge wirkten genauso scharf wie seine Augen, mit einer kleinen Einkerbung am Kinn und einem schön geformten Mund, der für ihren Geschmack ein bisschen zu viel Sinnlichkeit ausstrahlte.

Sie fand, dass er eine Statur wie ein Cowboy hatte, langbeinig, hager und muskulös, und dass er für den Anzug und die Krawatte viel zu ungeschliffen wirkte.

Es störte sie nicht, dass er sie ständig ansah. Und auch wenn er es nicht tat, fühlte es sich so an, als ob er es täte. Jetzt begegneten sich zufällig ihre Blicke. Sein Lächeln war so unverschämt, dass sie ihn am liebsten wütend angefaucht hätte.

Weil sie ihm diese Genugtuung nicht geben wollte, stand Keeley auf und schlenderte langsam in Richtung Damenlounge.

Sie hatte die Tür noch nicht ganz geschlossen, als Sarah hinter ihr auftauchte. „Gott! Sieht er nicht umwerfend gut aus?"

„Wer?"

„Also wirklich, Keeley." Sarah verdrehte die Augen und ließ sich auf einen der gepolsterten Hocker vor dem großen Schminkspiegel sinken. „Wer wohl? Brian natürlich. Ich meine, er sieht doch wirklich toll aus, oder? Diese Augen! Und dieser Mund …! Und dann hat er auch noch so einen knackigen Po! Ich bin nämlich extra hinter ihm hergegangen. Also los, sag schon, was meinst du?"

Lachend setzte sich Keeley auf den Hocker neben sie. „Ich finde dich erstens einfach unmöglich. Und zweitens denke ich, würde Dad ihn postwendend ins nächste Flugzeug nach Irland setzen, wenn er dich so reden hörte. Und drittens meine ich, dass mir bis jetzt weder sein angeblich so knackiger Po noch sonst etwas besonders an ihm aufgefallen ist."

„Lügnerin." Sarah überprüfte ihr Aussehen im Spiegel, während ihre Schwester einen Lippenstift aus ihrer Tasche kramte. „Ich habe bemerkt, wie du ihn mit diesem typischen Keeley-Grant-Blick gemustert hast."

Belustigt gab Keeley, nachdem sie sich die Lippen nachgezogen hatte, den Lippenstift an Sarah weiter. „Na schön, dann sagen wir eben, dass mir das, was ich gesehen habe, nicht besonders gefallen hat. Er ist einfach nicht mein Typ."

„Meiner schon. Wenn ich nicht nächste Woche aufs College müsste, würde ich glatt ..."

„Aber du musst", sagte Keeley, die plötzlich wegen der bevorstehenden Trennung eine leise Wehmut verspürte. „Außerdem ist er viel zu alt für dich."

„Ein kleiner Flirt kann nie schaden."

„Und deswegen flirtest du ständig."

„Das mache ich nur als Ausgleich, weil du immer die Nummer mit der Eisprinzessin abziehst. Oh, hallo, Chad", äffte Sarah ihre Schwester nach, wobei sie eine distanzierte Miene aufsetzte und würdevoll mit der Hand wedelte.

Sarahs unflätiger Kommentar brachte Keeley zum Kichern. „Würde ist sicher kein Makel", meinte Keeley, obwohl ihre Mundwinkel zuckten. „Du könntest auch eine Portion davon vertragen."

„Deine reicht für uns beide." Sarah sprang auf. „Ich gehe. Vielleicht schaffe ich es ja, diesen süßen Typ auf die Tanzfläche zu locken. Ich wette, er bewegt sich irre aufregend."

„Oh ja", erwiderte Keeley, während ihre Schwester zur Tür hinausschlüpfte. „Das wette ich auch."

Obwohl es sie natürlich nicht im Mindesten interessierte.

Männer interessierten sie eben einfach nicht besonders. Punkt. Zurzeit jedenfalls nicht. Sie hatte ihre Arbeit, die Farm und ihre Familie. Sie war voll beschäftigt und glücklich. Ab und zu mal unter die Leute zu gehen ist okay, überlegte sie. Ein Abendessen mit einem anregenden Gesprächspartner, toll. Hin und wieder eine Verabredung fürs Theater oder zu irgendeiner Veranstaltung, prima.

Doch alles, was darüber hinausging ... nun, um sich darüber den Kopf zu zerbrechen, fehlte ihr einfach die Zeit. Und wenn dies eine Eisprinzessin aus ihr machte, na und? Das Dahinschmelzen überließ sie lieber Sarah. Aber falls Vater Donnelly wirklich einstellen sollte, werde ich ihn und meine Schwester während der kommenden Woche trotzdem gut im Auge behalten, nahm sie sich beim Aufstehen vor.

Sie hatte die Damenlounge kaum verlassen, als auch schon wieder Chad auftauchte und sie um einen Tanz bat. Weil sie immer noch an Sarahs Stichelei mit der Eisprinzessin denken musste, schenkte sie ihm ein so strahlendes Lächeln, dass er sie verblüfft anschaute, bevor er ihr seinen Arm bot.

Brian hatte nichts dagegen, mit Sarah zu tanzen. Welchem Mann würde es keinen Spaß machen, einige Minuten lang ein hübsches junges Mädchen im Arm zu halten und ihrem Geplapper zuzuhören?

Er fand sie irgendwie niedlich. Komischerweise erschien sie ihm gar nicht verwöhnt und war zutraulich wie ein junger Hund. Nach zehn Minuten wusste er, dass sie vorhatte, Tiermedizin zu studieren, irische Musik liebte, sich mit acht den Arm gebrochen hatte, als sie von einem Baum gefallen war, und dass sie ein offenbar angeborenes Talent zum Flirten hatte.

Anschließend tanzte er mit Delia Grant, und es

war ein echtes Vergnügen, den vertrauten Klang des irischen Akzents in ihrer Stimme zu hören und den herzlichen Empfang zu spüren.

Er hatte gehört, dass sie vor vielen Jahren nach Amerika und Royal Meadows gekommen war, wo ihr Onkel Patrick Cunnane als Pferdetrainer bei Travis Grant gearbeitet hatte. Und weil sie ebenso wie ihr Onkel ein Talent im Umgang mit Pferden hatte, hatte man sie angeblich als Pferdepflegerin eingestellt.

Doch als sich Brian jetzt mit der zierlichen, eleganten Frau auf der Tanzfläche drehte, tat er diese Geschichten als Märchen ab. Er konnte sich beim besten Willen nicht vorstellen, wie diese Frau einen Stall ausmistete – genauso wenig wie ihre hübschen Töchter.

Der Club war eigentlich gar nicht mal so übel, und gegen das Essen ließ sich auch kaum etwas einwenden, obwohl ein Mann mit einem großen saftigen Steak natürlich besser bedient gewesen wäre. Trotzdem schmeckte es gut und machte satt, auch wenn man sich erst durch alle möglichen exotischen Sachen hindurchstochern musste, bevor man auf irgendetwas Bekanntes stieß.

Obwohl sich der Abend am Ende als nicht so schlimm wie befürchtet herausstellte, war Brian doch froh, als Travis vorschlug, ein bisschen an die frische Luft zu gehen.

„Ihre Familie ist wirklich sehr nett, Mr. Grant."

„Ja, das kann man wohl sagen. Und sehr laut. Ich

hoffe nur, Ihr Gehör hat nicht gelitten, nachdem Sie mit Sarah getanzt haben."

Brian grinste, aber er war vorsichtig. „Sie ist charmant ... und ehrgeizig. Tiermedizin ist eine Herausforderung, besonders wenn man sich auf Pferde spezialisiert."

„Im Grunde genommen wollte sie schon immer Tierärztin werden. Obwohl sie natürlich ihre Phasen hatte", fuhr Travis fort, während sie einen breiten, mit weißem Kies bestreuten Weg hinuntergingen. „Balletttänzerin, Astronautin, Rockstar. Irgendwie landete sie dann allerdings doch immer wieder bei Tierärztin. Sie wird mir fehlen, wenn sie nächste Woche aufs College geht. Aber wenn Sie hier in Amerika bleiben, wird Ihre Familie Sie bestimmt auch vermissen."

„Ich bin schon seit Jahren von zu Hause fort. Falls ich mich hier niederlassen sollte, wird das kein Problem sein."

„Meine Frau hat Heimweh nach Irland", erzählte Travis. „Ein Teil von ihr ist immer noch dort, auch wenn sie hier noch so tief verwurzelt ist. Das kann ich gut verstehen. Aber ..." Er sprach nicht weiter und musterte Brian eingehend in dem Licht, das aus dem Haus auf den Weg fiel. „Wenn ich einen Trainer einstelle, erwarte ich von ihm, dass er mit dem Kopf und dem Herzen hier in Royal Meadows ist."

„Selbstverständlich, Mr. Grant."

„Sie wechseln ziemlich häufig die Stellung, Brian", fügte Travis hinzu. „Zwei Jahre, manchmal auch drei, dann kündigen Sie."

„Richtig", bestätigte Brian ruhig und nickte. „Länger hat es mich bis jetzt einfach noch nirgends gehalten. Aber solange ich in einer Stellung bin, bin ich voll bei der Sache."

„Das habe ich gehört. Paddy Cunnane will endlich in den Ruhestand gehen, und bis jetzt ist es mir noch nicht gelungen, einen geeigneten Nachfolger für ihn zu finden. Die Idee, Sie zu einem Gespräch einzuladen, stammt von Paddy."

„Ich fühle mich geschmeichelt."

„Das sollten Sie auch." Zu Travis' Zufriedenheit spiegelte sich auf Brians Gesicht nicht mehr als höfliches Interesse. Er mochte Männer, die ihre Gedanken für sich behalten konnten. „Sobald Sie sich ein bisschen ausgeruht haben, möchte ich Sie bitten, auf die Farm rauszukommen."

„Ich bin ausgeruht genug. Und ich bin gern in Bewegung."

„Verstehe."

„Schön. Dann komme ich also gleich morgen früh bei Ihnen vorbei und schaue mir an, wie Sie die Dinge handhaben, Mr. Grant. Und anschließend können wir uns unterhalten und sehen, ob wir in unseren Vorstellungen übereinstimmen. Sind Sie einverstanden?"

Ganz schön großspurig, der Bursche, dachte Travis und verkniff sich ein Lächeln. Er konnte seine Gedanken ebenfalls für sich behalten. „Ja, keine Einwände. Kommen Sie, gehen wir wieder rein. Ich spendiere Ihnen noch ein Bier."

„Danke, aber ich glaube, ich verabschiede mich jetzt lieber. Die Nacht ist schnell um."

„Na schön, dann bis morgen." Travis gab Brian die Hand und schüttelte sie herzlich. „Ich freue mich."

„Gleichfalls."

Sobald er allein war, zog Brian eine schlanke Zigarre aus seiner Brusttasche und zündete sie an, dann stieß er eine dicke Rauchwolke aus.

Paddy Cunnane hatte ihn empfohlen? Dieser Gedanke erfüllte ihn mit Stolz und Nervosität gleichermaßen. Die Behauptung, dass er sich geschmeichelt fühlte, war stark untertrieben gewesen. In Wahrheit hatte es ihn fast umgehauen. Paddy Cunnane war in der Welt der Reitställe eine Legende.

Der Mann trainierte Champions so wie andere Leute frühstückten – mit schöner Regelmäßigkeit.

Brian hatte ihn im Lauf der Jahre einige Male gesehen und nur ein einziges Mal mit ihm gesprochen. Deshalb war er so erstaunt, dass Paddy Cunnane überhaupt Notiz von ihm genommen hatte, auch wenn er nicht gerade an einem Minderwertigkeitskomplex litt.

Travis Grant suchte einen geeigneten Nachfolger für Paddy. Nun, dieses Ziel strebte Brian nicht an, da er nicht vorhatte, über längere Zeit an einem Ort zu bleiben. Obwohl er fest entschlossen war, seine Duftmarken zu hinterlassen, falls Grant ihn einstellte.

Na schön, morgen würde man weitersehen.

Während er den Weg wieder hinaufzugehen begann, registrierte er, dass sich vor ihm Licht und Schatten kurz verlagerten. Gleich darauf sah er Keeley Grant durch eine Glastür auf eine mit Steinplatten belegte Terrasse treten.

Schau sie dir an, dachte Brian. So kühl und einzigartig und perfekt. Sie wirkte, als wäre sie für das Mondlicht gemacht. Oder vielleicht war das Mondlicht ja auch für sie gemacht. In den Falten ihres weich fallenden, langen blauen Kleides spielte der Wind, während sie die Terrasse überquerte. Sie schnupperte an den rost- und butterfarbenen Blumen, die am Rand in einem großen Steinkrug blühten.

Ohne nachzudenken, pflückte er von dem Rosenstrauch neben sich eine Knospe ab und schlenderte damit auf die Terrasse. Als sie Schritte hörte, drehte sie sich um. Über ihr Gesicht huschte ein Ausdruck von Verwirrung, der jedoch so schnell kühler Höflichkeit wich, dass er ihm entgangen wäre, wenn er sie nicht die ganze Zeit angesehen hätte.

„Mr. Donnelly."

„Miss Grant", sagte er in demselben förmlichen Ton, dann hielt er ihr die Rose hin. „Diese Blumen da sind ein bisschen zu schlicht für Sie. Die hier passt besser zu Ihnen."

„Finden Sie?" Sie nahm die Rose entgegen, wahrscheinlich weil alles andere unhöflich gewesen wäre, aber sie schaute sie weder an, noch roch sie daran. „Ich mag schlichte Blumen. Trotzdem danke. Amüsieren Sie sich gut?"

„Es hat mich gefreut, Ihre Familie kennenzulernen."

Sie taute genug auf, um ihn anzulächeln. „Sie haben noch nicht alle Mitglieder kennengelernt."

„Wie ich gehört habe, haben Sie noch einen weiteren Bruder, der schon wieder auf dem College ist."

„Brady, ja, und außerdem sind da noch meine Tante und mein Onkel, Cathleen und Keith Logan, und ihre drei Kinder von der benachbarten Three Aces Farm."

„Ach ja, ich habe von ihnen gehört. Ich glaube mich zu erinnern, dass sie einige Male bei Pferderennen in Irland waren. Kommen sie nicht in den Club?"

„Doch, normalerweise schon, aber im Moment sind sie verreist. Wenn Sie hier bleiben, werden Sie sie noch ziemlich häufig zu sehen bekommen."

„Und Sie? Wohnen Sie noch daheim?"

„Ja." Sie schaute zu dem beleuchteten Clubhaus hinüber und sehnte sich danach, zu Hause zu sein. Die Vorstellung, in diesen heißen, überfüllten Raum zurückzugehen, erschien ihr plötzlich fast unerträglich.

„Die Musik hört sich aus der Ferne besser an."

„Hm?" Sie machte sich gar nicht erst die Mühe, ihn anzusehen, und wünschte sich nur, er möge sie endlich allein lassen.

„Die Musik", wiederholte Brian. „Wenn sie nicht so laut ist, ist es besser."

Weil sie seine Meinung uneingeschränkt teilte, lachte sie. „Und wenn man sie überhaupt nicht hört, ist es am besten."

Überrascht lauschte er ihrem Lachen. Da schwang Wärme mit. Wie warmer Rauch, der einem die Sinne benebelt. Ohne darüber nachzudenken, was er tat, legte er ihr die Hände um die Taille und versuchte, Keeley näher an sich zu ziehen. „Davon verstehe ich nichts."

Sie erstarrte. Obwohl sie nicht zusammenzuckte, wie es viele andere Frauen in einer derartigen Situation wahrscheinlich getan hätten. Sie stand einfach nur angespannt da.

„Was soll das denn?"

Die eisigen Worte ließen ihm keine andere Wahl, als seinen Griff um ihre Taille zu verstärken. Sein Stolz verbot es ihm, nachzugeben. „Tanzen. Ich habe vorhin gesehen, dass Sie tanzen. Und hier draußen ist es besser als in dem Gewühl da drinnen."

Vielleicht war sie einverstanden. Vielleicht war sie sogar belustigt. Trotzdem war sie daran gewöhnt, gefragt und nicht einfach gepackt zu werden. „Ich bin extra nach draußen gegangen, um nicht mehr tanzen zu müssen."

„Das stimmt doch gar nicht. Sie wollten nur dem Trubel entkommen."

Sie bewegte sich mit ihm im Takt der Musik, weil

es sonst wie eine Umarmung ausgesehen hätte. Und Sarah hatte recht, er bewegte sich wirklich ziemlich aufregend. Da sie hohe Schuhe trug, war sie auf Augenhöhe mit seinem Mund. Und ich selbst habe ebenfalls recht gehabt, entschied sie. Dieser Mund war viel zu sinnlich. Langsam legte sie ihren Kopf zurück, bis ihre Blicke sich trafen.

„Wie lange arbeiten Sie schon mit Pferden?" Sie fand, dass dies ein unverfängliches Gesprächsthema war.

„Irgendwie schon mein ganzes Leben. Und Sie? Reiten Sie selbst auch, oder betrachten Sie die Pferde nur aus der Ferne?"

„Ich kann reiten." Seine Frage ärgerte sie so, dass sie ihm am liebsten ihre Siegermedaillen und Pokale ins Gesicht geschleudert hätte. „Falls Sie hier bleiben, würde das eine große Umstellung für Sie bedeuten. Ein neuer Job, ein fremdes Land, eine andere Kultur."

„Ich liebe Herausforderungen." Irgendetwas an seinem Tonfall, irgendetwas an der Art, wie er seine Hand auf ihrem Rücken spreizte, veranlasste sie, ihn wachsam zu betrachten.

„So jemand zieht nach einer bestandenen Herausforderung oft weiter, schon wieder auf der Suche nach der nächsten. Es ist das Spiel eines Menschen, dem es an Ernst und Verantwortungsgefühl mangelt. Mir sind Leute lieber, die sich dort, wo sie leben, etwas Lohnenswertes aufbauen."

Das war zweifellos richtig, deshalb hätten ihm ihre Worte eigentlich nicht so einen Stich versetzen dürfen. „So wie Ihre Eltern."

„Ja."

„Das ist leicht gesagt, wenn man sich nie etwas mit eigenen Händen aufbauen musste."

„Mag sein, ich ziehe trotzdem diejenigen vor, die sich mit langem Atem etwas erarbeiten, als die, die ständig nur irgendeine Gelegenheit oder Herausforderung beim Schopf ergreifen."

„Und Sie glauben, dass ich aus diesem Grund hier bin?"

„Das weiß ich nicht." Gleichmütig zuckte sie die Schultern. „Ich kenne Sie nicht."

„Richtig. Aber Sie glauben, mich zu kennen. Der Stallbursche, der dauernd nur nach dem nächsten Pokal schielt, mit Dreck unter den Fingernägeln, der nicht weggeht, egal wie oft er sich auch die Hände schrubbt. Und viel zu weit unter Ihnen stehend, als dass Sie auch nur Notiz von ihm zu nehmen bräuchten."

Überrascht, nicht nur von den Worten, sondern auch von der Vehemenz, mit der sie vorgebracht worden waren, versuchte sie, einen Schritt zurückzuweichen, aber er hielt sie fest. Ganz so, als hätte er ein Recht dazu.

„Das ist lächerlich. Es ist unfair und unwahr."

„Es spielt keine Rolle, für keinen von uns beiden." Er würde es nicht zulassen, dass es eine Rolle für ihn spielte, obwohl sie zu halten in ihm eine völlig irrwitzige Sehnsucht hervorrief, die er unter keinen Umständen dulden durfte.

„Weil ich nicht davon ausgehe, dass wir uns oft über den Weg laufen werden, selbst wenn mir Ihr Vater diesen Job anbieten und ich ihn annehmen sollte."

Sie sah, dass seine grünen Augen vor Zorn loderten. „Sie irren sich, Mr. Donnelly. Und zwar sowohl in mir und meiner Familie als auch darin, wie meine Eltern ihre Farm führen. Ihre Schlussfolgerungen sind falsch und beleidigend."

Er musterte sie mit hochgezogenen Augenbrauen. „Frieren Sie, oder sind Sie wütend?"

„Was soll das heißen?"

„Sie zittern."

„Mir ist kalt", stieß sie hervor, zornig darüber, dass sie sich so von ihm hatte provozieren lassen. „Ich gehe wieder hinein."

„Wie Sie möchten." Er trat einen Schritt beiseite, allerdings ohne ihre Hand loszulassen, und als sie sie ihm entziehen wollte, sagte er mit zur Seite geneigtem Kopf: „Sogar der Stallbursche lernt einige Manieren." Damit brachte er sie zur Terrassentür. „Danke für den Tanz, Miss Grant. Ich wünsche Ihnen noch einen unterhaltsamen Abend."

Er wusste, dass es ihn den Job kosten konnte, aber er musste einfach herausfinden, ob hinter dieser Wand aus Eis nicht wenigstens ein kleines Feuer brannte. Deshalb zog er ihre Hand an seinen Mund und streifte mit den Lippen ihre Knöchel. Provozierend langsam, vor und zurück, wobei er ihr tief in die Augen schaute.

Das Feuer loderte ganz kurz auf. Und glomm immer noch tief in ihr, als sie sich von ihm losriss, um sich wieder unter die sogenannte feine Gesellschaft zu mischen.

2. KAPITEL

Es hatte etwas Magisches, wenn das bleiche Licht der Morgendämmerung über den Reitställen heraufzog und sich der Nebel über den Weiden erhob. Das Klirren der Pferdegeschirre und das dumpfe Stampfen der Hufe klang wie Musik, sobald sich Stallburschen, Trainer und Pferde an die Arbeit machten. Es duftete nach Pferden, Heu und Spätsommer.

Brian stellte sich vor, dass die Anhänger wahrscheinlich bereits beladen waren. Bestimmt hatte der Verantwortliche die Pferde bereits ausgesucht, die zu ihrem täglichen Training zur Rennbahn gebracht oder für ein Rennen hergerichtet wurden. Aber auf der Farm gab es andere Arbeit.

Hier mussten verstauchte Knöchel behandelt, Medikamente verabreicht und Ställe ausgemistet werden. Helfer würden im Oval Hürden errichten oder umstellen.

Er entdeckte nichts, das auf etwas anderes als beste Qualität hingedeutet hätte. Da war diese gewisse adrette Ausstrahlung, auf die nicht alle Reitstallbesitzer Wert legten – vor allem nicht, wenn sie Geld kostete. Reitställe, Scheunen, Schuppen, alles war fein säuberlich gestrichen, in einem glänzenden Weiß, mit dunkelgrünen Verzierungen. Die Zäune waren ebenfalls weiß und in perfektem Zustand. Die Weiden, Pferche und Koppeln wirkten so gepflegt wie die Empfangshalle einer renommierten Firma.

Darüber hinaus gab es auch noch Atmosphäre. Wer sich so etwas leistete, war entweder geschäftstüchtig oder reich oder beides. Auf den grünen Hügeln standen wie hingetupft wirkende dicht belaubte Bäume. Inmitten einer von einem weißen Zaun umgebenen Koppel erspähte Brian eine riesige alte Eiche. Die Reitställe weiter hinten wurden durch eine fein säuberlich gestutzte grüne Hecke von der Rennbahn abgegrenzt.

Derartige Bemühungen verdienten Brians Ansicht nach Anerkennung. Sie nutzten den Pferden ebenso wie den Menschen. Sowohl Mensch als auch Tier hatten seiner Erfahrung nach in einer angenehmen Umgebung mehr Spaß an der Arbeit. Bestimmt war die hübsche Pferdefarm der Grants schon in Hochglanzmagazinen abgebildet gewesen.

Und das Wohnhaus sicher auch, überlegte er. Weil es ein beeindruckender Anblick war. Obwohl es vorhin, als er daran vorbeigefahren war, fast noch dunkel gewesen war, hatte er das elegante Steinhaus mit seinen Balkonen und den schmiedeeisernen Verzierungen gesehen. Und mit den schönen großen Fenstern, vor denen sich ein weitläufiges Land ausbreitete.

Über einer großen Garage gab es ein zweites Gebäude, das eine Miniaturausgabe des Haupthauses war. Und dort waren, wie er gesehen hatte, ebenfalls Blumenbeete und Sträucher angepflanzt worden. Und große Schatten spendende Bäume.

Aber ihn interessierten nur die Pferde. Wie sie untergebracht waren, wie sie behandelt wurden. Die Reitställe und alles, was damit zusammenhing, würden in seinen Verantwortungsbereich fallen – wenn man ihm den Job anbot und er ihn annahm. Der Besitzer war einfach nur der Besitzer.

„Bestimmt möchten Sie sich die Ställe anschauen", sagte Travis, während er mit Brian darauf zuging. „Paddy muss jeden Moment hier sein. Dann sollten wir eigentlich in der Lage sein, Ihre Fragen zu beantworten."

Brian hatte bereits alle Antworten, die er brauchte, ihm reichte, was er sah. Die Ställe waren von innen ebenso gepflegt wie von außen, mit leicht schräg abfallenden, sauber geschrubbten Zementfußböden. Die Türen der Boxen waren aus massivem Holz, und jede trug ein diskretes Namensschild aus Messing. Stallburschen waren dabei, das alte Stroh auf Schubkarren zu verfrachten und die Boxen mit frischem auszulegen. In der Luft hing ein starker süßer Geruch nach Pferden, Hafer und Einreibemittel.

Travis blieb vor einer Box stehen, in der eine junge Frau sorgfältig den Vorderfuß eines braunen Pferdes bandagierte. „Wie geht es ihr, Linda?"

„Schon viel besser. In einigen Tagen wird sie aus dem Gröbsten raus sein."

„Eine Verstauchung?" Brian betrat die Box und fuhr dem Jährling mit den Händen über Beine und Bauch. Linda warf ihm einen forschenden Blick zu, dann schaute sie Travis an, der nickte.

„Das ist Bad Betty", informierte Linda Brian. „Sie rebelliert gern. Sie hat eine leichte Verstauchung, aber das wird sie nicht lange hindern, wieder irgendeine Dummheit anzustellen."

„Na, du? Bist du eine Unruhestifterin?" Brian nahm Bettys Kopf zwischen seine Hände und schaute ihr tief in die Augen. Und war wie elektrisiert von dem, was er dort entdeckte. Von dem, was er spürte. Hier ist Magie, dachte er. Magie, die sich entfaltete, sobald man die Zauberformel fand.

„Zufälligerweise mag ich Unruhestifter", flüsterte er.

„Passen Sie auf, sie wird Sie beißen", warnte Linda ihn. „Besonders wenn Sie ihr den Rücken zudrehen."

„Du wirst mich doch nicht beißen, Süße?"

Wie um ihn zu provozieren, legte Betty die Ohren flach, und Brian grinste. „Alles klar, verstanden. Wir werden miteinander auskommen, solange ich nicht vergesse, dass du der Boss bist." Als er ihr mit einer Fingerspitze über den Hals fuhr, schnaubte sie ihn an. „Du bist hübscher, als gut für dich ist."

Während Linda ihren Vorderfuß fertig bandagierte, redete er weiterhin leise auf Betty ein, wobei er unbewusst ins Gälische verfiel. Das Pferd stellte die Ohren auf und beobachtete ihn jetzt eher interessiert als boshaft.

„Sie möchte laufen." Brian trat einen Schritt zurück und taxierte die Stute. „Sie ist dazu geboren. Um zu laufen und um zu siegen."

„Das sehen Sie auf einen Blick?", fragte Travis.

„Das lese ich in ihren Augen. Sie wollen sie doch bestimmt nicht gleich decken lassen, Mr. Grant. Sie muss erst Rennen gewinnen. Unbedingt."

Jetzt drehte er Betty absichtlich den Rücken zu, und als die Stute den Kopf hob, schaute er sie über die Schulter hinweg an. „Ich glaube nicht, dass du mich beißen wirst", sagte er ruhig. Sie maßen sich noch einen Moment mit Blicken, dann warf Betty den Kopf zurück, was man als ein Schulterzucken interpretieren konnte.

Travis ging belustigt einen Schritt zur Seite, um Brian durchzulassen. „Sie terrorisiert die Stallburschen."

„Weil sie es zulassen, und sie ist wahrscheinlich intelligenter als die meisten von ihnen." Er deutete auf die gegenüberliegende Box. „Und wer ist dieser würdevolle alte Herr hier?"

„Das ist Prince, ein Sohn von Majesty."

„Von Majesty von Royal Meadows?", fragte Brian,

während er die Box betrat. In seiner Stimme schwang Hochachtung mit. „Na, Sir, deine beste Zeit ist vorüber, stimmt's?" Brian fuhr dem betagten Kastanienbraunen sanft über den Kopf. „Seinen Vater habe ich vor vielen Jahren in Curragh laufen sehen, da war ich noch ein Stalljunge. So etwas wie ihn hatte ich bis dahin noch nie gesehen und später auch nie wieder. Mit einem seiner Söhne habe ich später gearbeitet. Er braucht sich seiner Nachkommenschaft nicht zu schämen."

„Ja, ich weiß."

Travis führte ihn herum und zeigte ihm die Sattelkammer, den Besamungsstall und die Geburtsställe, die hinter einer Koppel lagen, in der ein Einjähriger an einer langen Leine auf Herz und Nieren geprüft wurde, und dann das Oval, wo gerade ein bildschöner Hengst in Gesellschaft eines wohlerzogenen Wallachs seine Runden drehte.

Bei ihrem Herankommen schaute sich ein drahtiger kleiner Mann mit einer blauen Kappe auf dem Kopf um. Aus einer seiner Taschen baumelte eine Stoppuhr, und auf seinem faltigen Koboldgesicht lag ein fröhliches Grinsen.

„Dann haben Sie die Tour also schon hinter sich? Und wie finden Sie unsere kleine Farm hier?"

„Sehr nett." Brian streckte eine Hand aus. „Freut mich, Sie wieder mal zu sehen, Mr. Cunnane."

„Die Freude ist ganz auf meiner Seite, junger Brian aus Kerry." Paddy erwiderte Brians Händedruck.

„Ich habe ihnen gesagt, dass sie Zeus noch nicht laufen lassen sollen, Travis. Ich dachte mir, dass ihr euch das vielleicht ansehen wollt."

„King Zeus, Sohn von Prince", erklärte Travis. „Er läuft gut für uns."

„Er hat Ihnen letztes Jahr den Belmont Stakes geholt", erinnerte sich Brian.

„Richtig. Zeus läuft gern lange Strecken. Keiths Fohlen hat ihm zwar den Derby weggeschnappt, aber beim Breeder's Cup war er wieder da. Er ist ein starker Konkurrent und wird Champions zeugen."

Paddy winkte einen Jockey auf einem prachtvollen Kastanienbraunen heran. Das Fell des Pferdes glänzte dunkelrot in der aufgehenden Sonne, die schneeweiße Blesse auf seiner Stirn hatte die Form eines Blitzes. Er tänzelte zur Seite und bäumte sich auf.

Brian erkannte mit einem Blick, was er für ein Prachtexemplar vor sich hatte.

„Na? Was halten Sie von ihm?", fragte Paddy.

„Herrliche Form", war alles, was Brian sagte.

Zweihundert Pfund reines Muskelfleisch auf unwahrscheinlich langen, eleganten Beinen. Ein breiter Rücken, ein schlanker Rumpf, ein prächtiger Kopf. Und Augen, aus denen unbändiger Stolz leuchtete.

„Okay, Bobbie", sagte Paddy zu dem Jungen. „Es geht los. Und halt ihn nicht zurück. Er kann sich heute ruhig mal ein bisschen ins Zeug legen." Eine kleine Melodie pfeifend, lehnte sich Paddy gegen den Zaun und zog seine Stoppuhr aus der Tasche.

Die Daumen in die Hosentaschen gehakt, schaute Brian Zeus nach, der auf die Rennbahn zurücktrabte, wo er sich wieder tänzelnd aufbäumte, bis ihn der Junge zur Ordnung rief. Dann stellte sich der Reiter in den Steigbügeln auf und beugte sich über diesen langen, kraftvollen Hals. Einen Moment später schoss Zeus wie ein schimmernder Pfeil vorwärts. Diese langen Beine hoben, streckten, senkten sich, und als er die erste Kurve nahm, flogen sie so, dass die Erdklumpen unter seinen Hufen wegspritzten wie Kugeln.

Der Donner der Hufe hallte in der Luft wider.

Brians Herz hämmerte im selben Rhythmus in seiner Brust. Als Pferd und Reiter kehrtmachten, flog die Mütze des Burschen in hohem Bogen durch die Luft. Paddy brummte zufrieden vor sich hin, als er auf die Stoppuhr drückte.

„Nicht übel", sagte er trocken und hielt sie hoch.

Brian brauchte keinen Blick darauf zu werfen. Er hatte eine im Kopf und wusste, dass er gerade einen zukünftigen Champion beobachtet hatte.

„So etwas sieht man nicht oft, Mr. Grant."

„Und er weiß es."

„Wollen Sie ihn in die Finger bekommen, Junge?", fragte Paddy.

Man musste wissen, wann man sich nicht in die Karten schauen lassen durfte und wann es klüger war, sie offen auf den Tisch zu legen, und Brian wusste es. „Ja." Er musste sich zurückhalten. Vor Ungeduld hätte er am liebsten wie ein Pferd getänzelt, als er sich wieder an Travis wandte: „Wenn Sie mir den Job anbieten, nehme ich ihn, Mr. Grant."

Travis nickte und streckte eine Hand aus. „Gut. Willkommen auf Royal Meadows. Gehen wir einen Kaffee trinken."

Brian schaute Travis verblüfft nach, während der bereits wegging. „Einfach so?", murmelte er.

„Er hatte sich schon vorher entschieden", sagte Paddy. „Sonst wären Sie jetzt gar nicht hier. Travis verschwendet nicht gern Zeit, und zwar weder seine eigene noch die von anderen Leuten. Nach dem Kaffee können Sie zu mir rüberkommen, ich wohne über der Garage. Dann erzähle ich Ihnen ein bisschen mehr über Ihre Arbeit."

„Ja, gut, bis dann. Und danke." Leicht benommen beeilte sich Brian, Travis einzuholen.

Als er ihn erreicht hatte, stellte er zu seiner Überraschung und zu seiner leichten Beschämung fest, dass seine Handflächen feucht waren. Ein Job ist nur ein Job, erinnerte er sich. „Ich bin Ihnen dankbar, dass Sie mir diese Chance geben, Mr. Grant."

„Travis. Sie werden dafür arbeiten. Wir haben auf Royal Meadows hohe Maßstäbe, und ich erwarte, dass Sie ihnen gerecht werden. Außerdem möchte ich, dass Sie so bald wie möglich anfangen."

„Ich werde gleich heute anfangen."

Travis streifte ihn schnell mit einem kurzen Blick. „In Ordnung."

Brian schaute sich um, dann deutete er auf eine Koppel vor einem kleinen Gebäude, in der Hürden errichtet waren. „Trainieren Sie auch Springturnierpferde?"

„Das ist ein separates Unternehmen." Travis lächelte leicht. „Sie arbeiten mit den Rennpferden. Wenn Sie möchten, können Sie Ihre Sachen schon in die Trainerunterkunft bringen." Travis schaute auf das Haus über der Garage.

Brian wollte etwas einwenden, besann sich dann aber anders. Ihm war nicht klar gewesen, dass man ihm auch die Unterkunft besorgen würde, aber er hatte nicht die Absicht, sich zu beschweren. Falls ihm das nicht passen sollte, konnten sie sich später immer noch auf etwas anderes einigen.

„Sie haben wirklich ein schönes Zuhause. Irgendjemand liebt hier Blumen."

„Meine Frau." Travis bog auf einen mit Schieferplatten belegten Weg ein. „Meine Frau ganz besonders."

Und wahrscheinlich haben sie Gärtner und Landschaftsarchitekten und weiß der Himmel was noch, um das alles zu pflegen, dachte Brian. „Die Pferde wissen die schöne Umgebung zu schätzen."

Travis, der gerade eine Terrasse betrat, drehte sich um. „Glauben Sie?"

„Ja."

„Hat Betty Ihnen das vorhin ins Ohr geflüstert?"

Brian begegnete gelassen Travis' belustigtem Blick.

„Sie hat mich darauf hingewiesen, dass sie eine Königin ist und dementsprechend behandelt werden möchte."

„Und werden Sie das tun?"

„Sofern sie dieses Privileg nicht missbraucht, ja. Aber selbst königliche Hoheiten brauchen ab und an einen kleinen Dämpfer."

Damit trat er durch die Tür, die Travis ihm aufhielt.

Brian wusste nicht, was er vom Innern des Hauses erwartet hatte. Irgendetwas Glattes und Raffiniertes wahrscheinlich. Auf jeden Fall etwas Eindrucksvolles.

Er hatte nicht damit gerechnet, in die Küche der Grants zu kommen, die groß und unaufgeräumt war und trotz der hypermodernen Ausstattung und den auserlesenen Kacheln urgemütlich wirkte.

Und ganz bestimmt hatte er nicht damit gerechnet, die Dame des Hauses in einer alten Jeans und einem ausgewaschenen T-Shirt barfuß am Herd stehen und mit einer Pfanne herumhantieren zu sehen, während sie ihrem jüngsten Sohn eine Standpauke erteilte.

„Und ich will dir noch etwas sagen, Patrick Michael Thomas Cunnane. Wenn du glaubst, du kannst hier kommen und gehen, wie es dir beliebt, nur weil du nächste Woche aufs College gehst, solltest du dir ganz schnell deinen Dickschädel untersuchen lassen. Am besten mache ich es, sobald ich hier fertig bin, gleich selbst mit der Pfanne."

„Ja, Ma." Patrick, der ziemlich kleinlaut hinter ihr

am Tisch saß, zog den Kopf ein. „Aber da du sie im Moment noch benutzt, könntest du mir ja vielleicht noch einen französischen Toast geben. Den macht nämlich niemand so lecker wie du."

„Damit kommst du diesmal nicht durch."

„Vielleicht ja doch."

Diesen Blick, mit dem sie ihn daraufhin bedachte, konnte nur eine Mutter heraufbeschwören, die ein Kind dazu bringen wollte, sich vor Gewissensbissen zu winden, wie Brian sofort erkannte.

„Oder auch nicht", brummte Patrick, aber als er Brian an der Tür entdeckte, hellte sich seine Miene schlagartig auf. „Ma, wir haben Besuch. Setzen Sie sich, Brian. Haben Sie schon gefrühstückt? Meine Mutter macht weltberühmten französischen Toast."

„Zeugen werden dich auch nicht retten", sagte Delia milde, ehe sie sich lächelnd zu Brian umwandte. „Treten Sie ein, und setzen Sie sich. Patrick, hol für Brian und deinen Vater Teller und Besteck."

„Lassen Sie. Machen Sie sich keine Mühe", wandte Brian ein, doch vergebens.

Gleich darauf flog die Tür auf, und Sarah stürmte in die Küche. „Ma, ich kann meine braunen Schuhe nicht finden! Hallo, Brian. Morgen, Dad."

„Na so was, wo ich sie doch wochenlang nicht aus den Augen gelassen habe", frotzelte Delia. „Mir ist schleierhaft, wie sie so plötzlich spurlos verschwinden können."

Sarah verdrehte die Augen und öffnete den Kühlschrank. „Ich werde zu spät kommen."

„Warum ziehst du nicht einfach ein anderes deiner sechstausend Paar Schuhe an?", schlug ihr Bruder vor.

Sarah schlug ihm mit der flachen Hand auf den Rücken. „Ich kann nicht mehr frühstücken. Keine Zeit." Sie schenkte sich ein Glas Saft ein und stürzte es hinunter. „Um fünf bin ich wieder da."

„Nimm wenigstens ein Muffin mit", sagte Delia.

„Es gibt aber keins mit Blaubeeren."

„Dann nimm, was da ist."

„Okay, okay." Sie schnappte sich von einem Teller ein Muffin, drückte ihrer Mutter einen Kuss auf die Wange, dann rannte sie um den Tisch herum und gab ihrem Vater auch einen, bevor sie ihrem Bruder einen kurzen Blick zuwarf und wieder hinausstürmte.

„Sarah arbeitet während der Sommerferien in der Tierklinik", erklärte Delia. „Wenn ihr euch die Hände wascht, kann's losgehen."

Da er es nicht schaffte, dem Duft des gebratenen Brots zu widerstehen, ging Brian zur Spüle. Erst in diesem Moment entdeckte er den großen alten Hund, der es sich neben dem Herd bequem gemacht hatte. Der alte Bursche erinnerte ihn an einen schwarzen, schrecklich zerrupften Bettvorleger.

„Und wer ist das?" Brian beugte sich zu dem Hund hinunter.

„Das ist unser Sheamus. Er ist inzwischen ein alter Herr und mag es, praktisch zu meinen Füßen zu schlafen, während ich koche."

„Meine Frau liebt Hunde", erklärte Travis, der bereits am Spülbecken war und sich die Hände wusch.

„Und sie lieben mich. Inzwischen verschläft Sheamus den größten Teil des Tages", erzählte sie Brian. „Und interessiert sich außer für die Familie für fast niemanden mehr." Noch während sie es sagte, zog sie erstaunt die Augenbrauen hoch. Sheamus reagierte auf Brians Aufmerksamkeiten, indem er die Augen öffnete, mit dem Schwanz wedelte und sich dann mit einem wohligen Aufseufzen herumrollte, um sich den Bauch kraulen zu lassen.

„Ist das denn die Möglichkeit?", rief Delia erstaunt aus. „Er mag Sie tatsächlich."

„Ich habe einen guten Draht zu Hunden. Ja, du bist ein ganz lieber alter Junge. Fett und glücklich."

„Fett, weil ihm immer irgendwer etwas unter den Tisch wirft." Delia sah ihren Mann tadelnd an.

„Ich weiß nicht, wovon du sprichst", sagte Travis unschuldig, während er sich die Hände abtrocknete und Brian sich wieder aufrichtete.

„Ha", war alles, was sie daraufhin sagte, bevor sie fragte: „Möchten Sie Kaffee oder lieber Tee, Brian?"

„Tee, danke."

„Setzen Sie sich." Sie deutete auf einen Stuhl und dann auf ihren Sohn. „So, und mit dir rede ich später weiter."

„Ich werde in den Stall gehen und Buße tun." Patrick stand schwer seufzend auf, dann legte er seiner

Mutter von hinten die Arme um die Taille, das Kinn auf ihrem Scheitel. „Entschuldige."

„Geh jetzt."

Aber Brian sah, dass sich ihre Hand über Patricks legte und kurz zudrückte. Patrick grinste, ehe er sich davonmachte.

„Dieser Junge ist an jeder weiteren Falte in meinem Gesicht schuld", meinte Delia.

„Was denn für Falten?", fragte Travis, worüber sie lachen musste.

„Das ist die richtige Antwort", sagte sie, bevor sie sich an Brian wandte und fragte: „Nun, wie sieht es aus, Brian? Sind Sie mit Royal Meadows zufrieden?"

Brian ging durch die Küche und setzte sich an den Tisch. „Ja, Ma'am."

„Oh, wir sind hier nicht so förmlich. Sie müssen nicht Ma'am zu mir sagen, es sei denn, Sie möchten es." Sie schenkte ihm Tee ein und Travis Kaffee, dann blieb sie mit einer Hand auf Travis' Schulter stehen.

„Wie war Zeus heute Morgen?"

„Hat das Oval in schlappen hundertzehn Sekunden geschafft."

„Schade, dass ich es verpasst habe." Sie ging wieder zum Herd und häufte knusprig goldbraun gebratenen Toast auf einen großen Teller.

„Ich möchte Ihnen einen Vertrag über ein Jahr anbieten", sagte Travis zu Brian.

„Kannst du den jungen Mann nicht erst mal in Ruhe essen lassen, bevor du zum geschäftlichen Teil des Ganzen kommst?"

„Der junge Mann will wissen, woran er ist."

Brian nahm die Platte, die sie ihm hinhielt, entgegen und bugsierte sich drei Scheiben Toast auf seinen Teller. „Ja, das stimmt."

„Sie bekommen ein festes Jahresgehalt." Travis nannte eine Summe, bei der Brian vor Überraschung fast die Sirupflasche aus der Hand gerutscht wäre. „Und nach zwei Monaten von jeder Siegerprämie zwei Prozent zusätzlich. Nach sechs Monaten verhandeln wir diesen Prozentsatz neu."

„Wir werden ihn erhöhen." Brian hatte sich wieder gefangen und fing an zu essen. „Weil ich es verdient haben werde, das kann ich Ihnen jetzt schon sagen."

Sie redeten – und feilschten nur der Form halber ein bisschen – über Verantwortlichkeiten, Pflichten, Vergütungen und Bonusse.

Brian war gerade bei seiner zweiten Portion angelangt und Travis bei seinem letzten Schluck Kaffee, als Keeley hereinkam.

Sie trug eine elegante braune Reithose, die wie angegossen saß, und glänzende schwarze Stiefel. Die weiße hochgeschlossene Bluse mit dem großen Kragen war aus einem weichen Stoff. Das schimmernde Haar hatte sie sich hochgesteckt, und an ihren Ohrläppchen glitzerten kleine Brillantohrringe.

Als ihr Blick auf Brian fiel, zog sie die Augenbrauen hoch, presste die Lippen zusammen, bevor sie sie zu einem kühlen routinierten Lächeln verzog. „Guten Morgen, Mr. Donnelly."

„Miss Grant."

„Ich bin ziemlich in Eile heute Morgen." Sie ging zu ihrem Vater, beugte sich zu ihm hinunter und schmiegte ihre Wange kurz an seine.

„Du musst etwas essen", ermahnte ihre Mutter sie.

„Später." Keeley ging zum Kühlschrank und nahm eine Flasche heraus. „In zwei Stunden bin ich fertig." Nachdem sie Seamus den Kopf gekrault hatte, rieb sie flüchtig ihre Wange an der ihrer Mutter, bevor sie eilig durch die Hintertür verschwand.

„Ich komme nachher vorbei", rief Delia ihr nach. „Ich möchte ein bisschen zusehen."

Zwanzig Minuten später machte sich Brian auf den Weg zur Trainerunterkunft. Als er an der Koppel vorbeikam, die zu dem kleinen Gebäude gehörte, das er heute Morgen entdeckt hatte, sah er Keeley auf einem schwarzen Wallach reiten. Dabei wurde sie von einem Mann aus den verschiedensten Blickwinkeln fotografiert.

Brian blieb stehen, um einen Moment zuzuschauen. Wahrscheinlich ließ sie sich für irgendein schickes Hochglanzmagazin ablichten. Die Prinzessin von Royal Meadows. Edel und elegant genug sah sie zweifellos aus.

Sie ritt im Schritt, verfiel dann in einen leichten Galopp und drehte ab, um über eine Hürde zu springen. Brian verzog die Lippen. Eine gute Figur machte sie ja, das musste er neidlos anerkennen. Als sie diesen Sprung für die Kamera noch einmal wiederholte und dann ein drittes Mal die Hürde nahm, schallte ihr Lachen zu ihm hinüber.

Er wandte sich ab, verbannte sie aus seinen Gedanken. Versuchte es zumindest.

Nun stieg er die Treppe zu der Trainerunterkunft hinauf und klopfte an die Tür.

„Hallo, nur herein mit Ihnen, ich bin hier!", rief Paddy von drinnen.

Als Brian die Tür öffnete, sah er Paddy in einem Raum, der wie ein Büro eingerichtet war, an einem Schreibtisch sitzen. An einer Wand standen Aktenschränke, und überall hingen Fotos von Pferden. Das Fenster war geöffnet, und auf einem Beistelltisch stand ein Computer. Aus der dicken Staubschicht darauf ließ sich schließen, dass er nur selten, falls überhaupt, benutzt wurde.

Paddy, der sich die Brille so weit nach unten geschoben hatte, dass sie auf seiner Nasenspitze balancierte, deutete auf einen Stuhl. „Nun, haben Sie mit Travis alle Einzelheiten geklärt?"

„Ja. Er ist ein fairer Mann."

„Haben Sie etwas anderes erwartet?"

„Ich erwarte nie etwas von meinen Vorgesetzten, und bis jetzt hat man mich noch nicht oft eines Besseren belehrt."

Paddy schob sich mit einem heiseren Auflachen die Brille hoch und kratzte sich an der Nase. „Der hier vielleicht schon."

„Vielleicht sollte ich mich erst mal bei Ihnen bedanken, dass Sie Mr. Grant auf mich aufmerksam gemacht haben."

„Keine Ursache. Auch wenn ich inzwischen im Ruhestand bin, halte ich trotzdem immer noch die Augen offen. Na ja, zum zweiten Mal im Ruhestand, um es genau zu sagen, weil es mit Ihren Vorgängern nicht richtig geklappt hat. Aber diesmal will ich, dass es klappt. Ich möchte, dass Sie bleiben, Junge."

Als seine Brille wieder nach unten rutschte, brummte Paddy ungehalten und nahm sie ab. „Wenn Sie nichts dagegen haben, werden wir hier für die nächste Woche zusammen wohnen. Danach bin ich weg, und das Haus gehört Ihnen allein."

„Wohin gehen Sie denn?"

„Nach Hause. Zurück nach Irland."

„Nach all diesen Jahren?"

„Ich bin dort geboren, und ich habe vor, auch dort zu sterben – obwohl ich nicht glaube, dass es schon so weit ist. Aber ich sehne mich danach, meine letzten Jahre in der Heimat zu verbringen."

„Und was werden Sie dort machen?"

„Na, was wohl? Ins Pub gehen und Lügen erzählen, natürlich", sagte Paddy mit einem Zwinkern. „Und ein anständiges Guinness trinken. Das wird Ihnen hier fehlen, das kann ich Ihnen jetzt schon sagen. Ein Guinness von einem Yankee-Zapfhahn ist eben einfach nicht dasselbe."

Brian musste lachen. „Das ist aber ein weiter Weg für ein Bier, sogar für ein Guinness."

„Ja, nun, es gibt da im Süden von Cork, nicht weit entfernt von Skibbereen, eine kleine Farm. Kennen Sie Skibbereen, Brian?"

„Ja, klar. Ein hübscher Ort."

„Mit steilen Straßen und bemalten Haustüren", sagte Paddy fast verträumt. „Obwohl die Farm ein bisschen außerhalb von Skibbereen liegt. Dort ist meine Delia aufgewachsen – meine Schwester hat sie nach dem Tod ihrer Eltern zu sich genommen. Und als meine Schwester krank wurde, wurde es für Delia hart, weil sie versuchte, die Farm weiterzuführen und gleichzeitig ihre Tante Lettie zu pflegen. Am Ende starb Lettie, und Delia hatte keine andere Wahl, als die Farm zu verkaufen, und dann kam sie hierher zu mir. Als die Farm vor einigen Jahren wieder zum Verkauf stand, kaufte Travis sie. Er kennt auch ihre geheimsten Wünsche."

„Und dorthin gehen Sie jetzt?", fragte Brian, obwohl er nicht verstand, warum Paddy ihm das alles erzählte. „Um Farmer zu werden?"

„Na ja, ein besonders guter Farmer werde ich wohl nicht mehr werden, aber das macht nichts. Ich werde mir einige Pferde kaufen, damit ich ein bisschen Gesellschaft habe."

Er drehte sich zum Fenster um und ließ den Blick über die Hügel schweifen, auf denen in der Spätmorgensonne Pferde weideten.

„Meine kleine Delia und Travis und die Kinder werden mir mächtig fehlen. Und auch die Freunde, die ich hier gefunden habe. Aber ich muss einfach gehen. Es hat mich gepackt, wenn Sie verstehen, was ich meine."

„Ja, das verstehe ich." Es gab kaum etwas, das Brian besser verstehen konnte.

„Und ab und zu werde ich dann über den Teich fliegen … außerdem kommen sie mich ja auch besuchen. Ich habe alles dafür getan, dass Delia einen Mann heiratet, den ich liebe und achte wie meinen eigenen Sohn. Die Kinder der beiden habe ich zu feinen Menschen heranwachsen sehen. So was ist selten. Und ich habe im Lauf der Jahre ein Talent dafür entwickelt, zukünftige Champions zu erkennen. Ein Mann, der in seinem Leben mit einem Vollblutpferd gearbeitet hat, kann sich glücklich schätzen."

„Wünschen Sie sich nicht, Ihre eigenen Champions zu trainieren?"

„Ich habe mit dem Gedanken gespielt, aber am Ende … nein, das ist nichts für mich. Und Sie?"

„Auch nein. Wenn man eine eigene Pferdefarm hat, ist man an einen Ort gebunden. Dann kann man nicht einfach wieder losziehen, wenn es einen packt. Außerdem überlassen die meisten Reitstallbesitzer die Arbeit und die Entscheidungen sowieso dem Trainer, deshalb braucht man nichts zu besitzen, um Entscheidungen treffen zu können."

„Travis Grant versteht etwas von seiner Arbeit."

Paddy neigte den Kopf. „Er kennt seine Pferde. Und er liebt sie. Wenn Sie sich sein Vertrauen verdienen, werden Sie es bekommen, aber er wird erwarten, dass Sie ihn über alle wichtigen Schritte informieren. Er gehört nicht zu den Leuten, die den Pokal entgegennehmen, nachdem andere die ganze Arbeit für ihn gemacht haben. Er wird immer mitarbeiten, egal ob Ihnen das passt oder nicht. Und Delia auch."

„Seine Frau arbeitet auch mit?", fragte Brian erstaunt.

Paddy lehnte sich belustigt zurück. „Na ja, gestern Abend hat sie sich richtig schick gemacht. Ich sehe sie gern so. Aber Sie werden sie viel öfter im Stall erleben, wenn sie einen Abszess öffnet oder eine Stute, die eine Kolik hat, beruhigt. Sie ist kein zartes Pflänzchen, oh nein, meine Delia ist wie ein Vollblutpferd. Und sie ist durch und durch echt. Keins ihrer Kinder würde vor harter Arbeit zurückschrecken. Sie werden selbst sehen, wie es hier läuft, und Sie werden sehr schnell merken, dass es hier vom Haupthaus zu den Ställen nicht so ein weiter Weg ist wie anderswo."

„Normalerweise ist es aber ganz gut so, wie es ist", brummte Brian, und Paddy lachte.

„Recht haben Sie, Bursche, in den meisten Fällen ist es wirklich gut so. Es gibt zweifellos Vorgesetzte, die in jeder Suppe ein Haar finden können. Aber über diese Farm und ihre Besitzer werden Sie sich Ihre eigene Meinung bilden. Und ich hoffe, dass Sie mir nach einigen Tagen sagen, was Sie denken. So, und jetzt lassen Sie uns über das reden, was an Arbeit auf Sie zukommt."

Als Brian Paddy verließ, war er mit der Welt im Allgemeinen im Reinen. Oder zumindest mit dem, was bald seine Welt sein würde. Er würde auf Royal Meadows seine Spuren hinterlassen und gut dabei leben. Seine Unterkunft ließ nichts zu wünschen übrig. Dabei wäre er für die Chance, für Travis Grant arbeiten zu dürfen, sogar bereit gewesen, im Hotel zu leben.

Alles, was er sich je gewünscht hatte, war in greifbare Nähe gerückt. Und er hatte nicht die Absicht, es sich entgleiten zu lassen.

Er ging zu den Ställen, wo er seinen Mietwagen abgestellt hatte. Paddy hatte ihm seinen kleinen roten Lastwagen zum Kauf angeboten, der ebenfalls dort stand, und sofern das Ding einigermaßen lief, würde Brian es nehmen. Er brauchte nur ein ganz einfaches Fortbewegungsmittel. Und Zeit, um sich daran zu gewöhnen, auf dieser verdammten falschen Straßenseite zu fahren.

Er war so in seine Gedanken vertieft, dass er Keeley übersah und fast mit ihr zusammengestoßen wäre.

Sie wirkte noch genauso frisch und perfekt wie am Morgen. Aus ihrer kunstvollen Frisur war keine einzige Strähne entwischt, und auf ihren Reitstiefeln war kein Staubkörnchen zu entdecken.

Er fragte sich erstaunt, wie, zum Teufel, sie das wohl angestellt hatte.

„Guten Tag, Miss Grant. Ich habe Sie vorhin auf der Koppel gesehen. Das ist wirklich ein schönes Pferd."

Ihr war heiß, sie war gereizt und kurz davor zu explodieren, weil der Fotograf sie so genervt hatte. Das Fotoshooting war notwendig gewesen. Sie brauchte die öffentliche Aufmerksamkeit, aber den damit verbundenen Ärger benötigte sie bestimmt nicht.

„Ja, das stimmt." Als sie ohne ein weiteres Wort weitergehen wollte, verstellte Brian ihr den Weg.

„Ich bitte vielmals um Verzeihung, Prinzessin. Habe ich es versäumt, meine Stirnlocke zu kämmen?"

Sie hob eine Hand. In ihrem Zorn konnte sie furchtbar sein, und das Hämmern in ihrem Kopf deutete daraufhin, dass sie gleich explodieren würde.

„Verärgert bin ich bereits. Es fehlt nicht mehr viel, und ich raste aus." Dennoch atmete sie tief durch, um sich zu beruhigen. Dem Eindruck nach, den sie heute Morgen in der Küche gehabt hatte, gehörte Brian Donnelly jetzt zu Royal Meadows. Und sie hatte nicht die Angewohnheit, aus dem Hinterhalt auf ein Teammitglied zu schießen.

„Das ist Sam, er ist neun. Ein Jagdpferd. Vollblut. Irish Draught. Ich habe ihn seit fünf Jahren." Sie trank einen Schluck von ihrem Softdrink.

„Ist das alles, was Sie in sich hineinfüllen?" Er tippte mit einem Finger gegen die Flasche. „Das ist reine Chemie."

„Sie klingen wie meine Mutter."

„Vielleicht haben Sie ja deshalb Kopfschmerzen."

Keeley ließ die Hand sinken, die sie an ihre Schläfe gepresst hatte. Er sah entschieden zu viel. „Mir geht es gut."

„Drehen Sie sich um."

„Wie bitte?"

Brian trat hinter sie und legte ihr eine Hand in den Nacken. Ihre ohnehin verspannten Schultern spannten sich noch mehr an. „Seien Sie locker. Ich habe nicht vor, Sie in einem Anfall von glühender Leidenschaft an mich zu reißen, solange die Gefahr besteht, dass ein Mitglied Ihrer Familie vorbeikommen könnte. Ich würde nämlich ganz gern wenigstens einen Tag hier arbeiten, bevor man mich hinauswirft."

Während er sprach, knetete er ihr den Nacken. Er konnte es nicht mit ansehen, wenn ein Lebewesen Schmerzen litt. „Atmen Sie tief aus", befahl er, als sie weiterhin stocksteif dastand. „Los, seien Sie doch nicht so stur. Atmen Sie für mich wenigstens ein einziges Mal schön lang und tief aus."

Aus reiner Neugier gehorchte sie und versuchte zu ignorieren, wie herrlich sich seine Hände auf ihrer Haut anfühlten.

„So, und jetzt das Ganze noch einmal."

Der Singsang, mit dem er sprach, lullte sie ein. Er massierte sie weiter und murmelte leise vor sich hin, während ihr die Lider schwer wurden. Ihre Muskeln entspannten sich auf wunderbare Weise. Das Hämmern in ihrem Kopf ließ nach. Sie hatte das Gefühl, jeden Moment in Trance zu fallen.

Sie wölbte sich seinen Händen entgegen, nur ein bisschen. Stöhnte wohlig, so angenehm fühlte es sich an. Nur ganz leise. Er achtete darauf, dass seine Hände weiterhin fest und zupackend waren, obwohl er sich ausmalte, wie es wohl sein mochte, wenn sie ein bisschen tiefer glitten und unter diese weiche weiße Bluse schlüpften. Er wollte seine Lippen auf ihren Nacken pressen, genau dahin, wo sein Daumen gerade war. Um sie dort zu schmecken.

Und das würde, wie er wusste, dazu führen, dass es endete, bevor es überhaupt begonnen hatte. Eine Frau zu begehren war absolut normal. Sich an einer zu vergreifen, die so viele Risiken barg, war glatter Selbstmord.

Deshalb ließ er seine Hände jetzt sinken und trat einen Schritt zurück. Sie schwankte ein bisschen, dann fing sie sich wieder. Als sie sich von ihm abwandte, hatte sie fast das Gefühl zu schweben. „Danke. Das können Sie wirklich gut."

Magische Hände, dachte sie. Der Mann hatte magische Hände.

„Das habe ich schon öfter gehört." Er lächelte anmaßend. „Sie sollten regelmäßig Entspannungsübungen machen." Er nahm ihr die Flasche aus der Hand. „Trinken Sie Wasser, und ziehen Sie sich um. Sie tragen für diese Hitze viel zu warme Kleidung."

Leicht verärgert musterte sie ihn eingehend mit zur Seite geneigtem Kopf. Seine braune, von helleren

Strähnen durchzogene Mähne war vom Wind zerzaust. Dieser wundervoll geformte Mund bog sich in den Winkeln ganz leicht nach oben.

„Haben Sie sonst noch irgendwelche Befehle auf Lager?"

„Nein, aber eine Beobachtung."

„Ich bin gespannt."

„Stimmt nicht, Sie sind gar nicht gespannt, sondern schon wieder verstimmt, aber ich sage es Ihnen trotzdem. Ihr Mund ist so ungeschminkt wie jetzt viel aufregender als heute Morgen, als Sie ihn angemalt hatten."

„Dann haben Sie also etwas gegen Lippenstift?"

„Überhaupt nicht. Manche Frauen brauchen Lippenstift. Sie allerdings nicht, bei Ihnen lenkt er nur ab."

Verblüfft, fast belustigt schüttelte sie den Kopf. „Vielen Dank für den guten Rat." Sie begann, auf das Haus zuzugehen – um sich als Erstes etwas Leichteres anzuziehen.

„Keeley."

Sie blieb stehen, drehte sich jedoch nicht um, sondern wandte nur leicht den Kopf, um dorthin zu schauen, wo er, die Daumen in die Taschen seiner uralten Jeans gehakt, stand. „Was ist?"

„Nichts. Ich wollte einfach nur Ihren Namen aussprechen. Er gefällt mir."

„Mir auch. Trifft sich das nicht gut?"

Diesmal war er es, der tief ausatmete, als sie davonging – mit ihren langen Beinen, die in hautengen Reithosen und bis zum Knie reichenden Reitstiefeln steckten. Er setzte ihre Softdrinkflasche an die Lippen und trank einen langen Schluck. Das ist ein Spiel mit dem Feuer, Donnelly, warnte er sich. Und da er verdammt sicher war, dass er sich mehr als nur die Finger verbrennen würde, wenn er es riskierte, sie anzufassen, war es das Beste, Abstand zu halten, bevor er sich von ihr noch mehr angezogen fühlte.

3. KAPITEL

„Absätze nach unten, Lynn. Ja, so ist es gut. Auf die Hände achten, Shelly. Willy, pass auf." Keeley musterte jeden ihrer Schüler eingehend, um sich davon zu überzeugen, dass alle auch wirklich richtig im Sattel saßen. Sie machten unübersehbar Fortschritte.

Sechs Pferde, auf denen sechs Kinder saßen, drehten gemächlich auf der Koppel ihre Runden. Bis vor zwei Monaten hatten diese Kinder noch nie etwas mit einem Pferd zu tun gehabt, geschweige denn, dass sie jemals geritten wären. Seit sie die Royal Meadows Riding Academy besuchten, hatte sich das geändert.

„Gut so. Und jetzt in den Trab wechseln. Köpfe hoch", befahl sie, während sie, die Hände in die Hüften gestützt, beobachtete, wie ihre Schüler mit mehr oder weniger Erfolg ihre Pferde veranlassten, die Gangart zu wechseln. „Absätze nach unten. Auf die Knie achten, Joey. Ja, so. Vergiss nie, dass ihr ein Team seid. Gut so. Das sieht schon viel besser aus."

Sie ritt näher an den einen der beiden Jungen heran

und tippte an einen Absatz. Er grinste und drückte ihn nach unten. Oh ja, das ist doch wirklich schon viel besser, dachte sie. Vor einem Monat noch war Willy jedes Mal, wenn sie ihn berührt hatte, erschrocken zusammengezuckt.

Das Wichtigste war Vertrauen.

Sie wies die Kinder an zu überholen, kehrtzumachen, eine weite Acht zu reiten.

Dabei entstand ein kleines Durcheinander, aber sie ließ sie kichern, während sie versuchten, ihre Reihen wieder zu ordnen.

Weil es auch darum ging, Spaß zu haben.

Brian beobachtete sie aus der Ferne. Seit zwei Tagen hatte er sie nicht gesehen. Er war fast die ganze Zeit in den Reitställen oder auf der Rennbahn gewesen, wo die Grantpferde trainiert wurden. Keeley hatte sich bis jetzt nicht wieder blicken lassen.

Er hatte nach ihr Ausschau gehalten.

Und angenommen, dass sie unterwegs war, um in irgendwelchen schicken Restaurants zu Mittag zu essen oder überflüssigen Krimskrams einzukaufen, sich beim Friseur die Zeit zu vertreiben oder bei der Maniküre. Was Leute mit Geld eben so machten.

Dabei war sie hier und drehte mit einigen Kindern, denen sie offensichtlich Reitstunden gab, ihre Runden auf der Koppel. Vermutlich war es eine Art Hobby, den verwöhnten Sprösslingen betuchter Eltern beizubringen, wie man korrekt im Sattel saß.

Doch egal, ob Hobby oder nicht, auf jeden Fall sah

sie gut dabei aus. Sie war leger mit Jeans und einem blaubeerfarbenen Hemd bekleidet. Das Haar hatte sie sich mit einem Band zusammengebunden, sodass es ihr in einem wild gelockten Pferdeschwanz über den Rücken fiel. Ihre Stiefel waren ziemlich ramponiert, aber praktisch.

Was sie tat, schien ihr richtig Spaß zu machen. Er konnte sich nicht erinnern, dieses Lächeln, das so schnell aufblitzte und so offen und warm war, vorher schon jemals bei ihr gesehen zu haben. So unwiderstehlich. Er ging näher heran, während sie einer Schülerin etwas erklärte, wobei sie dem Pferd den Hals streichelte.

Als er den Zaun erreichte, hatten sich Keeleys Schüler alle in einer Reihe aufgestellt, nur das Mädchen, mit dem sie gesprochen hatte, stand abseits. Wahrscheinlich hatte sie die übrigen Kinder aufgefordert, ihre Pferde im Zaum zu halten.

Die Schülerin ritt jetzt langsam im Kreis, wobei Keeley ihr mit Blicken folgte. Und während sie sich drehte, sah sie Brian am Zaun lehnen.

Das Lächeln erlosch, was wirklich schade war, wie Brian fand. Obwohl dieser kühle, argwöhnische Blick, mit dem sie ihn bedachte, fast ebenso aufregend war. Brian quittierte ihn mit einem Grinsen und beschloss, seinen Beobachterposten bis zum Ende der Reitstunde nicht aufzugeben.

Keeley war an Zuschauer gewöhnt. Ihre Eltern, Geschwister oder auch die Angestellten blieben, wenn sie zufällig vorbeikamen, oft stehen, um eine Weile zuzuschauen. Und noch öfter waren die Eltern ihrer Schüler anwesend, um sich über die Fortschritte ihrer Sprösslinge ein Bild zu machen. Deshalb kümmerte sie sich auch um diesen besonderen Zuschauer nicht weiter.

Jetzt musste jeder Schüler das an diesem Tag Gelernte allein vorführen. Sie korrigierte die Körperhaltung, ermutigte und drängte darauf, falls nötig, sich noch ein bisschen mehr Mühe zu geben oder sich besser zu konzentrieren. Als sie die Kinder zum Absteigen aufforderte, stöhnten alle enttäuscht.

„Nur noch fünf Minuten, Miss Keeley, bitte! Noch eine Runde!"

„Ich habe sowieso schon fünf Minuten überzogen." Sie tätschelte Shellys Knie. „Nächste Woche üben wir den Handgalopp."

„Ich bekomme zu Weihnachten ein Pferd", verkündete Lynn. „Und nächstes Frühjahr sind wir alle schon beim Turnierreiten dabei, hat meine Mutter gesagt."

„Bis dahin werdet ihr aber noch ganz schön hart arbeiten müssen. Los jetzt, absteigen und Pferde trockenreiben."

„Das ist aber eine reizende Gruppe, die Sie da haben, Miss Keeley."

Ihre guten Manieren verboten es ihr, Brian, der vom Zaun herüberkam, noch länger zu ignorieren, auch wenn sie ihn nicht ansah, als sie erwiderte:

„Das finde ich auch."

„Der Junge da drüben." Er deutete mit dem Kopf auf den dunkeläugigen Willy mit dem schmalen Gesicht. „Er liebt dieses Pferd. Nachts träumt er bestimmt davon, auf ihm über Felder und Hügel zu galoppieren und wilde Abenteuer zu erleben."

Seine Worte entlockten ihr ein Lächeln. „Und Teddy erwidert seine Liebe. Teddy Bear", erklärte sie. „Er ist ein Schatz."

„Diese Kinder können sich glücklich schätzen, dass ihre Eltern genug Geld haben, um sich eine gute Reitlehrerin und intelligente Pferde leisten zu können. Was sind das eigentlich für Pferde? Ich habe sie bis jetzt noch nicht gesehen. Befinden sie sich auch drüben in den Ställen?"

„Nein, sie gehören mir. Sie stehen hier." Ihre Pferde, ihre Reitschule, ihre Verantwortung. „Entschuldigen Sie mich. Der Unterricht ist erst vorbei, wenn die Pferde versorgt sind."

Eine glatte Abfuhr, dachte Brian trocken. Nun, er hatte auch zu tun. Aber das hieß nicht, dass er nicht später zurückkommen konnte.

Er störte sie. Obwohl sie nicht genau wusste, warum. Es war einfach so. Es passte ihr nicht, wie er sie ansah. Dieser durchdringende Blick! Warum merkten die anderen das nicht?

Außerdem passte es ihr nicht, wie er mit ihr redete. Und wieder schien sie die Einzige zu sein, die diesen leicht singenden Tonfall wahrnahm, immer wenn er ihren Namen aussprach.

Alle außer mir finden Brian Donnelly ganz prima, überlegte sie, während sie ihrem Wallach über die Beine fuhr, um zu überprüfen, ob sie heiß waren. Für ihre Eltern war er der perfekte Ersatz für Onkel Paddy – und Onkel Paddy hielt große Stücke auf ihn.

Sarah fand ihn heiß, Patrick cool. Und Brendon hielt ihn für intelligent.

„Ausgezählt", murmelte sie und hob das Vorderbein des Pferdes, um unter den Huf zu schauen.

Vielleicht war es ja irgendeine chemische Reaktion. Irgendetwas, das ihr die Nackenhaare zu Berge stehen ließ, sobald er in der Nähe war. Na, wenigstens von seiner Arbeit schien er etwas zu verstehen. Und nach allem, was sie gehört hatte, sogar ziemlich viel, wie sie zugeben musste. Und da sie beide genug zu tun hatten, bestand kaum Gefahr, dass sie sich allzu oft über den Weg laufen würden. Von daher konnte es ihr eigentlich egal sein.

Obwohl es ihr nicht passte, dass sie die Reitställe weitgehend mied. Dass sie es sich verkniff, diesen Weg hinunterzuspazieren, um den Leuten bei der Arbeit zuzusehen oder sogar selbst mit anzupacken. So wie es früher ganz selbstverständlich gewesen war. Diese Erkenntnis behagte ihr nicht.

Auch wenn es sie garantiert nicht störte, dass er es ebenfalls wissen könnte. Im umgekehrten Fall würde sie ihm eine viel zu große Bedeutung beimessen.

Was sie allerdings schon allein dadurch tat, dass sie jetzt an ihn dachte, wie sie zugeben musste.

Als das Pferd wieherte, spannten sich Keeleys Nackenmuskeln an.

„Sie haben ein gutes Auge für Pferde", vernahm sie gleich darauf Brians ruhige Stimme.

Sie war nicht überrascht, dass sie ihn nicht hatte hereinkommen hören. Die Atmosphäre veränderte sich, sobald er in der Nähe war.

„Scheine ich wohl irgendwie mitbekommen zu haben."

„Bestimmt. Teddy Bear." Als sie das Murmeln hörte, hob sie den Blick und ließ das Bein sinken. Er schaute auf das Tier, während seine erfahrenen, geschickten Hände ihm über Kopf und Hals fuhren. Teddy Bear schnaubte leise. Vor Wohlbehagen.

„Ja, du bist freundlich und geduldig." Weiterhin leise auf das Pferd einredend, betrat Brian die Box, während er fortfuhr zu streifen, zu streicheln, zu überprüfen. „Und du hast einen schönen breiten Rücken, um verträumte kleine Jungs zu tragen. Wie lange haben Sie ihn schon?"

Sie blinzelte verwirrt und spürte, wie ihr die Röte in die Wangen stieg. Diese Hände, diese Stimme hatten etwas Hypnotisches. „Knapp zwei Jahre."

Brian strich ihm über die Flanken. Plötzlich hielt er mitten in der Bewegung inne. Er kniff die Augen zusammen, während er näher trat und die Stelle, wo eben noch seine Hand gelegen hatte, genauer betrachtete. „Was ist das?" Aber er wusste es bereits und fuhr so schnell herum, dass Keeley unwillkürlich bis zur Wand zurückwich. „Dieses Pferd ist geschlagen worden."

„Sein früherer Besitzer hat gern die Peitsche geschwungen", erwiderte sie eisig, um dieses plötzliche Aufflackern von Beunruhigung abzuwehren. „Dafür ist Teddy dann vor den Hürden zurückgescheut. Das war seine Art, sich zu wehren."

„Verfluchter Drecksgerl." Obwohl seine Augen gefährlich glitzerten, wurde seine Stimme jetzt wieder sanft: „Dafür hast du es nun gut getroffen, alter Junge. Jetzt hast du ein Zuhause, in dem du dich wohl fühlen kannst, und wirst von einer schönen Frau versorgt. Haben Sie ihn gerettet?"

„So weit würde ich nicht gehen. Es gibt verschiedene Methoden, einem Pferd seinen Willen aufzuzwingen. Ich habe nicht …"

„Ich würde einem Pferd niemals meinen Willen aufzwingen." Brian ging geduckt unter dem Tier durch, dann schaute er Keeley über den breiten Pferderücken hinweg an. „Ich versuche es mit sanfter Überredung. Die Peitsche schwingen kann jeder Narr. Man braucht viel Einfühlungsvermögen und Geduld und eine sanfte Hand, um aus einem Pferd einen Champion oder auch nur einen Freund zu machen."

Sie schwieg einen Moment, verwirrt darüber, dass ihre Knie zitterten. „Warum erwarten Sie, dass ich Ihnen widerspreche?", fragte sie schließlich, während sie die Box verließ und in die nächste ging.

Die betagte Stute dort begrüßte sie mit einem erfreuten Schnauben und stupste sie mit der Schnauze an der Schulter. Keeley griff zu einer Striegelbürste, um die eher oberflächliche Arbeit ihrer Schüler zu vollenden.

„Ich finde es unerträglich, wenn ein Lebewesen misshandelt wird", sagte Brian ruhig hinter ihr. Keeley drehte sich nicht um und antwortete auch nicht. „Besonders, wenn es kaum Möglichkeiten hat, sich zu wehren. So etwas mit ansehen zu müssen, macht mich ganz krank und wütend."

„Und jetzt soll ich Ihnen widersprechen?"

„Tut mir leid, dass ich eben so ungehalten war." Er legte ihr eine Hand auf die Schulter und nahm sie auch nicht fort, als er spürte, dass sie sich versteifte, aber bei einem nervösen Pferd hätte er es nicht anders gemacht. „Man schaut in Augen wie in seine da drüben und sieht dieses unendlich weite Herz. Und dann entdeckt man die Narben, für die jemand verantwortlich ist, nur weil er die Möglichkeit dazu hatte. So etwas macht mich wahnsinnig."

Sie gab sich alle Mühe, sich zu entspannen. „Er hat drei Monate gebraucht, um nicht bei jeder Handbewegung zusammenzuzucken. Und dann streckte er irgendwann doch den Kopf heraus und begrüßte mich, als ich in den Stall kam. Da habe ich ihn mit Mohrrüben gefüttert und wie ein Kind geweint. Also erzählen Sie mir nichts von Misshandlung und nicht, wie wahnsinnig einen das macht."

Beschämung war ein Gefühl, das leicht zu erkennen war, auch wenn er es nur selten fühlte. Er atmete tief durch und wünschte sich, noch einmal von vorn anfangen zu können. „Und was hat diese hübsche Stute hier für eine Geschichte?"

„Was soll sie denn für eine Geschichte haben? Sie ist ein Pferd. Man reitet auf ihr."

„Keeley." Er legte eine Hand über ihre, die die Bürste hielt. „Bitte, entschuldigen Sie. Es tut mir leid."

Sie versuchte, ihre Hand wegzuziehen, aber dann gab sie auf und lehnte ihren Kopf gegen den Hals der Stute. Rieb ihre Wange daran, wie Brian sah. So wie sie ihre Wange an der Wange ihres Vaters und der ihrer Mutter gerieben hatte.

„Ihr Verbrechen war es, alt zu werden. Sie ist fast zwanzig. Man hat sie einfach im Stall stehen lassen und sich nicht um sie gekümmert. Sie hatte Flöhe und Nesselfieber. Ihre Besitzer hatten sie wohl über."

In einer unwillkürlichen Geste fuhr er ihr übers Haar. Mit seinen Händen teilte er sich ebenso mit wie mit seiner Stimme. „Wie viele Pferde haben Sie insgesamt?"

„Mit Sam sind es acht, aber er ist für die Schüler in diesem Stadium noch zu ungestüm."

„Und die haben Sie alle gerettet?"

„Sam war ein Geburtstagsgeschenk zu meinem einundzwanzigsten Geburtstag. Und die anderen … nun ja, wenn sich das ganze Leben um Pferde dreht, hört man eben so allerhand. Davon abgesehen, brauchte ich sie ja für meine Reitschule."

„Obwohl man eigentlich davon ausgehen könnte, dass Sie dafür Vollblutpferde nehmen."

„Na ja." Unbehaglich verlagerte sie ihr Gewicht. „Könnte man. Bitte entschuldigen Sie mich jetzt. Ich muss noch die Pferde füttern, und dann werde ich mich an meinen Schreibtisch setzen."

„Ich helfe Ihnen beim Füttern."

„Das ist nicht nötig."

„Ich mache es aber trotzdem."

Während Keeley aus der Box trat, beschloss sie, dass Ehrlichkeit wahrscheinlich die beste Vorgehensweise war, deshalb sagte sie: „Brian, Sie arbeiten an sehr verantwortlicher Stelle für meine Eltern, deshalb finde ich, dass ich offen zu Ihnen sein sollte."

„Auf jeden Fall." Sein ernster Tonfall passte nicht zu dem belustigten Funkeln in seinen Augen.

„Sie stören mich", erklärte sie. „Irgendwie stören Sie mich einfach. Vielleicht liegt es ja daran, dass ich nichts für großspurige Männer, die mich blöd angrinsen, übrig habe, aber es spielt auch keine Rolle."

„Ich finde schon, dass es eine Rolle spielt. Was für Männer bevorzugen Sie denn?"

„Sehen Sie, das ist genau die Art, die mich ärgert."

„Ich weiß. Und interessant daran ist, dass ich mich ständig herausgefordert fühle, genau das zu tun, von dem ich weiß, dass es Sie ärgert. Vielleicht liegt es ja daran, dass ich nichts für Frauen übrig habe, die über ihre hübsche Nasenspitze auf mich herabschauen. Aber so wie die Dinge liegen, sollten wir vielleicht trotzdem versuchen, irgendwie miteinander auszukommen."

„Ich sehe weder auf Sie noch auf sonst wen herab."

„Kommt ganz drauf an, von welchem Standpunkt aus man es betrachtet, oder?"

Sie wirbelte wortlos auf dem Absatz herum und schritt davon, um sich einen Moment später darauf zu konzentrieren, Getreide für die Futtermischung abzumessen.

„Vielleicht sollten wir es mit einem unverfänglicheren Gesprächsthema versuchen", schlug er vor. „Fragen Sie mich doch zum Beispiel einfach, wie ich es auf Royal Meadows finde. Ich arbeite seit meinem zehnten Lebensjahr auf Rennbahnen und Pferdefarmen. In zwanzig Jahren habe ich alle Seiten der Pferdezucht und des Pferdesports kennengelernt. Die hellen und die dunklen. Und ich habe noch nie etwas Helleres gesehen als Royal Meadows."

Sie hielt inne und streifte ihn mit einem kurzen Blick, bevor sie anfing, Zusatznahrung unter das Getreide zu mischen.

„Meiner Meinung nach gibt es nur wenige Menschen, die so viel wert sind wie ein gutes Pferd. Ihre Eltern sind bewundernswert. Nicht nur, weil sie es zu etwas gebracht haben, sondern vielmehr wegen der Art, wie sie mit ihrem Besitz umgehen. Ich fühle mich geehrt, für sie arbeiten zu dürfen. Und sie können sich glücklich schätzen, dass ich es tue", schloss er, als sie sich zu ihm umdrehte.

Sie lachte. „Zumindest in diesem Punkt scheinen sie mit Ihnen einer Meinung zu sein." Kopfschüttelnd ging sie an ihm vorbei, um die Pferde zu füttern, und er atmete dabei den Duft ihres Haares, ihrer Haut ein.

„Nur Sie sind sich da offenbar nicht so sicher. Obwohl Sie außer Ihrer Reitschule nicht viel zu interessieren scheint."

„Meinen Sie?"

Er überflog die ordentlich getippte Liste an der Wand, auf der die jeweiligen Futtermischungen für jedes einzelne Pferd vermerkt waren. „Ihren Bruder und Ihre Schwester sehe ich jeden Tag", fuhr er fort, während er das Futter für Teddy abzumessen begann. „Allen begegne ich ständig irgendwo, nur Ihnen nicht."

Sie hätte ihm auswendig herunterbeten können, wie schnell jedes Pferd während dieser Woche gelaufen und auf welchem Platz es gelandet war. Welches Pferd Medikamente bekam, welche Stuten trächtig waren. Doch ihr Stolz hielt sie zurück. Sie zog es vor, es Stolz zu nennen und nicht Sturheit.

„Aber vermutlich haben Sie mit Ihrer kleinen Reitschule genug zu tun."

Sie kochte vor Wut. „Oh ja, meine kleine Reitschule hält mich ganz schön auf Trab", erwiderte sie mühsam beherrscht.

„Sie sind eine gute Lehrerin." Er ging zu Teddys Box.

„Oh, besten Dank."

„Kein Grund, gleich verschnupft zu sein. Sie sind wirklich eine gute Lehrerin. Und vielleicht bleibt ja eins dieser privilegierten Kinder sogar bei der Stange."

„Eins meiner privilegierten Kinder", murmelte sie.

„Man braucht Können, Ausdauer und ziemlich viel Geld, um an Turnieren teilzunehmen. Obwohl ich selbst nie das Vergnügen hatte, hat es mir doch immer Spaß gemacht zuzusehen. Aber Sie könnten für Wettkämpfe trainieren. Für den Royal International oder den Dublin Grand Prix. Vielleicht sogar für die Olympiade."

„Moment, lassen Sie mich kurz zusammenfassen, damit ich mir auch wirklich sicher sein kann, Sie nicht missverstanden zu haben. Kinder aus reichem Elternhaus nehmen also an Turnieren teil und heimsen Siegermedaillen ein, während die weniger Privilegierten höchstens Stallburschen werden können?"

„Na ja, so läuft es doch, oder etwa nicht?"

„Aber nur, weil man es so laufen lässt. Sie sind ein Snob, Brian."

Er schaute verblüfft auf. „Was?"

„Ja, und zwar einer von der übelsten Sorte, der Sorte nämlich, die sich auf ihre Toleranz etwas einbildet. Aber nachdem ich das jetzt weiß, können Sie mich überhaupt nicht mehr ärgern."

Das Stalltelefon klingelte, was ihr nur recht war. Wer auch immer am anderen Ende der Leitung sein mochte, er hatte nicht nur den richtigen Zeitpunkt gewählt, sondern sie war ihm auch noch dankbar. Als sie zum Telefon ging und sah, wie schockiert Brian dreinschaute, verspürte sie Genugtuung.

„Royal Meadows Riding Academy. Einen Moment bitte." Sie legte die Hand über die Sprechmuschel und sagte mit einem Lächeln: „Wirklich, ich kann das hier allein fertig machen. Ich halte Sie nur von Ihrer Arbeit ab."

„Ich bin kein Snob", brachte er schließlich heraus.

„Es war mir klar, dass Sie das so sehen. Aber könnten wir darüber vielleicht ein andermal diskutieren? Ich muss jetzt wirklich diesen Anruf entgegennehmen."

Verärgert schob er die Schaufel in das Getreide zurück. „Ich trage jedenfalls keine verdammten Brillantknöpfe im Ohr", brummte er, während er den Stall verließ.

Es verdarb ihm für den Rest des Tages die Laune. Es steckte ihm im Hals und krallte sich dort fest. Ein hässliches kleines Krebsgeschwür, das an seinem Ego fraß.

Ein Snob? Er? Woher nahm die Frau eigentlich die Unverschämtheit, ihn als Snob zu bezeichnen? Und das, nachdem er sich alle Mühe gegeben hatte, freundlich zu ihr zu sein, und ihr wegen ihrer kleinen Reitschule sogar ein Kompliment gemacht hatte!

Den Abendrundgang machte er wie gewöhnlich selbst und verbrachte beträchtliche Zeit bei dem Fohlen, das auserwählt war, an dem Rennen in Hialeah Park teilzunehmen. Travis hatte ihn gebeten mitzufahren, was ihm in Anbetracht der jüngsten Umstände äußerst gelegen kam.

Er war heilfroh, tausend und mehr Meilen zwischen sich und Keeley legen zu können.

Du solltest wirklich nicht in diese Richtung schielen, nicht einmal für eine Sekunde, ermahnte er sich, während er das Fohlen streichelte und laut sagte: „Vor allem nicht, wenn ich hier so eine Süße wie dich habe. Wir beide machen uns eine schöne Zeit in Florida, oder was meinst du?"

„Heute Abend wird gepokert", rief ihm einer der Stallburschen nach, als Brian den Stall gerade verlassen wollte.

„Alles klar, bis dahin bin ich zurück", erwiderte er. „Es wird mir ein Vergnügen sein, euch alle nackt auszuziehen." Aber vorher musste er erst noch ein bisschen arbeiten.

Wenn er aus Florida zurückkam, würden sie die Fohlen von ihren Müttern trennen. Die Entwöhnung würde am ersten Tag für Unruhe sorgen, aber dann würde das Jährlingstraining richtig anfangen. Er musste sich Tabellen und Zeitpläne machen und alle möglichen Überlegungen anstellen.

Außerdem hatte er vor, einen Großteil seiner Freizeit Bad Betty zu widmen.

Er machte einen Umweg, der ihn an Keeleys Stall vorbeiführte. Nun, er hatte vor, der Frau tüchtig die Meinung zu sagen.

Doch statt Keeley lief ihm unterwegs ihre Schwester Sarah, die es eilig zu haben schien, in die Arme. Sie blieb stehen. „Hi. Ist das nicht ein herrlicher Abend heute? Ich will ihn ausnutzen und vor Sonnenuntergang noch ein bisschen ausreiten. Haben Sie nicht Lust mitzukommen?"

Es war eine Versuchung. Sarahs Gesellschaft war äußerst angenehm, und er hatte seit Wochen kein Pferd mehr unter sich gespürt. Aber er hatte sich vorgenommen zu arbeiten. „Heute nicht, aber ein andermal gern. Nehmen Sie eins von Keeleys Pferden?"

„Ja. Sie sucht ständig händeringend Leute, die einem ihrer Lieblinge ein bisschen Bewegung verschaffen. Die Kinder sind für die Pferde keine allzu große Herausforderung, deshalb kann es passieren, dass sie sich langweilen. Die Samstagsklasse ist zwar schon etwas fortgeschrittener, aber trotzdem."

Er ging neben ihr her. „Ich glaube kaum, dass den Pferden eine Stunde Reitunterricht viel bringt."

„Oh, sie lässt sie natürlich auch raus auf die Weide und reitet sie, wann immer sie kann. Obwohl das längst nicht so oft ist, wie sie es gern hätte, aber die Kinder gehen vor. Und für die Pferde ist diese eine Stunde schon ziemlich viel."

Er murmelte irgendetwas Unverbindliches, während sie um das Gebäude, das er für eine Art Büro hielt, herumgingen. Er hoffte, dass Keeley immer noch da drinnen war. Plötzlich war es ihm wichtig, mit ihr zu reden. „Ich habe heute eine Klasse gesehen."

„Und? Sind sie nicht süß? Heute ist ... oh ja, heute muss Willy da gewesen sein, ist er Ihnen aufgefallen? Der Junge mit dem dunklen Haar und den riesigen Augen? Er reitet Teddy."

„Ja. Er hat eine gute Haltung, und das Reiten scheint ihm viel Spaß zu machen."

„Ja, jetzt schon. Obwohl er am Anfang ein echter Angsthase war." Sarah betrat den Stall und ging direkt in die Sattelkammer.

„Hatte er Angst vor den Pferden?"

„Nicht nur. Ich werde es nie begreifen, wie man einem Kind so etwas antun kann."

„Antun? Was denn antun?"

Sie suchte sich Zaumzeug aus und bedankte sich, als Brian ihr den Sattel abnahm. „Wie man ein Kind schlagen kann." Sie drehte sich zu ihm um. „Oh, da Sie eine Klasse gesehen haben, nahm ich an, Keeley hätte Ihnen gesagt, was es mit der Reitschule auf sich hat."

„Nein." Er nahm ihr die Satteldecke auch noch ab. „So weit sind wir noch nicht gekommen. Erzählen Sie es mir?"

„Sicher." Sie ging zu der betagten Stute hinüber

und redete leise auf sie ein: „Na, altes Mädchen? Was hältst du davon, dich ein bisschen zu bewegen? Dazu hast du doch bestimmt Lust ..." Sie legte der Stute Zaumzeug an und führte sie nach draußen. „Ich kann mich gar nicht mehr erinnern, ob es mit den Pferden oder mit den Kindern angefangen hat. Es schien alles gleichzeitig zu passieren. Auf jeden Fall hat sie Eastern Star als Erstes gekauft. Ein Vollblut, das es nicht geschafft hatte, sein Potenzial auszuschöpfen. Behauptete jedenfalls sein Halter. Sie haben ihn vor jedem Rennen aufgepumpt."

„Mit Drogen."

„Amphetaminen." Ihr hübsches Gesicht nahm einen harten Zug an. „Sie wurden erwischt, doch Stars Herz und seine Nieren hatten einen schlimmen Knacks weg. Keeley kaufte ihn. Wir haben alles Menschenmögliche für ihn getan, aber er hat es kein Jahr mehr gemacht. Es nimmt mich immer noch mit, wenn ich daran denke", schloss Sarah leise.

Sie schüttelte den Kopf und begann ihr Pferd zu satteln. „Nach Stars Tod wurde es für Keeley zu einer Art Mission. Deshalb hat es wahrscheinlich mit den Pferden angefangen. Sie hat sich das alles hier aufgebaut, und dann hat sie die Reitschule aufgemacht. Die Eltern, die es sich leisten können, zahlen eine anständige Summe Geld dafür, dass sie ihren Kindern Reitstunden gibt – und das ist es auch wert. Mit diesem Geld werden dann die anderen gefördert."

„Was denn für andere?"

„Schüler wie Willy." Sarah schnallte den Sattelgurt fest, überprüfte die Länge der Steigbügel. „Unterprivilegierte, misshandelte oder abgeschobene Kinder. Für sie sind die Reitstunden kostenlos, und außerdem arbeitet Keeley mit einer Kinderpsychologin zusammen. Aus diesem Grund kommt sie nicht mehr so viel zum Reiten wie früher. Unsere Keeley macht nämlich keine halben Sachen. Sie würde gern noch mehr Kinder annehmen, aber sie hätte lieber kleinere Gruppen, damit jedes Kind auch wirklich genug Aufmerksamkeit bekommt. Deshalb versucht sie andere Reitställe für die Idee zu gewinnen, ähnliche Projekte aufzuziehen."

Sarah tätschelte den Hals der Stute. „Ich bin überrascht, dass sie es nicht erwähnt hat. Normalerweise lässt sie nämlich keine Gelegenheit aus, andere für ihre Sache zu begeistern."

Fröhlich lächelnd schwang sie sich in den Sattel. „Was ist, haben Sie nicht Lust, heute zum Abendessen raufzukommen? Soweit ich weiß, hat Dad vor, ein Hähnchen zu grillen."

„Nochmals vielen Dank, aber ich habe schon andere Pläne. Viel Spaß beim Reiten."

Ganz recht, ich habe andere Pläne, überlegte er grimmig, als Sarah davonritt. Zu Kreuze zu kriechen nämlich. Er war sich zwar nicht sicher, wie es ausgehen würde, aber dass es ihm keinen Spaß machen würde, wusste er bereits jetzt.

Er ging um das Gebäude herum und klopfte. Wenn

er einen Hut aufgehabt hätte, hätte er ihn jetzt wahrscheinlich in der Hand gehalten. Als von drinnen keine Antwort kam, drückte er die Klinke nach unten und öffnete die Tür.

In dem Raum herrschte wie erwartet mustergültige Ordnung. In der Luft hing ihr Duft – nicht mehr als ein Hauch. Sonst war alles ganz geschäftsmäßig. Ein Schreibtisch – mit einem Computer, der wahrscheinlich wesentlich öfter benutzt wurde als der von Paddy –, ein Telefon mit zwei Leitungen und ein Faxgerät. Aktenschränke, zwei Sessel und ein kleiner Kühlschrank. Neugierig ging er hin und öffnete ihn. Als er die Softdrinkflaschen sah, die sich dort stapelten, musste er grinsen. Offenbar ernährte sie sich von nichts anderem.

Doch als sein Blick über die Wände glitt, wurde er ernst. Dort hingen Siegermedaillen am Band und fein säuberlich gerahmte Siegerurkunden. Es gab Fotos, die sie in förmlicher Reitkleidung lächelnd im Sattel sitzend oder auf einem Pferderücken über eine Hürde fliegend zeigten oder neben einem Pferd, die Wange an seinen Hals reibend.

Und in einem Rahmen prangte eine Olympiamedaille. Eine Silbermedaille.

„Verdammter Mist", brummte er. „Das bedeutet, dass ich doppelt zu Kreuze kriechen muss."

4. KAPITEL

Es war alles nur seine Schuld. Wenn Brian Donnelly nicht so unerträglich wäre – wenn er nicht dermaßen unerträglich *gewesen* wäre, bevor Chad angerufen hatte, hätte sie Chads Einladung zum Essen überhaupt nicht angenommen. Und dann hätte sie nicht vier Stunden damit vergeudet, sich tödlich zu langweilen, obwohl sie doch weiß Gott Sinnvolleres zu tun hatte.

Dies hier war ungefähr so sinnvoll wie dem Trocknen von Farbe zuzusehen.

Obwohl an Chad eigentlich nichts verkehrt war. Wenn man nicht allzu viel Verstand im Kopf hatte, sich für kaum etwas anderes interessierte als dafür, wie in dieser Saison die Designerjacketts geschnitten waren oder wie man den besten dreifachen Amaretto Latte zubereitete, war er der ideale Begleiter.

Leider war sie für alle drei Disziplinen nicht qualifiziert.

Im Augenblick ließ er sich über irgendein Bild aus,

das er sich kürzlich gekauft hatte. Nein, nicht über das Bild, dachte Keeley erschöpft. Eine Unterhaltung über dieses spezielle Gemälde oder über Kunst im Allgemeinen wäre das Wundermittel gewesen, das sie davor bewahrt hätte, ins Koma zu fallen. Aber Chad dozierte – ein anderes Wort gab es dafür nicht – über die *Investition*, die er mit dem Kauf getätigt hatte.

Er hielt die Fenster geschlossen und hatte die Klimaanlage aufgedreht, während sie fuhren. Dabei war es eine herrliche Nacht, aber die Scheiben herunterzukurbeln hätte bedeutet, dass Chads Frisur in Unordnung geraten wäre. Das durfte nicht sein.

Wenigstens brauchte sie sich keine Mühe zu geben, das Gespräch in Gang zu halten. Chad liebte Monologe.

Was er wollte, war eine attraktive Begleiterin mit dem richtigen Familienhintergrund und der richtigen Einkommensklasse, eine Frau, die wusste, wie man sich anzog, und sich sonst in ehrfürchtiges Schweigen hüllte, während er in allen Einzelheiten seine Schmalspurinteressen vor ihr ausbreitete.

Keeley war sich völlig im Klaren darüber, dass sie in seinen Augen eine geeignete Kandidatin war, und jetzt hatte sie ihn dadurch, dass sie seine Einladung angenommen hatte, auch noch ermutigt.

„Der Galerist war fest davon überzeugt, dass das Ding in drei Jahren fünf Mal so viel wert ist. Normalerweise hätte ich gezögert, weil der Künstler noch so jung und ziemlich unbekannt ist, aber die Ausstellung war wirklich ein Riesenerfolg. Außerdem habe ich mitbekommen, dass T. D. Giles mit dem Gedanken spielt, sich auch zwei Bilder von ihm zu kaufen. Und du weißt ja, wie ausgefuchst T. D. in solchen Dingen ist. Habe ich dir eigentlich schon erzählt, dass ich vorgestern seine Frau getroffen habe? Sie sah wirklich umwerfend aus. Die Lidfaltenoperation hat wahre Wunder bewirkt, außerdem hat sie mir erzählt, dass sie einen wahnsinnig tollen neuen Stylisten hat."

Oh Gott, war alles, was Keeley denken konnte. Lieber Gott, mach, dass ich bald hier rauskomme.

Als sie durch die steinernen Torpfeiler von Royal Meadows fuhren, hätte sie am liebsten ganz laut Hurra geschrien.

„Du kannst dir gar nicht vorstellen, wie ich mich freue, dass es mit uns beiden jetzt endlich mal geklappt hat. Das Leben ist wirklich ziemlich anstrengend, findest du nicht auch? Es gibt eben nichts Entspannenderes als ein gemütliches Abendessen zu zweit."

Noch ein bisschen mehr Entspannung, und ich wäre weggewesen, dachte Keeley. „Danke für die Einladung, Chad. Es war nett." Sie versuchte, sich seinen Gesichtsausdruck vorzustellen, wenn sie, noch bevor das Auto ganz zum Stillstand gekommen war, hinausspringen, zum Haus eilen und auf der Veranda einen kleinen Freudentanz aufführen würde.

Aber das wäre ziemlich unhöflich. Gut, dann also kein Freudentanz.

„Drake und Pamela – die Larkens kennst du ja – geben nächsten Samstagabend eine kleine Soiree. Was hältst du davon, wenn ich dich so gegen acht abhole?"

Sie brauchte einen Moment, um zu verkraften, dass er doch tatsächlich das Wort Soiree benutzt hatte. „Ich kann wirklich nicht, Chad. Ich gebe am Samstag den ganzen Tag Reitstunden. Da bin ich hinterher nicht mehr fit genug, um noch auszugehen. Trotzdem danke für die Einladung." Sie legte ihre Hand auf den Türgriff, erpicht darauf, endlich zu entkommen.

„Wirklich, Keeley, du darfst es nicht zulassen, dass deine kleine Reitschule dein ganzes Leben auffrisst."

Sie umklammerte den Türgriff, und obwohl sie bereits die Lichter ihres Zuhauses leuchten sah, drehte sie sich noch einmal zu ihm um und ließ den Blick über sein perfektes Profil schweifen. Dem Nächsten, der in diesem überheblichen Ton von ihrer Reitschule sprach, würde sie den Hals umdrehen. „Ach nein?"

„Obwohl ich mir sicher bin, dass du viel Spaß daran hast. Das haben Hobbys ja so an sich."

„Hobbys." Sie konnte sich nur mühsam beherrschen.

„Na ja, wir brauchen alle ab und zu eine kleine Abwechslung." Er hob eine Hand vom Lenkrad und machte eine elegante Handbewegung, so als wischte er zwei Jahre harter Arbeit weg. „Trotzdem musst du dir auch Zeit für dich nehmen. Erst kürzlich hat sich Renny beschwert, dass sie dich schon seit einer halben Ewigkeit nicht mehr zu Gesicht bekommen hat. Und wenn der Reiz des Neuen erst mal verflogen ist, wirst du dich fragen, wo all die Zeit geblieben ist."

„Meine Reitschule ist weder ein Hobby noch eine Abwechslung, und es gibt auch keinen Reiz des Neuen, der verfliegen könnte. Davon abgesehen ist sie ganz allein meine Angelegenheit."

„Aber ja. Selbstverständlich." Er tätschelte ihr gönnerhaft das Knie, während er das Auto zum Stehen brachte und dann ein bisschen weiter zu ihr herüberrutschte. „Gib doch wenigstens zu, dass sie zu viel von deiner Zeit beansprucht. Sonst hätte es nämlich nicht sechs Monate gedauert, bis wir endlich einen gemeinsamen Termin finden konnten."

„Ist das alles?"

Er interpretierte die ruhige Frage und das Glitzern in ihren Augen falsch. Und beugte sich zu ihr hinüber.

Sie schlug ihm mit der Hand auf die Brust. „Daran solltest du nicht mal im Traum denken! Hör zu, Kumpel, ich arbeite in meiner Reitschule an einem einzigen Tag mehr als du zwischen all deinen Maniküren und Amaretto Lattes und Soireen in diesem Büro, das dir dein Großvater vererbt hat, in einer ganzen Woche. Und der einzige Grund dafür, dass es erst nach sechs Monaten zu dieser Verabredung gekommen ist, besteht darin, dass ich Männer wie dich sterbenslangweilig finde. Mit dir gehe ich höchstens noch mal aus, um in der Hölle ein Eis am Stiel zu schlürfen. Deshalb verzieh dich jetzt endlich mit deiner französischen Krawatte und deinen italienischen Schuhen, und lass mich in Ruhe."

Er starrte sie völlig entgeistert an, während sie die Tür aufstieß. Als er die Beleidigung endlich erfasste, kniff er die Augen zusammen. „Die Zeit, die du im Stall verbringst, scheint deinen Umgangsformen nicht zu bekommen."

„Das stimmt, Chad." Sie war inzwischen ausgestiegen und beugte sich noch einmal durch die offene Tür herein. „Du bist einfach zu gut für mich. Ich werde in mich gehen und heute Nacht in mein Kissen weinen."

„Die Leute tuscheln, dass du kalt bist", sagte er in ruhigem verletzenden Ton. „Aber ich musste es ja unbedingt selbst herausfinden."

Obwohl es wehtat, verzog sie keine Miene. „Die Leute tuscheln auch, dass du ein Trottel bist. Damit wäre bewiesen, dass es sich bei beiden Bemerkungen nicht um Klatsch, sondern um die Wahrheit handelt."

Wütend ließ er den Motor aufheulen, und sie glaubte schwören zu können, dass seine Hände zitterten. „Es ist übrigens eine englische Krawatte."

Sie knallte die Tür zu, dann beobachtete sie spöttisch, wie er davonfuhr. „Aha. Eine englische also." Sie spürte ein unbändiges Lachen in sich aufsteigen, und als es aus ihr heraussprudelte, musste sie stehen bleiben und sich den Bauch halten. „Oh Gott! Das hätte ich mir eigentlich gleich denken können."

Mit einem tiefen Aufseufzen legte sie den Kopf zurück und schaute zu dem Sternenmeer hinauf. „So ein Narr", murmelte sie.

Als sie ein leises Klicken hörte, wirbelte sie herum und sah Brian, der sich gerade mit seinem Feuerzeug ein Zigarillo anzündete. „Na, gibt's Ärger mit dem Lover?"

„Ja, klar." Ihre Wut kehrte zurück. „Er möchte mit mir nach Antigua fahren, aber ich will unbedingt nach Mozambique. Antigua ist doch total out."

Nachdenklich zog Brian an seinem Zigarillo. Sie sah so verdammt schön aus, wie sie da in diesem Hauch von einem Kleid im Mondlicht stand, mit dem Haar, das aussah wie Flammen, die an schwarzer Seide leckten. Als er ihr Lachen gehört hatte, war es gewesen, als hätte er einen Schatz entdeckt. Und jetzt blitzte sie ihn wieder wütend an.

Es fühlte sich fast genauso gut an.

Lässig nahm er noch einen Zug aus seinem Zigarillo und stieß dann eine dicke Rauchwolke aus. „Sie versuchen, mich aufzuziehen, Keeley."

„Ja, am liebsten so lange, bis Sie in lauter kleine Stücke zerbröseln, damit ich Sie in eine Schachtel packen und nach Irland zurückschicken kann."

„Das kann ich mir vorstellen." Er warf das Zigarillo weg und ging auf sie zu. Anders als Chad interpretierte er das Glitzern in ihren Augen nicht falsch. „Sie haben Lust, auf jemand loszugehen." Er schloss seine Hand über ihrer, die sie zur Faust geballt hatte, zog sie hoch und tippte sich damit gegen sein Kinn. „Na los, schlagen Sie zu."

„Obwohl die Einladung verlockend ist, pflege ich meine Konflikte normalerweise anders zu lösen." Als sie sich zum Weitergehen anschickte, verstärkte er seinen Griff. „Allerdings", fuhr sie langsam fort, „könnte es passieren, dass ich diesmal eine Ausnahme mache."

„Ich entschuldige mich nicht gern und würde es auch nicht – noch einmal – tun müssen, wenn Sie mich mit einem Schlag k. o. schlagen."

Sie zog die Augenbrauen hoch. Der Versuch, sich dem unnachgiebigen Griff dieser großen Hand zu entziehen, wäre nur würdelos gewesen. „Spielen Sie damit auf meine kleine Reitschule an?"

„Ja. Was Sie da machen, ist eine prima Sache. Bewundernswert und überhaupt nicht klein. Ich würde Ihnen gern helfen."

„Wie bitte?"

„Ich würde Ihnen gern dabei helfen, wenn ich kann. Ihnen ein bisschen von meiner Zeit schenken."

Völlig aus dem Konzept gebracht, schüttelte sie den Kopf. „Ich brauche keine Hilfe."

„Das habe ich auch nicht angenommen. Aber schaden könnte es trotzdem nicht, oder?"

Sie musterte ihn misstrauisch, aber auch neugierig.

„Warum wollen Sie mir helfen?"

„Warum nicht? Dass ich mich mit Pferden auskenne, werden Sie zugeben. Außerdem kann ich zupacken. Und ich glaube an das, was Sie tun."

Es war der letzte Punkt, der ihre Abwehrmechanismen lahmlegte. Niemand außer ihrer Familie hatte das je in dieser Form zu ihr gesagt. Sie spannte ihre Hand in seiner an, und als er sie losließ, trat sie einen Schritt zurück. „Sagen Sie das jetzt nur, weil Sie ein schlechtes Gewissen haben?"

„Ich sage es, weil ich Ihnen gern helfen möchte. Entschuldigt habe ich mich ja schon."

„Ach ja? Ist mir gar nicht aufgefallen." Trotzdem lächelte sie, als sie sich anschickte weiterzugehen. „Aber das macht nichts. Ab und zu könnte ich vielleicht wirklich Unterstützung brauchen."

Er schloss sich ihr an, während sie mit einem kurzen Blick sein schlichtes weißes T-Shirt und die strapazierfähige Jeans streifte.

Ein starker, gesunder Körper, geschickte Hände und ein angeborenes Geschick im Umgang mit Pferden. Besser hätte sie es kaum treffen können. „Können Sie reiten?"

„Na, hören Sie mal, selbstverständlich kann ich reiten", begann er, dann sah er ihr spöttisches Lächeln, was ihn daran erinnerte, dass er ihr bei ihrer ersten Begegnung dieselbe Frage gestellt hatte. „Versuchen Sie schon wieder, mich aufzuziehen?"

„Diesmal war es leicht durchschaubar." Sie bog

auf einen Weg ab, der sich zwischen blühenden Büschen hindurchschlängelte. „Aber bezahlen kann ich Ihnen nichts."

„Ich habe schon einen Job, danke."

„Die Kinder übernehmen auch viele Stallarbeiten", berichtete sie. „Das gehört zum Kurs dazu. Es geht nicht nur darum, zu lernen, wie man im Sattel sitzt und ein Pferd dazu bringt, die Gangart zu wechseln. Genauso wichtig ist es, dass sich die Kinder mit ihrem Pferd verbunden fühlen. Beim Stallausmisten entsteht ein starkes Band."

Er grinste. „Da kann ich nicht widersprechen."

„Trotzdem sind sie noch Kinder, deshalb ist es auch wichtig, dass sie ihren Spaß haben. Und weil sie noch lernen, kann es gelegentlich vorkommen, dass ihre Arbeit hier und da noch etwas zu wünschen übrig lässt. Außerdem reicht die Zeit oft nicht mehr, um die Sättel einzufetten und zu polieren."

„Ich habe meine illustre Karriere selbst mit einer Mistgabel in der Hand und Sattelfett in der Tasche begonnen."

Müßig riss er eine weiße Blüte ab und steckte sie ihr ins Haar. Der lässige Charme dieser Geste brachte sie durcheinander und erinnerte sie daran, dass sie im Mondschein, umgeben von blühenden Sträuchern, dahinspazierten.

Keine besonders gute Idee, ermahnte sie sich selbst.

„Na gut dann. Falls Sie also irgendwann ein bisschen Zeit übrig haben, werde ich bestimmt noch irgendwo eine Mistgabel finden."

Als sie auf das Haus zusteuerte, ergriff er wieder ihre Hand und bat: „Gehen Sie noch nicht rein. Die Nacht ist zu schön, um sie zu verschlafen."

Er hatte eine schöne Stimme, mit einem beruhigenden singenden Unterton. Sie verstand nicht, warum sie sogleich erschauerte. „Wir müssen morgen beide früh raus."

„Das stimmt, aber wir sind schließlich noch jung, oder? Ich habe Ihre Medaille gesehen."

Sie war so abgelenkt, dass sie vergaß, ihm ihre Hand zu entziehen. „Meine Medaille?"

„Die Silbermedaille von den Olympischen Spielen. Ich war in Ihrem Büro, weil ich Sie gesucht habe."

„Mit der Medaille lassen sich Eltern ködern, die es sich leisten können, für die Reitstunden gutes Geld zu bezahlen."

„Sie ist etwas, worauf man stolz sein kann."

„Das bin ich auch." Mit ihrer freien Hand strich sie sich eine Haarsträhne aus dem Gesicht. Dabei streiften ihre Fingerspitzen die samtweiche Blüte in ihrem Haar. „Aber sie sagt nicht alles über mich aus."

„Anders als zum Beispiel ... warten Sie ... eine englische Krawatte?"

Das Auflachen entschlüpfte ihr ganz unversehens und linderte die seltsame Anspannung in ihr. „Ich habe eine Überraschung für Sie. Mit viel Zeit und einiger Anstrengung könnte ich Sie vielleicht sogar irgendwie mögen."

„Ich habe viel Zeit." Er ließ ihre Hand los und berührte sacht ihre Haarspitzen. Sie schrak sofort zurück. „Sie sind ganz schön nervös", murmelte er.

„Nein, eigentlich nicht besonders." Normalerweise jedenfalls nicht, dachte sie. Bei den meisten Leuten.

„Es ist nur, weil ich Sie gern berühre", sagte er und fuhr ihr absichtlich wieder mit den Fingerspitzen übers Haar. „Es hat etwas mit dieser ... Verbindung zu tun. Sie entsteht durch Berührung."

„Ich ..." Sie sprach nicht weiter, als er mit den Fingern sanft über ihren Nacken strich.

„Ich habe herausgefunden, dass Sie Ihre Probleme direkt hier unten an Ihrer Halswurzel mit sich herumtragen. Mehr Probleme, als sich auf Ihrem Gesicht widerspiegeln. Und Sie haben wirklich ein wunderschönes Gesicht, Keeley. Es haut einen glatt um."

Die Anspannung löste sich dort, wo seine Hände sie berührten, und baute sich an anderer Stelle wieder auf. An einer Art Sammelpunkt, wo sich die Hitze konzentrierte. Plötzlich verspürte sie so einen Druck in der Brust, dass sie kaum noch Luft bekam. Ihr Magen krampfte sich zusammen. Schmerzte.

„Mein Gesicht hat nichts damit zu tun, wie ich bin."

„Vielleicht nicht, aber es ist trotzdem ein reines Vergnügen, es anzusehen."

Wenn sie nicht erschauert wäre, hätte er vielleicht widerstehen können. Natürlich wusste er, dass es ein Fehler war. Aber er hatte schon früher Fehler gemacht und würde immer wieder welche machen. Das Mondlicht schien, und die Luft war erfüllt von Rosenduft. Konnte man von einem Mann wirklich verlangen, dass er es übersah, wenn eine schöne Frau unter seiner Berührung erbebte?

Von mir nicht, entschied er.

„Die Nacht ist zu schön, um sie zu verschlafen", wiederholte er und beugte sich zu ihr hinunter.

Sie schrak erst zurück, als sein Mund ihrem schon ganz nahe war. Mit den Fingern streichelte er weiter ihren Nacken, hielt sie fest. Sein Blick schweifte zu ihren Lippen, verweilte dort kurz, ehe er ihr wieder in die Augen schaute.

Und er lächelte. „*Cushla machree*", murmelte er, und sie fühlte sich von den Worten so in Bann gezogen, als wären sie eine Zauberformel.

Seine Lippen streiften ihre so sanft wie Schmetterlingsflügel. Daraufhin begann sie erneut zu erbeben. Er zog sie noch ein bisschen enger an sich, lockte ihren Körper, lud ihn ein, sich anzuschmiegen, während sich seine Hand auf ihrem Rücken rhythmisch auf und ab bewegte.

Ganz langsam öffnete sie ihre Lippen.

Es war himmlisch, sich so weich, so weiblich, so offen zu fühlen. Sie legte ihm die Hände auf die Schultern, während sie sich dem atemberaubenden Gefühl seines Kusses hingab.

Er konnte zärtlich sein, er hatte für das Zerbrechliche schon immer eine große Zärtlichkeit verspürt. Aber ihre überraschende Hingabe entfachte in ihm ein heißes Verlangen, sie zu packen und sie zu nehmen. Nur mit Mühe konnte er sich beherrschen. Er hatte mit Widerstand gerechnet. Alles, angefangen von eisiger Verachtung bis hin zu heftiger Leidenschaft, hätte er verstanden. Aber diese völlige Hingabe machte ihn fertig.

„Mehr", murmelte er unter ihrem Mund. „Nur noch ein bisschen mehr." Und er vertiefte den Kuss.

Aus ihrer Kehle stieg ein Laut auf, ein tiefes Stöhnen, das ihm durch und durch ging. Sein Herz raste, ihm wurde heiß, und sein Atem ging stoßweise.

Darüber erschrak er so, dass er den Kuss unvermittelt beendete, sich unsanft von ihr löste und sie mit der nervösen Wachsamkeit eines Mannes musterte, der plötzlich begreift, dass er kein Kätzchen, sondern einen Tiger im Arm hält.

Hatte er tatsächlich geglaubt, dass er nur einen Fehler machte? Nur einen ganz normalen, alltäglichen Fehler? Was für ein Irrtum. Er hatte ihr die Macht gegeben, ihn zu zermalmen.

„Verdammt."

Verwirrt blinzelte sie ihn an und versuchte, sich einen Reim auf die plötzliche Veränderung zu machen, die mit ihm vorgegangen war. Auf seinem Gesicht spiegelte sich Wut, und der Druck der Hände, die ihre Oberarme umspannten, war nicht mehr sanft. Sie hatte das Gefühl, jeden Moment erneut erschauern zu müssen, aber noch so eine Blöße würde sie sich nicht geben.

„Lassen Sie mich los!"

„Ich habe Sie zu nichts gezwungen."

„Das habe ich auch nicht gesagt."

Ihre Lippen waren von dem Kuss ein wenig geschwollen, und ihr Magen zog sich schmerzhaft zusammen. Dabei bist du doch angeblich kalt, dachte sie benommen. Und sie hatte es selbst geglaubt. Herauszufinden, dass das Gegenteil stimmte, war kein Grund zum Jubeln. Aber zur Panik.

„Ich will das nicht." Diese Verletzlichkeit, die in ihrem Ton mitschwang!

„Ich auch nicht." Er ließ sie los und stieß seine Hände in die Hosentaschen. „Das ist ja eine schöne Sache."

„Das ist es nur, wenn wir es zulassen." Sie wünschte sich, ihre Hand auf ihr Herz pressen zu können, damit es aufhörte, so wild zu hämmern. Erstaunlich, dass er es nicht hören konnte. „Wir sind beide erwachsene Menschen und imstande, für das, was wir tun, die Verantwortung zu übernehmen. Das war eine beidseitige Entgleisung. Es wird nicht wieder vorkommen."

„Und wenn doch?"

„Ganz bestimmt nicht, weil jeder von uns seine Prioritäten hat und so eine ... Sache alles nur verkomplizieren würde. Deshalb vergessen wir es einfach. Gute Nacht."

Damit wandte sie sich ab und ging zum Haus. Sie rannte nicht, obwohl sie es einerseits am liebsten getan hätte. Andererseits jedoch wünschte sie sich, er möge sie aufhalten. Und auf Letzteres war sie nun wirklich nicht stolz.

Brian hatte gehofft, dass ihm die Zeit in Florida und die Arbeit, um die sich sein ganzes Leben drehte, helfen würden, zu tun, was sie vorgeschlagen hatte. Zu vergessen.

Aber er hatte nicht vergessen und konnte es auch nicht, und am Ende wurde ihm klar, dass es naiv gewesen war, das zu erwarten. Und weil er litt, sah er keinen Grund, sie so verdammt leicht davonkommen zu lassen.

Du weißt, wie man Frauen behandelt, erinnerte er sich. Und egal ob Prinzessin oder nicht, zuerst einmal war Keeley eine Frau. Sie würde schon begreifen, dass man Brian Donnelly nicht wie eine lästige Fliege verscheuchen konnte.

Die Reisetasche über der Schulter, ging er an den Ställen vorbei zu seinem Quartier. Die Rückfahrt von Hialeah war anstrengend gewesen, und er hatte nur wenig geschlafen. Natürlich hätte er auch fliegen können, aber er hatte beschlossen, mit den Tieren zurückzufahren.

Seine Pferde hatten ihm jeden Wunsch erfüllt, sie hatten ihn stolz gemacht und ihm zusätzliches Geld eingebracht. Dafür zu sorgen, dass sie gut zurückkamen, war das Mindeste, was er für sie tun konnte.

Doch alles, was er im Augenblick für sich selbst ersehnte, waren eine schöne heiße Dusche, eine Rasur und eine gute Tasse Tee.

Obwohl er sofort bereit gewesen wäre, auf all das zu verzichten, wenn er dafür nur noch ein einziges Mal Keeley hätte schmecken können.

Dieser Gedanke ärgerte ihn und veranlasste ihn, einen finsteren Blick in die Richtung, in der ihre Koppel lag, zu werfen. Sobald er sich geduscht und rasiert hatte, würde er kurz bei ihr vorbeischauen. Sehr kurz, entschied er. Bevor er in Versuchung kam, sie wieder in die Arme zu ziehen. Um sie dann, nachdem er sie lange geküsst hatte …

Die erotischen Bilder, die ihm seine Fantasie vorgaukelte, zerplatzten wie Seifenblasen, als er um die Hausecke kam und Keeleys Mutter vor einem Blumenbeet knien sah.

Es war nicht gerade angenehm, der Mutter der Frau über den Weg zu laufen, die man sich eben nackt vorstellte. Als Delia sich halb umwandte und zu ihm hinüberschaute, sah er, dass ihre Wangen tränenüberströmt waren.

„Mrs. Grant."

„Brian." Sie schniefte und wischte sich mit dem Handrücken das Gesicht ab. „Ich zupfe nur ein bisschen Unkraut. Damit die Beete hier wieder ordentlich aussehen." Sie nestelte verlegen an ihrer Schirmmütze herum, dann ließ sie die Hände sinken und setzte sich auf ihre Fersen. „Bitte, entschuldigen Sie."

„Mrs. Grant." Das hast du bereits gesagt, dachte er. Lass dir was anderes einfallen. Wenn er eine Frau weinen sah, fühlte er sich immer wie gelähmt.

„Onkel Paddy ist erst gestern abgereist, aber er fehlt mir jetzt schon." Sie schaffte es nicht ganz, ihr Aufschluchzen zu unterdrücken. „Ich hatte gehofft, dass ich mich besser fühle, wenn ich mich hier ein bisschen nützlich mache, aber ich kann an nichts anderes denken. Ich weiß ja, dass er gehen musste. Weil er es so wollte. Aber ..."

„Mrs. Grant." Verdammt, ihm fiel wirklich nichts ein. Hektisch wühlte Brian in seinen Taschen nach einem Taschentuch. „Vielleicht sollten Sie ... hier."

„Danke." Sie nahm das Halstuch, das er ihr in Ermangelung eines sauberen Taschentuchs hinhielt, während er neben ihr in die Hocke ging. „Sie wissen ja, wie es ist, wenn man von der Familie getrennt ist."

„Na ja, meine steht mir nicht so nah, sozusagen."

„Familie bleibt Familie." Sie trocknete sich die Tränen, dann atmete sie laut aus.

Wie jung sie ausschaut, dachte er. Und in ihrer Baseballkappe, die ihr ein bisschen schief auf dem Kopf saß, und den verweinten Augen sah sie so gar nicht wie eine Mutter aus. Er tat, was für ihn nur natürlich war – er nahm ihre Hand.

Einen Moment lehnte sie ihren Kopf an seine Schulter und seufzte. „Paddy hat mein ganzes Leben verändert, indem er mich hierher holte. Sie können sich gar nicht vorstellen, wie aufgeregt ich damals beim Flug war. Ein neues Zuhause, neue Menschen, ein fremdes Land, all das erwartete mich. Außerdem hatte ich Paddy viele Jahre lang nicht gesehen, doch sobald ich vor ihm stand, war alles gut. Ich weiß nicht, was ich ohne ihn getan hätte."

Beim Reden wurde ihr wieder etwas leichter ums Herz. Dass er ihr schweigend zuhörte, hatte etwas Beruhigendes.

„Ich wollte nicht vor Travis und den Kindern weinen, weil er ihnen ja genauso fehlt. Und eigentlich habe ich mich bis eben auch ganz gut verhalten. Aber hier habe ich gewohnt, als ich nach Royal Meadows kam. In einem hübschen Zimmer mit grünen Wänden und weißen Vorhängen. Gott, wie jung ich damals war."

„Und jetzt sind Sie alt und klapprig", scherzte Brian und war froh, als sie lachte.

„Na ja, klapprig vielleicht nicht gerade, aber damals war ich wirklich sehr jung und unerfahren. Ich hatte noch nie im Leben so eine Farm gesehen und sollte doch jetzt dank Paddys Intervention dort leben. Wenn er nicht gewesen wäre, glaube ich nicht, dass Travis es mit mir als Pferdepflegerin versucht hätte."

„Als Pferdepflegerin? Stimmt das wirklich?" Brian zog überrascht die Augenbrauen hoch. „Das habe ich eigentlich für eine erfundene Geschichte gehalten."

„Aber nein, das ist sie ganz und gar nicht", widersprach sie vehement und mit unübersehbarem Stolz. „Ich habe mir hier meinen Lebensunterhalt verdient. Ich war sogar eine sehr gute Pferdepflegerin. Und Majesty war mir besonders ans Herz gewachsen."

„Sie haben Majesty betreut?"

„Ja, und ich war dabei, als er den Derby geholt hat. Oh, ich habe dieses Pferd geliebt. Na ja, Sie wissen ja, wie das ist."

„Oh ja."

„Wir haben ihn erst letztes Jahr verloren, aber er hatte ein schönes langes Leben. Ich glaube, das war der Zeitpunkt, an dem Paddy beschlossen hat, wieder zurück nach Irland zu gehen. Jetzt ist er schon dort, und ich weiß ganz genau, was er sieht, wenn er vor dem Haus steht. Zumindest das ist ein Trost. Genauso wie Sie mir ein Trost waren, Brian. Danke."

„Ich habe doch gar nichts gemacht. Wenn ich jemand weinen sehe, bin ich immer völlig hilflos."

„Sie haben zugehört." Sie gab ihm sein Halstuch zurück.

„Aber wahrscheinlich nur, weil ich in so einem Fall nie weiß, was ich sagen soll. Warten Sie, Sie haben da ein bisschen Erde."

In dem Moment, in dem Brian sich anschickte, ihrer Mutter mit einem blauen Tuch das Gesicht abzuwischen, kam Keeley den Weg herauf. Als sie sah, dass Delia geweint hatte, schoss sie wie eine Furie auf Brian zu.

„Was ist los? Was haben Sie gemacht?", fauchte sie ihn an, wobei sie ihrer Mutter einen Arm um die Schultern legte.

„Nichts. Ich habe Ihre Mutter nur niedergeschlagen und ihr dann noch einen Fußtritt verpasst."

„Wirklich, Keeley." Delia tätschelte besänftigend die Hand ihrer Tochter. „Brian hat mir nur sein Halstuch geliehen und mir gestattet, mich an seiner Schulter auszuweinen, weil mir Onkel Paddy fehlt."

„Oh Ma." Keeley schmiegte ihre Wange an Delias. „Sei nicht traurig."

„Ich bin aber traurig, zumindest ein bisschen. Obwohl es mir jetzt schon wieder viel besser geht." Sie beugte sich vor und überraschte Brian damit, dass sie ihm einen flüchtigen Kuss auf die Wange gab. „Sie sind so ein netter junger Mann und dazu auch noch so geduldig."

Jetzt richtete er sich wieder auf und half ihr beim Aufstehen. „Meines Wissens nach bin ich weder für das eine noch für das andere bekannt, Mrs. Grant."

„Das ist nur, weil die meisten Leute nicht richtig hinsehen. Aber nachdem ich an Ihrer Schulter geweint habe, sollten Sie es wirklich langsam schaffen, Delia zu mir zu sagen. Ich gehe jetzt in den Stall und mache mich dort ein bisschen nützlich."

„Sie weint fast nie", murmelte Keeley, nachdem ihre Mutter sie und Brian allein gelassen hatte. „Außer wenn sie sehr glücklich oder sehr traurig ist. Tut mir leid, dass ich so auf Sie losgegangen bin, aber als ich ihre Tränen sah, konnte ich nicht mehr klar denken."

„Macht nichts, auf mich haben Tränen eine sehr ähnliche Wirkung."

Sie nickte, dann suchte sie verzweifelt nach einem Gesprächsthema, um das verlegene Schweigen, das zwischen ihnen entstanden war, zu brechen. Dabei war sie sich so sicher gewesen, dass sie ihm beim nächsten Mal gefasst gegenübertreten würde. „Wie ich gehört habe, waren Sie in Hialeah sehr erfolgreich."

„Wir. Ihr Hero läuft sehr gut, besonders in der Menge."

„Ja, ich weiß. Er lebt nur, um zu laufen." Ihr Blick fiel auf seine Reisetasche, die er auf dem Boden abgestellt hatte. „Und Sie sind noch nicht einmal richtig da und haben schon eine weinende Frau am Hals und eine zweite, die Sie anfaucht. Es tut mir wirklich leid."

„Leid genug, um mir eine Kanne Tee zu machen, während ich kurz im Bad verschwinde?"

„Ich ... also ... na gut, aber ich habe nur eine knappe Stunde Zeit."

„Eine Kanne Tee zu machen dauert längst nicht so lange." Zufrieden begann er, die Treppe hinaufzusteigen. „Dann haben Sie heute Nachmittag noch Unterricht?"

„Ja." Obwohl sie das Gefühl hatte, in eine Falle zu gehen, folgte Keeley ihm ins Haus. Er war zu ihrer

Mutter freundlich gewesen, und sie war verpflichtet, sich dafür bei ihm zu revanchieren. „Um halb vier. Aber vorher habe ich noch einiges zu erledigen."

„Gut, ich brauche nicht lange. Wo die Küche ist, wissen Sie ja sicher."

Sie schaute ihm mit gerunzelter Stirn nach, als er im Schlafzimmer verschwand.

Die Situation dadurch in den Griff zu bekommen, dass sie ihm Tee machte, war nicht unbedingt das, was sie sich vorgenommen hatte. Sie hatte viel darüber nachgedacht und am Ende beschlossen, dass es am besten sein würde, wenn sie ihm mit freundlicher Höflichkeit, aber distanziert begegnete. Der Vorfall an diesem Abend vor einigen Tagen war nur eine vorübergehende Torheit gewesen. Harmlos.

Unglaublich.

Entschlossen ging sie in die Küche, um den alten Teekessel mit Wasser aufzusetzen, an dem Paddy so gehangen hatte. Nein, es gab absolut nichts, worüber sie sich Sorgen machen müsste. In gewisser Hinsicht sollte sie Brian sogar dankbar sein. Durch ihn hatte sie erfahren, dass sie Männern doch nicht so gleichgültig gegenüberstand, wie sie immer geglaubt hatte. Tatsächlich hatte es sie manchmal ein bisschen beunruhigt, dass es – anders als bei ihren Freundinnen – bei ihr und einem Mann noch nie richtig gefunkt hatte.

Nun, bei ihm waren die Funken geflogen, eine ganze Feuersbrunst hatte sie gespürt. Und das war gut so, es war nur gesund. Irgendjemand hatte sie schließlich doch noch zur richtigen Zeit, am richtigen Ort und in der richtigen Stimmung erwischt. Und wenn es einmal passiert war, konnte es jederzeit wieder passieren.

Mit jemand anders natürlich. Wenn sie beschloss, dass es an der Zeit war.

Sie ließ den Tee ziehen, dann öffnete sie einen Hängeschrank und streckte sich nach einer Tasse.

„Ich hole sie." Er trat hinter sie und klemmte sie zwischen sich und dem Tresen ein. Schloss seine Hand über ihrer, die die Tasse hielt.

Sie konnte die Seife, mit der er sich gewaschen hatte, riechen und die Hitze, die er ausstrahlte, spüren. Und ihr Mund wurde trocken.

„Ich bin zu der Erkenntnis gelangt, dass ich es nicht vergessen will."

Sie versuchte ganz bewusst zu atmen. „Wie bitte?"

„Und dass ich es dich auch nicht vergessen lasse."

Sie schluckte. „Wir haben uns geeinigt, dass …"

„Wir haben uns auf gar nichts festgelegt." Er nahm ihr die Tasse aus der Hand, stellte sie ab. Ihr Haar, das sie sich zu einem Pferdeschwanz hochgebunden hatte, ließ ihren schön geschwungenen Nacken frei. Er streichelte ihn. „Trotzdem behaupte ich, dass zwischen uns eine unausgesprochene Einigkeit darüber besteht, dass wir uns wollen."

Das Begehren stieg heiß in ihr hoch. „Wir wissen nichts voneinander."

„Ich weiß, wie du schmeckst." Er knabberte zärtlich an ihrem Hals. „Und wie du duftest und wie du dich anfühlst. Ich sehe dein Gesicht vor mir, ob ich es will oder nicht." Er drehte sie zu sich herum und musterte sie aus dunklen Augen. „Warum solltest du eine Wahl haben, wenn ich keine habe?"

Gleich darauf presste er seinen Mund auf ihren – aufreizend, gefährlich, prickelnd. Er durchwühlte ihr Haar und drängte sich an sie.

Und diesmal spürte sie in der Umarmung Wut und Leidenschaft gleichermaßen. Jetzt empfand sie unter dem Beben auch eine Spur Angst. Diese Mischung war unerträglich erregend.

„Dafür bin ich noch nicht bereit." Sie versuchte, sich aus seinem Griff zu befreien. „Ich bin einfach nicht bereit. Begreifst du das?"

„Nein." Aber er verstand, was er in ihren Augen sah. Er hatte ihr Angst eingejagt, und dazu hatte er kein Recht. „Ich sage es noch einmal: Ich will es nicht verstehen." Damit ließ er sie los und trat einen Schritt zurück. „Deine Mutter findet, dass ich ein geduldiger Mensch bin. Und das bin ich unter gewissen Umständen tatsächlich. Ich werde also warten, weil ich mir sicher bin, dass du irgendwann kommst. Irgendetwas ist zwischen uns, deshalb wirst du mir signalisieren, wenn du bereit bist."

„Zwischen Selbstbewusstsein und Arroganz ist nur ein schmaler Grat, Brian. Pass auf, wo du hintrittst", warnte sie ihn, während sie zur Tür ging.

„Du hast mir gefehlt."

Ihre Hand schloss sich über dem Türknopf, aber sie schaffte es nicht, ihn zu drehen. „Du kennst aber auch wirklich alle Tricks", flüsterte sie.

„Kann sein. Trotzdem hast du mir gefehlt. Danke für den Tee."

Sie seufzte. „Keine Ursache", sagte sie und verließ ihn.

5. KAPITEL

Bad Betty hatte sich ihren Namen redlich verdient. Sie machte nicht einfach nur Probleme, sondern suchte geradezu nach ihnen. Es schien ihr nur noch Spaß zu machen, die Stallburschen zu beißen. Und die Exerciseboys zu treten. Draußen auf der Weide jagte sie die anderen Jährlinge, und wenn es Zeit war, in den Stall zu traben, bäumte sie sich auf, schlug aus und schnaubte empört.

Aus all diesen Gründen vergötterte Brian sie.

Nachdem er beschlossen hatte, sich persönlich um sie zu kümmern, ging durch die Reitställe ein kollektives Aufseufzen. Sie stellte ihn auf die Probe, aber obwohl sie es nur selten schaffte, ihn auszutricksen, hatte Brian doch eindrucksvolle, in allen Regenbogenfarben schillernde Blutergüsse.

Viele hielten sie für eine Bestie, aber Brian wusste es besser. Sie war eine Rebellin. Und eine geborene Siegerin. Man musste ihr nur beibringen, wie man gewann, ohne dieser wilden Seele Schaden zuzufügen.

Er führte sie an der Longierleine im Kreis herum, während sie vorgab, ihn zu ignorieren. Dennoch, sobald er leise auf sie einredete, zuckten ihre Ohren, und hin und wieder riskierte sie aus den Augenwinkeln einen Blick auf ihn. Und als er der Leine mehr Spiel ließ und Bad Betty in einen kurzen Galopp verfiel, wurde seine tagelange harte Arbeit schließlich belohnt.

„Ah ja, genau so. Wie schön du bist." Diesen Augenblick hätte er gern mit einer Kamera festgehalten – das prächtige Stutenfohlen, das anmutig galoppierend seine Kreise in der Koppel drehte, während sich dahinter unter einem strahlend blauen Himmel die grünen Hügel erstreckten.

Es wäre ein hübsches Foto geworden, und für manche hätte es wie ein ausgelassenes Herumtollen ausgesehen. Doch dies war nicht so. Ein Rennpferd lernte, durch die Signale, die ihm durch das Zaumzeug übermittelt wurden, Befehle entgegenzunehmen – ein weiterer wichtiger Schritt zum Ziel.

Und er bemerkte noch etwas, während er Betty anschaute, während er Form und Haltung und dieses unmissverständliche Glitzern in ihren Augen studierte.

Er sah seine eigene Bestimmung.

„Mit uns beiden wird es klappen", sagte er leise. „Wir sind füreinander bestimmt. Denn wir sind beide Rebellen, zumindest für die Leute, die nicht begreifen, wo wir hin wollen. Wir müssen gewinnen, oder was meinst du?"

Er verkürzte die Leine, und Bad Betty verfiel in Trab. Und dann noch ein Stück, bis sie im Schritt ging. Auf ihrem Fell glänzte Schweiß, und ihm liefen ebenfalls die Schweißtropfen über den Rücken. Nicht genug damit, dass der September sich weigerte, den Sommer loszulassen. Er klammerte sich auch noch an ihn und bearbeitete ihn mit Fäusten.

Sie verständigten sich mit Blicken, ohne auf die Hitze zu achten.

Während Bad Betty im Kreis lief, benutzte er immer wieder die Leine, um ihr etwas zu signalisieren, und die ganze Zeit über hörte er nicht auf, sie zu loben.

Keeley konnte nicht widerstehen. Sie musste einfach einen Moment lang zuschauen, obwohl sie alle Hände voll zu tun hatte. Aber warum sollte sie sich nicht an einem strahlenden Septembertag einige Minuten Zeit nehmen, um Zeuge eines kleinen Wunders zu werden?

Sie lehnte sich gegen den Zaun und beobachtete, wie Brian mit Betty die verschiedenen Gangarten einübte. Ihr Vater hatte gut daran getan, ihn einzustellen, so viel war sicher. Zwischen Mann und Pferd existierte ein inneres Band, das stärker war als die Leine zwischen ihnen. Sie spürte es ganz deutlich.

Diese Fähigkeit konnte man nicht erlernen. Man besaß sie einfach oder auch nicht.

Sie wusste, dass Brian sich für jeden einzelnen

Jährling Zeit nahm. Das war auf einer so großen Farm wie Royal Meadows keine leichte Sache, doch entscheidend war die Art, wie man ein Pferd behandelte. Ein kluger Züchter wusste, dass die Aufmerksamkeit, die man einem Pferd in den ersten Lebensmonaten zukommen ließ, viel damit zu tun hatte, wie es sich später beim Training verhielt.

„Sieht gut aus, hm?", fragte Brian Keeley, während er Betty zu einem letzten Kurzgalopp aufforderte, indem er der Longierleine Spiel ließ.

„Sehr gut. du hast große Fortschritte gemacht."

„*Wir* haben große Fortschritte gemacht. Sie ist bereit, einen Reiter auf sich zu dulden."

Da Keeley Bettys Ruf kannte, fragte sie: „Und wen willst du bestechen – oder unter Androhung von Strafe zwingen –, sich auf sie zu setzen?"

Brian holte die Leine ein, und Betty verfiel in einen ruhigen Trab. „Was ist mit dir? Hast du nicht Lust?"

Sie lachte. „Nein, danke. Mir reicht meine Arbeit auch so." Obwohl es eine Versuchung war.

Brian wusste, dass ein Samen Zeit brauchte, um aufzugehen, nachdem man ihn gesät hat. „Nun, sie wird ihr erstes Gewicht morgen früh auf sich spüren." Jetzt holte er Betty mit der Leine zu sich heran und ging mit ihr an den Zaun, wo Keeley stand.

Sie sah schön aus, das Haar so schimmernd wie das Fell des Fohlens und die Augen genauso wachsam. „Sie wird zwar nie fügsam und sanft werden, aber sie wird es schaffen, richtig, *maverneen*?"

Er tätschelte dem Fohlen den Hals, während Betty an dem Beutel schnüffelte, der an Brians Gürtel befestigt war, dann drehte sie den Kopf weg.

„Sie sagt mir, dass es sie nicht interessiert, dass ich da Äpfel drin habe. Jawohl, kein bisschen." Nachdem er die Leine um den Querbalken des Zauns geschlungen hatte, holte er einen Apfel und sein Taschenmesser heraus. Bedächtig zerteilte er ihn in zwei Hälften. „Dann sollte ich diese Belohnung vielleicht dieser anderen hübschen Lady hier anbieten."

Er streckte den Arm aus und hielt Keeley den Apfel hin, woraufhin Betty ihm so hart den Kopf in die Seite rammte, dass er gegen den Zaun taumelte. „Aha, jetzt versucht sie, meine Aufmerksamkeit zu bekommen. Heißt das, dass du doch ein Stück Apfel willst?"

Er ging auf sie zu und hielt ihr die eine Hälfte des Apfels hin. Betty pflückte ihn zart mit den Lippen von seiner Handfläche. „Sie liebt mich."

„Sie liebt deine Äpfel", widersprach Keeley.

„Oh, nicht nur. Pass auf." Bevor Keeley ausweichen – oder auch nur daran denken – konnte, legte er ihr eine Hand in den Nacken, zog sie zu sich heran und rieb seine Lippen provozierend an ihren.

Betty schnaubte empört und versetzte ihm mit dem Kopf einen derben Schubs.

„Siehst du?" Brian streifte leicht mit den Zähnen Keeleys Oberlippe, bevor er sie losließ. „Sie ist eifersüchtig. Es passt ihr nicht, wenn ich einer anderen Frau meine Aufmerksamkeit schenke."

„Dann solltest du nächstes Mal besser sie küssen. Auf diese Weise ersparst du dir einige blaue Flecken."

„Macht nichts. Hat sich trotzdem gelohnt. Für beide Seiten."

„Pferde lassen sich leichter einwickeln als Frauen, Donnelly." Sie nahm ihm die andere Apfelhälfte aus der Hand und biss hinein. „Ich mag einfach nur deine Äpfel", erklärte sie und schlenderte davon.

„Die ist genauso widerspenstig wie du." Er tätschelte Betty den Kopf, während er Keeley nachschaute, die zu ihrem Stall ging. „Ich frage mich bloß, was mich an widerspenstigen Frauen so anzieht."

Keeley hatte nicht vorgehabt, zu den Jährlingsställen zu gehen. Wirklich nicht. Sie hatte es nur getan, weil sie schon so früh auf war und ihre eigenen morgendlichen Pflichten bereits hinter sich gebracht hatte. Und weil sie neugierig war. Als sie aus der grauen Morgendämmerung in den Stall trat, hörte sie als Erstes Brians Stimme.

Sie musste lächeln. Über die Verzweiflung, die darin mitschwang.

„Los jetzt, Jim, du hast den Kürzeren gezogen du kannst dich jetzt nicht drücken."

„Will ich ja auch gar nicht."

Der Exerciseboy presste die Kiefer aufeinander und rollte die Schultern, als Keeley vor der Box stehen blieb. „Guten Morgen. Wie ich höre, hat es Sie getroffen, Jim."

„Ja, mein Glück." Er warf Betty einen finsteren Blick zu. „Sie würde mich am liebsten auffressen."

„Du brauchst ihr jetzt nur noch einen Grund zu liefern, zum Beispiel, wenn du sie spüren lässt, dass du Angst vor ihr hast", sagte Brian. „Also los, Jim, du wirst heute in die Geschichte eingehen … als der erste Mensch, den die nächste Gewinnerin der Triple Crown auf sich geduldet hat."

Betty gab ein verächtliches Schnauben von sich und versuchte, sich aufzubäumen, als Brian die kurzen Zügel fester packte. Und Jims Augen in seinem bleichen Gesicht wurden riesengroß.

„Ich mache es." Keeley wusste nicht genau, ob sie die Herausforderung reizte oder ob es Mitleid mit dem verängstigten Jungen war. „Wenn es wirklich ein historischer Moment ist, sollte schon eine Grant auf dem Champion von Royal Meadows sitzen." Sie lächelte Jim bei ihren Worten an. „Geben Sie mir Ihre Jacke und die Mütze."

„Sind Sie sich wirklich sicher, dass Sie es machen wollen?" Jim schaute eher erleichtert als beschämt von Keeley zu Brian.

„Sie ist der Boss. In gewisser Weise", sagte Brian. „Pech gehabt, Jim."

„Ich werde es überleben." Ein bisschen zu eilig versuchte er, aus der Box zu kommen. Betty, die nur auf diese Gelegenheit gewartet zu haben schien, spannte alle Muskeln an und hob das Bein. Brian stieß Jim geistesgegenwärtig mit einem Fluch beiseite und bekam den Tritt in die Rippen.

Jeder weitere Fluch vergrößerte den Schmerz noch. Keeley schlüpfte, ohne eine Sekunde zu überlegen, in die Box und legte ihre Hände über seine, die die Zügel fest gepackt hielten, und half ihm, das Fohlen unter Kontrolle zu halten.

Tausend Pfund Pferd versuchten durchzugehen. Keeley spürte die Hitze, die der riesige Pferdekörper abstrahlte, und als sie mit Brian zusammenstieß, spürte sie seine Hitze ebenfalls. „Wie schlimm hat sie dich erwischt?"

„Nicht so schlimm, wie sie wollte." Aber immerhin so schlimm, dass ihm die Luft weggeblieben war und er Sterne gesehen hatte.

Er schüttelte sich das Haar aus dem Gesicht, blinzelte sich den Schweiß aus den Augen und setzte alles daran, dem Fohlen seinen Willen aufzuzwingen.

„Mann, Brian, tut mir echt leid."

„Du solltest eigentlich wissen, dass man einem nervösen Fohlen nicht den Rücken zudreht", fuhr Brian den Jungen an. „Beim nächsten Mal rühre ich keinen Finger. Mach jetzt, dass du hier rauskommst. Sie weiß, dass sie es dir gezeigt hat. Geh einen Schritt zurück", befahl er Keeley genauso scharf, dann zog er die Zügel straff, um Betty zu veranlassen, den Kopf zu senken.

„Dann willst du es also so, ja? Nur deine Aufmüpfigkeit ausleben und keinen Ruhm? Verschwende ich bloß meine Zeit mit dir? Vielleicht bist du ja gar nicht scharf darauf zu laufen. Schön, dann stellen wir dich eben auf die Weide, warten noch ein Weilchen und lassen dich dann decken. Obwohl du so nie wissen wirst, wie man sich fühlt, wenn man siegt."

Draußen vor der Box schlüpfte Keeley in die gepolsterte Jacke und setzte sich die Mütze auf. Und wartete. Brians Hemd war am Rücken schweißnass, sein Haar glich einer ungebändigten braunen, von blonden Strähnen durchzogenen Mähne. An seinen Armen traten die Muskeln hervor, und seine Stiefel waren abgestoßen und verdreckt.

Er sah genauso aus wie ein Mann, der mit Pferden arbeitete. Stark. Selbstbewusst. Und überheblich genug, um sich einzubilden, er könnte ein Pferd, das fünf Mal stärker war als er selbst, bezwingen.

Er redete weiter, aber jetzt auf Gälisch. Der langsame Rhythmus ließ die Worte warm und weich klingen. Die Satzmelodie stieg an und fiel wieder ab wie bei einem Lied. Es war faszinierend.

Das Fohlen stand jetzt ganz ruhig da und schaute mit seinen braunen Augen in Brians grüne.

Verführt, dachte Keeley. Sie wohnte gerade einer Art Verführungsritual bei. Das Fohlen würde jetzt alles für ihn tun. Und wer würde das nicht, wenn er so gestreichelt, so angeschaut und so angesprochen würde?

„Du kannst jetzt reinkommen", forderte er Keeley auf. „Geh so nah an sie heran, dass sie dich riechen kann. Berühr sie, damit sie dich spürt."

„Ich weiß Bescheid", sagte sie leise. Obwohl sie so etwas wie eben noch nie erlebt hatte.

Keeley schlüpfte in die Box, fuhr mit den Händen sacht über Bettys Hals, die Flanke. Sie spürte, wie sie unter ihrer Hand zitterte, aber das Fohlen wandte seinen Blick nicht von Brian.

„Ich habe schon viele Menschen mit Pferden arbeiten sehen, aber so etwas wie dich habe ich noch nie erlebt", sagte Keeley leise, während sie Betty immer noch streichelte. Und wie das Pferd schaute auch sie jetzt Brian an. „Du hast eine Gabe."

Sein Blick begegnete ihrem, hielt ihn einen Moment lang fest. Ein Moment, der ihr wie eine Ewigkeit erschien. „Sie hat eine Gabe. Sprich mit ihr."

„Betty. Du bist gar nicht so böse, Betty. Du hast Jim Angst eingejagt, aber bei mir schaffst du das nicht. Ich finde dich wunderschön." Sie sah, wie das Pferd die Ohren anlegte, spürte die leichte Bewegung unter ihren Händen, redete jedoch weiter: „Du willst doch laufen, oder? Gut, doch allein kannst du das nicht. Ich verspreche dir, dass es nicht wehtut, obwohl ich weiß, dass dir das auch egal wäre. Es geht nur um deinen Stolz."

Wieder schaute sie zu Brian. „Es ist nur Stolz", wiederholte sie, wobei sie Pferd und Mann gleichermaßen meinte. „Wenn du diesen Schritt allerdings jetzt nicht machst, wirst du niemals stolz sein können, dass du gewonnen hast."

Als Brian den Sattelgurt festzurrte, schienen alle

den Atem anzuhalten. Dann atmete Keeley aus und ließ sich von Brian in den Sattel helfen.

Während des Aufsteigens scheute Betty, und Keeley verhielt sich ganz still. Sie wusste sehr genau, was passieren konnte, wenn das Fohlen nicht richtig unter Kontrolle war. Eine einzige falsche Bewegung von irgendwem konnte leicht dazu führen, dass sie sich unter einem mehrere hundert Pfund schweren scheuenden Pferd wiederfand.

Brian fuhr fort, dem Pferd sanfte Worte ins Ohr zu flüstern, während sich das von draußen hereinfallende Licht in ein warmes Orange verwandelte. Langsam zog Keeley sich hoch, bis sie fest im Sattel saß, dann schob sie die Füße in die Steigbügel.

Betty versuchte sich gegen das ungewohnte Gewicht zu wehren, indem sie den Kopf zurückwarf, sich aufbäumte und ausschlug. Keeley beugte sich vor und streichelte ihren Hals.

„Find dich damit ab", befahl sie in einem Ton, der keinen Widerspruch duldete und in deutlichem Gegensatz zu Brians zärtlichen Beschwörungsformeln stand. „Du bist zum Laufen geboren."

„Ganz ruhig, *cushla*", redete Brian weiterhin beruhigend auf sie ein. „So schrecklich ist es doch gar nicht. Sie ist ja nur eine halbe Portion, und du hast so einen schönen breiten Rücken. Außerdem ist sie bloß eine Prinzessin, während du eine Königin bist, stimmt's?"

„Dann steht sie in der Rangordnung also höher als

ich?" Keeley war sich nicht sicher, ob sie belustigt sein oder sich ärgern sollte.

Nach und nach hörten Bettys rastlose Bewegungen auf. Brian holte ein Stück Apfel aus dem Beutel an seinem Gürtel und verfütterte es an Betty, während er weiterhin lobte und beruhigte. „Sie macht ihre Sache gut."

„Obwohl sie mich am liebsten abwerfen würde."

„Stimmt, aber sie reißt sich zusammen. Und du machst deine Sache genauso gut." Er schaute auf und begegnete Keeleys Blick. „Mit genau derselben Selbstverständlichkeit wie sie. Ihr habt eben beide blaues Blut."

„Schreiben wir Geschichte, Brian?"

„Darauf kannst du dich verlassen", sagte er und strich über Bettys Nüstern.

An diesem Vormittag verbrachte Keeley viel Zeit mit Brian. Sie stieg ab und wieder auf und saß still, während er Betty in der Box herumführte. Betty bäumte sich zwei Mal auf, aber alle wussten, dass es nur Show war.

„Willst du es im Gehring mit ihr wagen?"

Keeley wollte ablehnen. Ihre Arbeit wartete, und sie hatte heute ohnehin schon Zeit vertrödelt. Es machte einfach zu viel Spaß, ein junges, unverbrauchtes Pferd unter sich zu spüren, die Herausforderung war zu groß, um sich ihr nicht zu stellen. Dann würde sie sich eben heute Abend einige Stunden mit ihrem Bürokram beschäftigen.

„Wenn du glaubst, dass sie schon bereit ist."

„Oh, sie ist bereit. Wir sind es, die aufholen müssen." Er öffnete die Tür der Box und ließ sie heraus.

Der Gehring war von einer hohen Mauer umgeben, die die Pferde vor neugierigen Blicken und Ablenkung schützen sollte, während sie unter der Anleitung eines Reiters trabten. Als Brian Betty mit Keeley im Sattel zum Ring führte, hielten mehrere Männer bei ihrer Arbeit inne und schauten neugierig herüber. Geld wechselte den Besitzer.

„Manche haben darauf gewettet, dass wir sie heute Vormittag nicht so weit bringen", sagte Brian beiläufig. „Du hast mir soeben zu fünf Dollar verholfen."

„Wenn ich gewusst hätte, dass es einen Wettpool gibt, hätte ich auch gesetzt."

Er warf ihr einen Blick zu. „Worauf?"

„Ich setze immer auf Sieg."

Er blieb innerhalb des Rings stehen und reichte Keeley die Zügel. „So, jetzt gehört sie dir."

Keeley neigte den Kopf zur Seite. „Sozusagen", erwiderte sie und veranlasste Betty, im Schritt zu gehen.

Was für ein schönes Bild sie abgeben, schoss es Brian durch den Kopf. Ein atemberaubendes sogar. Die langbeinige Vollblutstute mit dem stolzen Gang und dem glänzenden Fell, und die zierliche Frau im Sattel.

Wenn er sich je ein eigenes Pferd gewünscht hätte – und er hatte nie weder eines gewollt noch besessen –, dann dieses.

Wenn er sich je eine Frau gewünscht ...

Nun, hier war es dasselbe. Doch da er schon immer die Verantwortung abgelehnt hatte, die sich aus jeder Form von Besitz ergab, konnte er auch in diesem Fall weder das eine noch das andere ganz haben. Aber er würde von beidem ein bisschen bekommen, und das war noch viel besser.

Was das Pferd anging, so würde er sich hingebungsvoll um Betty kümmern. Und bei der Frau würde es nicht mehr lange dauern, bis er wusste, wie es sich anfühlte, sie eine ganze Nacht lang unter, auf und neben sich zu spüren. Vielleicht nur ein einziges Mal, aber das würde genügen.

Und die möglichen Risiken, die sich daraus ergaben, konnten ihn nicht aufhalten. Keeley und er kamen sich jedes Mal, wenn sie sich in die Augen sahen, ein bisschen näher. Und heute hatte er begriffen, dass ihr das ebenfalls klar war. Jetzt war es nur noch eine Frage von Zeitpunkt und Ort. Und diese Entscheidung überließ er ihr gern.

„Sie schauen gut aus."

Brian schrak kaum merklich zusammen. Es war verdammt unangenehm, gänzlich unerwartet dem Vater der Frau gegenüberzustehen, die ihn, Brian, zu wilden Fantasien gereizt hatte. Noch unangenehmer war es, wenn dieser Mann auch noch der eigene Arbeitgeber war.

„Ja, das stimmt. Betty braucht eine ruhige Hand,

und Ihre Tochter hat eine."

„Hatte sie schon immer." Travis klopfte Brian wohlwollend auf die Schulter, was bewirkte, dass der sofort ein schlechtes Gewissen bekam. „Ich habe vorhin von Jim gehört, was passiert ist."

„Halb so schlimm." Obwohl die Befürchtung bestand, dass seine Rippen wochenlang schmerzten.

„Sie müssen sich röntgen lassen." Und das war ein Befehl, wenngleich es in beiläufigem Ton vorgebracht worden war.

„Ja, sobald ich Zeit habe. Jim hat Angst bekommen. Ich hätte ihn nicht drängen dürfen."

„Er ist noch sehr jung", stimmte Travis zu. „Trotzdem, es gehört zu seinem Job. Im Moment fühlt er sich jedenfalls so mies, dass er wahrscheinlich sogar bereit wäre, Betty auf sich aufsitzen zu lassen, wenn Sie ihn darum bäten. Das würde ich an Ihrer Stelle ausnützen."

„Das habe ich auch vor. Er macht seine Sache gut, Travis. Er ist nur noch ein bisschen unerfahren, das ist alles. Ich habe mir überlegt, dass ich ihn in Zukunft vielleicht öfter auf die Rennbahn mitnehmen sollte, damit er ein bisschen Patina ansetzt."

„Gute Idee. Davon haben Sie übrigens eine ganze Menge. Gute Ideen, meine ich."

„Dafür werde ich schließlich bezahlt." Brian zögerte einen Moment, ehe er einen Vorstoß wagte, indem er sagte: „Betty ist nicht nur Ihre erste Wahl für das Derby, sie wird auch gewinnen. Außerdem setze ich ein ganzes Jahresgehalt darauf, dass sie die Triple Crown holt."

„Das ist ein großer Sprung, Brian."

„Für sie nicht. Ich wette, dass sie alle Rekorde brechen wird. Und wenn es Zeit wird, sie decken zu lassen, sollte es Zeus sein. Ich habe einige Aufstellungen gemacht", fuhr Brian fort. „Ich weiß, dass für Zuchtfragen Sie und Brandon zuständig sind, aber ..."

„Ich werde mir Ihre Aufstellungen ansehen, Brian."

Der nickte und reckte den Hals, um Betty besser sehen zu können. „Es geht nicht so sehr um die Tabellen, obwohl sie meine Ansicht bestätigen. Es ist eher, weil ich sie zu kennen glaube. Manchmal ..." Er ertappte sich dabei, dass er Keeley anschaute. „Manchmal glaubt man einfach, alles wiederzuerkennen."

„Ja, ich weiß." Mit nachdenklich zusammengekniffenen Augen musterte Travis Betty. „Arbeiten Sie ein Trainingsprogramm aus, von dem Sie glauben, dass es funktioniert ... eins, für das sie bereit ist. Dann unterhalten wir uns darüber."

Keeley lenkte Betty zu ihnen herüber und zügelte das Pferd. „Sie hat beschlossen, mich zu ertragen."

„Und? Was hältst du von ihr?" Travis streichelte den Hals der jungen Stute und ignorierte es, dass sie sich bemüßigt fühlte, so zu tun, als wolle sie gleich zubeißen.

„Sie ist etwas Besonderes", erwiderte Keeley, „obwohl sie einige Verhaltensprobleme hat, die korrigiert werden müssen. Sie ist intelligent und hat eine schnelle Auffassungsgabe. Und das bedeutet, dass man ihr immer einen Schritt voraus sein muss. Natürlich ist es noch zu früh, um etwas Endgültiges zu sagen, aber ich glaube, dass das kein Pferd ist, das gern faulenzt. Sie wird hart arbeiten, und mit der richtigen Betreuung wird sie schnell laufen. Wenn ich noch Turniere reiten würde, würde ich sie wollen."

„Sie ist nicht für den Showring gemacht." Brian holte noch ein Stück Apfel heraus. „Sie ist für die Rennbahn."

Betty nahm die Belohnung entgegen und stupste ihn dann leicht an der Schulter, als ob er der Einzige wäre, der wirklich zählte.

„Sie muss allerdings erst noch beweisen, dass sie in der Menge laufen kann", wandte Keeley ein. „Du wirst ihr vielleicht Scheuklappen anlegen wollen."

„Nein, ihr nicht. Die anderen Pferde werden keine Ablenkung für sie sein, sondern Konkurrenten."

„Wir werden sehen." Keeley stieg ab und wollte Brian die Zügel geben, doch ihr Vater nahm sie ihr aus der Hand.

„Ich bringe sie zurück."

Und das ist der Unterschied zwischen Trainer und Halter, dachte Brian, wobei er sich auf absurde Weise plötzlich beraubt fühlte.

„Es gibt keinen Grund, so missmutig dreinzuschauen." Keeley musterte Brian mit nachdenklich zur Seite geneigtem Kopf. „Sie hat ihre Sache wirklich gut gemacht. Besser als ich erwartet hatte."

„Hm? Oh ja, das hat sie. Ich war eben in Gedanken woanders."

„Bei deinen Rippen? Tun sie noch sehr weh?" Als er nur abwehrend die Schultern zuckte, schüttelte sie den Kopf. „Lass mal sehen."

„Da gibt's nichts zu sehen. Sie hat mich ja kaum erwischt."

„Oh, um Himmels willen." Ungeduldig tat Keeley das, was sie bei ihren Brüdern auch getan hätte. Sie zog Brian das Hemd aus der Hose.

„Wirklich, Darling, wenn ich gewusst hätte, dass du so erpicht darauf bist, mich auszuziehen, wäre ich sofort einverstanden gewesen, wenn auch nicht an einem so öffentlichen Ort."

„Sei still. Oh Gott, Brian, und da sagst du, das ist nichts!"

„Nichts Außergewöhnliches, jedenfalls."

Seine Definition von nichts Außergewöhnlichem war ein tennisballgroßer, scheußlich rotschwarz schillernder Bluterguss. „Machos öden mich an, deshalb sei einfach still."

Er verzog die Lippen zu einem Grinsen, aber als sie anfing, den Bluterguss abzutasten, jammerte er. „Himmel, Keeley, wenn das deine Vorstellung von sanft ist, lass es lieber sein."

„Vielleicht hast du dir ja eine Rippe gebrochen. Du musst dich unbedingt röntgen lassen."

„Ich muss überhaupt nichts ... Au! Hör sofort auf,

mich zu piesacken!" Er versuchte, sein Hemd nach unten zu ziehen, aber sie schob es wieder hoch.

„Halt still, und sei nicht so zimperlich."

„Vor einer Sekunde hieß es noch, sei nicht so ein Macho, und jetzt heißt es, sei nicht so zimperlich. Was willst du eigentlich?"

„Dass du vernünftig bist."

„Es ist schwer für einen Mann, Vernunft zu bewahren, wenn ihn eine Frau mitten am Tag in aller Öffentlichkeit auszieht. Wenn du vorhast, mir einen Kuss auf den Bluterguss zu drücken, kann ich dir mitteilen, dass auf meinem Po auch noch ein recht ansehnlicher ist."

„Sehr komisch, wirklich. Einer der Männer sollte dich ins Krankenhaus fahren."

„Mich fährt überhaupt niemand irgendwohin. Ich würde es wissen, wenn meine Rippen gebrochen wären, weil es nicht das erste Mal wäre. Es ist ein Bluterguss, und seitdem du daran herumgedrückt hast, pocht er wie verrückt."

Sie entdeckte eine weitere Schwellung auf seiner Hüfte und tastete sie behutsam ab. Diesmal stöhnte er auf.

„Keeley, du quälst mich."

„Ich versuche nur …" Sie sprach nicht weiter und hob den Kopf, um ihm in die Augen zu blicken. Doch was sie dort entdeckte, waren weder Schmerz noch Verärgerung, sondern Leidenschaft und Frustration zugleich. Was sie überraschenderweise als Genugtuung empfand. „Wirklich?"

Auch wenn es falsch und töricht war, konnte einem das Gefühl von Macht doch zu Kopf steigen. Sie fuhr ihm mit den Fingern über die Hüfte, an den Rippen hinauf und wieder hinunter, wobei sie spürte, wie er erbebte. „Und warum hältst du mich nicht davon ab?"

„Mir wird ganz schwindlig, wenn du so weitermachst. Und du weißt es."

„Mag sein. Und vielleicht macht es mir ja sogar Spaß." Sie hatte vorher noch nie einen Mann absichtlich provoziert. Hatte nie das Bedürfnis dazu verspürt. Und sie hatte noch nie erfahren, wie erregend es sein kann, über einen starken Mann Macht zu haben. „Womöglich habe ich ja an dich gedacht, Brian, so wie du es vorausgesagt hast."

„Da hast du dir ja genau den richtigen Zeitpunkt ausgesucht, um mir das zu sagen – hier unter den ganzen Leuten und dazu auch noch mit deinem Vater in der Nähe."

„Könnte ja Absicht gewesen sein. Vielleicht brauchte ich einen Puffer."

„Du bist eine Killerin, Keeley. Du bist imstande, einen Mann umzubringen."

Das war zwar nicht als Kompliment gemeint, aber für sie war es die reinste Offenbarung. „Das mache ich gerade eben zum ersten Mal, bisher bin ich in diese Versuchung noch nicht gekommen. Aber bei dir ist das anders, obwohl ich nicht mal weiß, warum."

Als sie ihre Hand sinken ließ, griff er nach ihrem Handgelenk. Und er spürte überrascht, dass ihr Puls raste, obwohl ihre Augen so kühl blickten und ihre Stimme so ruhig klang. „Dann lernst du ziemlich schnell."

„Schön wär's ja. Du wärst nämlich der Erste."

„Wie meinst du das?" Er spürte Verärgerung in sich aufsteigen, besonders als sie lachte. Dann wurde es ihm schlagartig klar, und die Bedeutung ihrer Worte traf ihn wie ein Blitz aus heiterem Himmel. Er umschloss ihr Handgelenk fester, und einen Moment später ließ er es so unvermittelt los, als hätte er sich verbrannt.

„Jetzt bist du sprachlos, stimmt's? Obwohl ich erstaunt bin, dass dich etwas sprachlos machen kann."

„Ich habe ..." Er konnte keinen zusammenhängenden Gedanken fassen.

„Nein, bitte, hör auf herumzustottern. Damit ruinierst du nur dein Image." Sie konnte sich nicht erklären, warum sie seinen Gesichtsausdruck so zum Lachen oder das Entsetzen, das sich in seinen Augen spiegelte, irgendwie liebenswert fand.

„Sagen wir einfach, dass wir unter den gegebenen Umständen beide äußerst vorsichtig sein müssen. Und jetzt wird es wirklich höchste Zeit, dass ich mich auf meinen Nachmittagskurs vorbereite."

Damit wandte sie sich ab und ließ ihn einfach stehen. So als wäre nichts geschehen. Als ob sie über irgendetwas ganz Alltägliches gesprochen hätten. Betäubt schüttelte er den Kopf.

Er hatte sich in eine Frau aus der Oberschicht verliebt, und diese Frau war die Tochter seines Arbeitgebers. Und sie war noch unschuldig.

Er müsste schon völlig verrückt sein, wenn er sie nun, nachdem er dies wusste, auch nur noch ein einziges Mal anfasste.

Fast begann er sich zu wünschen, Betty hätte ihn am Kopf erwischt, dann hätte er wenigstens alles hinter sich.

Geschieht mir recht, dachte Keeley. Nachdem sie den halben Vormittag ihren Spaß gehabt hatte, musste sie jetzt die halbe Nacht über ihrer Buchhaltung zubringen. Und sie hasste Buchhaltung.

Aufseufzend lehnte sie sich zurück und rieb sich müde die Augen. Nächstes oder vielleicht übernächstes Jahr würde die Reitschule hoffentlich so viel Gewinn abwerfen, dass sie jemand für die Buchhaltung einstellen konnte. Aber im Moment konnte sie es sich noch nicht leisten, das Geld für eine Arbeit zum Fenster hinauszuwerfen, die sie selbst machen konnte. Nicht, solange sie das Geld dringender für andere Dinge brauchte.

Auch wenn sie, besonders in Zeiten wie diesen, durchaus versucht war, einen gewissen Teil ihres eigenen Geldes zuzuschießen. Aber es war eine Frage des Stolzes, dass sich die Reitschule so weit wie möglich selbst trug.

Die Büroarbeiten einschließlich der Buchhaltung erledigte sie allein. Sie brauchte diese Tätigkeit nicht zu lieben, sie musste sie nur machen.

Derzeit standen zwei Schüler auf ihrer Warteliste. Wenn noch einer dazukam oder besser zwei, war es vertretbar, noch einen zusätzlichen Kurs einzurichten. Am Sonntagvormittag.

Dann hätte sie achtzehn Schüler. Vor zwei Jahren waren es erst drei gewesen. Es lief wirklich gut.

Sie konzentrierte sich wieder auf die Tabelle auf ihrem Bildschirm. Gerade als vor ihren Augen alles zu verschwimmen begann, ging hinter ihr die Tür auf.

Als sie sich umdrehte, sah sie ihre Mutter mit einer Thermoskanne in der Hand auf der Schwelle stehen.

„Ma, was machst du hier? Es ist schon nach Mitternacht."

„Ich war noch auf und habe bei dir Licht gesehen. Da dachte ich mir, dieses Mädchen braucht dringend eine kleine Stärkung, wenn es noch länger durchhalten will." Delia stellte die Thermoskanne und eine Tüte auf den Tisch. „Tee und Plätzchen."

„Oh, du bist wundervoll."

„Obwohl du wirklich langsam schlafen gehen solltest, Liebling. Dir fallen ja schon die Augen zu. Warum machst du nicht einfach für heute Schluss und gehst ins Bett?"

„Ich bin fast fertig, aber die Pause kann ich trotzdem gut vertragen – und die Stärkung auch." Sie nahm sich ein Plätzchen, bevor sie sich Tee einschenkte. „Das ist die Strafe dafür, dass ich heute fast den ganzen Vormittag verbummelt habe."

„Nach dem, was dein Vater erzählt, hast du überhaupt nicht gebummelt." Delia schob einen Sessel näher an den Schreibtisch heran. „Er ist sehr zufrieden damit, wie Brian Betty voranbringt. Soweit ich weiß, ist er mit Brian überhaupt sehr zufrieden, aber Betty ist eine ganz besondere Herausforderung."

„Hm." Und Brian auch, dachte Keeley. „Er macht die Dinge auf seine Art, aber irgendwie scheint es zu funktionieren." Nachdenklich trommelte sie mit den Fingern auf der Schreibtischplatte herum. Sie hatte vor ihrer Mutter nie Geheimnisse gehabt. Warum sollte sich das jetzt ändern?

„Irgendwie fühle ich mich von ihm angezogen."

„Ich würde mir Sorgen machen, wenn es anders wäre. Er ist ein attraktiver junger Mann."

„Ma." Keeley griff nach der Hand ihrer Mutter. „Ich fühle mich sehr angezogen von ihm."

Die Belustigung verschwand aus Delias Augen. „Oh. Nun."

„Und er fühlt sich sehr von mir angezogen."

„Ich verstehe."

„Zu Dad wollte ich nichts davon sagen. Männer sehen das anders als wir."

„Liebling." Delia stieß einen Seufzer aus. „Es ist ziemlich unwahrscheinlich, dass Mütter diese Sache genauso sehen wie ihre Töchter. Du bist eine erwachsene Frau, die sich ihre Fragen zuerst einmal selbst beantwortet. Aber deswegen bist du doch immer noch meine kleine Tochter."

„Ich war noch nie mit einem Mann zusammen."

„Ich weiß." Delias Lächeln war sanft und fast ein bisschen wehmütig. „Glaubst du wirklich, ich würde nicht merken, wenn sich das für dich verändert hätte? Du hältst zu viel von dir, um dich dem Erstbesten hinzugeben. Das wirst du nur tun, wenn dir der Mann wirklich etwas bedeutet. Und das war bis jetzt offenbar nicht der Fall."

Das ist unsicheres Terrain, dachte Keeley. „Ich bin mir nicht im Klaren darüber, wie tief meine Gefühle für Brian gehen. Aber ich fühle mich anders, wenn ich in seiner Nähe bin. Ich begehre ihn. Zuvor habe ich noch nie einen Mann begehrt. Es ist aufregend und macht mir ein bisschen Angst."

Delia stand auf und ging in dem kleinen Büro umher, wobei sie die Medaillen und Urkunden betrachtete. „Wir haben uns früher schon über diese Dinge unterhalten. Über ihre Bedeutung, die Vorsichtsmaßnahmen und die Konsequenzen."

„Ich bin verantwortungsbewusst und vernünftig."

„Das stimmt, Keeley, und obwohl das alles wichtig ist, weißt du nicht, wie es mit einem Mann ist. Da ist so eine Leidenschaft." Sie drehte sich wieder zu Keeley um. „So ein innerer Druck. Es ist nicht einfach nur ein körperlicher Akt, obwohl mir natürlich klar ist, dass es das für manche sein kann. Ich behaupte nicht, dass es ein Verlust ist, seine Unschuld zu verlieren, weil es keiner sein sollte und auch keiner zu sein braucht. Für mich war es ein Anfang. Dein Vater war mein erster Mann", erklärte sie und fügte leise hinzu: „Und mein einziger."

„Ma." Bewegt ergriff Keeley die Hände ihrer Mutter. Ihre Mutter war eine starke Persönlichkeit. „Du bist so lieb."

„Ich bitte dich nur, dir gut zu überlegen, ob du dir wirklich sicher bist, damit du dich später nicht nur an Leidenschaft, sondern auch an Wärme und Zuneigung erinnerst. Leidenschaft kann sich nach einer gewissen Zeit abkühlen."

„Ich bin mir ganz sicher." Jetzt lächelte Keeley und legte sich die Hand ihrer Mutter an die Wange. „Aber er nicht. Und das Komische daran ist, dass ich mir erst jetzt ganz sicher bin, nachdem er gewisse Zweifel hat, weil er inzwischen weiß, dass er mein erster Mann ist. Daran kannst du sehen, dass auch ich ihm etwas bedeute."

6. KAPITEL

Es war wirklich erstaunlich, dass zwei Menschen praktisch an demselben Ort leben und arbeiten und sich trotzdem aus dem Weg gehen konnten. Man brauchte sich nur etwas Mühe zu geben.

Und Brian gab sich schon seit einigen Tage mächtig Mühe. Er hatte viel zu tun und noch mehr Grund, sich so selten wie möglich in den Reitställen und so oft wie möglich auf der Rennbahn aufzuhalten. Es dauerte allerdings nicht lange, bis ihm klar wurde, dass dieses Ausweichen sich nicht mit seinem Stolz vertrug. Es grenzte ja schon fast an Feigheit.

Hinzu kam, dass er, obwohl er Keeley versprochen hatte, ihr zu helfen, bis jetzt noch keinen Finger dafür krumm gemacht hatte. Und er war ein Mann, der sein Wort hielt, egal, was es ihn kostete. Darüber hinaus war er ein Mann, der sich beherrschen konnte, erinnerte er sich, während er zum Stall schlenderte. Er hatte nicht die Absicht, sie zu verführen oder ihre Unerfahrenheit auszunutzen.

Ja, er hatte sich entschieden.

Dann ging er hinein und sah sie. Er schluckte, und ihm wurde heiß bei ihrem Anblick.

Sie trug wieder so eine schicke Kluft – schokoladenbraune Reithose und eine cremefarbene Bluse, unter der sich ihre festen Brüste abzeichneten. Das Haar fiel ihr wild über die Schultern. Und dann sah er, wie sie es zurückschüttelte, im Nacken zusammennahm und durch eine breite elastische Schlaufe zog.

Er entschied, dass es für seine Hände im ganzen Universum keinen besseren Platz gab als in seinen Hosentaschen.

„Sind die Reitstunden beendet?"

Sie wandte den Kopf, die Hände immer noch in ihrem Haar. Aha. Sie hatte sich schon gefragt, wie lange es wohl dauern mochte, bis er ihr wieder über den Weg lief. „Warum? Willst du eine?"

Er runzelte die Stirn und unterließ es im letzten Moment, sein Gewicht unbehaglich von einem Bein aufs andere zu verlagern. „Ich habe versprochen, dir zu helfen."

„Stimmt. Und zufälligerweise könnte ich gerade Hilfe gebrauchen. Hast du nicht gesagt, du kannst reiten?"

„Ja, natürlich kann ich reiten."

„Prima." Sie deutete auf einen großen Kastanienbraunen. „Mule muss sich unbedingt bewegen. Wenn du ihn nimmst, nehme ich Sam. Sie hatten beide in den letzten Tagen nicht genug Auslauf. Bestimmt findest du einen Sattel, der dir zusagt." Sie öffnete die Tür einer Box und führte den bereits gesattelten Sam heraus. „Wir warten auf der Koppel."

Während Sams Hufschläge verklangen, musterte Brian Mule und Mule Brian. „Sie kann einen ganz schön herumkommandieren, was?" Mit einem Schulterzucken ging Brian in die angrenzende Kammer, um sich einen passenden Sattel auszusuchen.

Als er aus dem Stall kam, galoppierte sie auf Sam über die Koppel, so eins mit dem Pferd, dass es aussah, als wäre sie mit ihm verschmolzen. Elegant setzte der Braune über drei Hürden. Immer noch im Handgalopp lenkte sie ihn in den nächsten Kreis, dann entdeckte sie Brian. Das Pferd verlangsamte seine Schritte, blieb stehen.

„Bist du so weit?"

Statt zu antworten, schwang er sich in den Sattel. „Warum bist du heute mit deiner Arbeit schon fertig?"

„Es ist so herrliches Wetter. Wir haben Fotos gemacht, worüber sich die Eltern genauso freuen wie die Kinder. Und jetzt will Mule sich richtig verausgaben, wenn du bereit bist."

„Okay, dann also los." Er drückte dem Pferd ganz leicht die Absätze in die Flanken, was das Pferd veranlasste, durch das offene Gatter gemächlich nach draußen zu traben.

„Wie geht's deinen Rippen?", erkundigte Keeley

sich, nachdem sie ihn eingeholt hatte.

„Alles in Ordnung." Sie machten ihn wahnsinnig, weil er sich jedes Mal, wenn sie ein bisschen zwickten, daran erinnerte, wie sich ihre Hände darauf angefühlt hatten.

„Ich habe mir sagen lassen, dass das Jährlingstraining gut vorangeht und dass sich Betty als eine deiner Starschülerinnen entpuppt."

„Sie brennt darauf zu laufen. Das kann man selbst durch das beste Training nicht erreichen. Wir werden ihr demnächst einen kleinen Vorgeschmack auf ein Rennen geben, mal sehen, wie sie damit zurechtkommt."

Keeley ritt einen sanften Hügel hinauf, wo die Bäume trotz des nahenden Herbstes immer noch üppig grün waren. „Ich würde Foxfire dazunehmen", bemerkte sie beiläufig. „Er ist stabil und erfahren, und an der Startmaschine hat er mächtig viel Spaß. Wenn sie ihn erst einige Mal lostürmen sieht, wird sie nicht hinter ihm zurückstehen wollen."

Er hatte sich bereits für Foxfire als Bettys Lehrer für diesen Zweck entschieden, sagte jedoch schulterzuckend: „Ich werde darüber nachdenken. So ... habe ich diese Probe hier bestanden, Miss Grant?"

Keeley zog die Augenbrauen hoch, und als sie ihn anschaute, huschte ein Lächeln über ihr Gesicht. Natürlich hatte sie seine Haltung überprüft. „Na, im Trab kannst du dich jedenfalls sehen lassen." Durch ein leichtes Antippen veranlasste sie Sam, in einen

Kurzgalopp zu verfallen. Sobald Brian aufgeholt hatte, ging sie in einen Galopp über.

Oh, wie sehr sie das vermisst hatte. Jeder Tag, an dem sie nicht über Wiesen und Hügel jagen konnte, war ein Opfer. Es gab nichts, was mit diesem Gefühl vergleichbar war – dem Rausch der Geschwindigkeit, der vibrierenden Kraft, die sie unter sich spürte, dem Donnern der Hufe und dem Wind, der ihr die Haare ins Gesicht wehte.

Keeley lachte, als Brian neben ihr auftauchte. Sie hatte das kurze Aufblitzen in seinen Augen gesehen und reagierte darauf, indem sie Sam erlaubte, sich auszutoben.

Es ist, als sähe man zu, wie sich Magie entfaltet, dachte Brian. Das muskulöse, schlanke Pferd flog mit der Frau auf seinem Rücken dahin. Sie galoppierten über eine weitere Anhöhe, nach Westen, der untergehenden Sonne entgegen. Am Himmel zeigte sich eine Symphonie von Farben: leuchtende Rot- und Goldtöne. Es sah fast so aus, als ob Keeley hindurchritte.

Und er hatte keine andere Wahl, als ihr zu folgen.

Als sie schließlich ihr Pferd zum Stehen brachte und sich mit roten Wangen und blitzenden Augen nach ihm umdrehte, wusste er, dass er so etwas noch nie gesehen hatte.

Und sein Verlangen brachte ihn fast um.

„Mule ist schnell, aber an Sam kommt er trotzdem nicht ran." Sie beugte sich vor und tätschelte ihrem Pferd den Hals. Dann richtete sie sich wieder auf und schüttelte ihr Haar zurück. „Ist es nicht herrlich hier draußen?"

„Immer noch verdammt heiß", sagte Brian. „Wie lange dauert hier der Sommer?"

„Kommt ganz darauf an. Obwohl es jetzt morgens schon empfindlich kalt wird, und nach Sonnenuntergang kühlt es rasch ab. Ich liebe die Hitze. Dein irisches Blut ist nur nicht daran gewöhnt."

Sie wendete Sam, damit sie auf Royal Meadows hinunterschauen konnte. „Sieht es von hier oben nicht wunderschön aus?"

Unter ihnen lagen die gepflegten Außengebäude, die weiß eingezäunten Koppeln, das braune Oval, die Pferde, die in den Stall geführt wurden. Auf einer nahe gelegenen Weide tollten drei Jungtiere herum.

„Von unten auch. Es ist wirklich herrlich."

Das entlockte ihr ein Lächeln. „Wart's nur ab, bis du es erst im Winter siehst. Wenn sich über den schneebedeckten Bergen ein bedeckter Himmel wölbt, aus dem es bald noch mehr schneien wird – oder wenn er so strahlend blau ist, dass einem die Augen wehtun. Und wenn die Stuten fohlen und dann kleine Fohlen da sind, die zu stehen versuchen. Als Kind konnte ich es morgens kaum abwarten, in den Stall zu kommen."

Nach einer Weile ritten sie weiter, kameradschaftlich nebeneinander, während die Leuchtkraft des Lichts langsam abnahm. Sie hatte nicht damit gerechnet, dass sie sich mit ihm so wohl fühlen könnte.

Dass sie sich seiner Nähe bewusst sein würde, aber dieser ruhige Ritt bei Sonnenuntergang war etwas anderes ... ein stilles Vergnügen.

„Hattest du als Kind auch Pferde?"

„Nein. Aber es war nicht weit bis zur Rennbahn, und mein Vater hat schon immer leidenschaftlich gern gewettet."

„Du auch?"

Er wandte ihr das Gesicht zu. „Ich rechne mir meine Chancen aus, und zum Glück stelle ich mich dabei ein bisschen geschickter an als er. Er liebt Pferderennen, aber er hat es nie geschafft, ein echtes Verständnis für Pferde zu entwickeln."

„Du hast auch keins entwickelt", wandte Keeley ein, woraufhin er sie erstaunt ansah. „Es ist angeboren."

„Danke für das Kompliment."

„Nichts zu danken. Wenn sie angebracht sind, verteile ich gern Komplimente."

„Egal ob angebracht oder nicht, auf jeden Fall nehmen Pferde schon seit jeher den größten Raum in meinem Leben ein. Ich erinnere mich noch gut, wie ich früher mit meinem Dad losgezogen bin. Wir gingen oft sehr früh los, um den Rennplatz auskundschaften und mit den Stallburschen reden zu können. Um ein Gefühl für die Pferde zu bekommen – sagte er zumindest. Obwohl er wesentlich öfter verlor als gewann. Er liebte einfach die Atmosphäre."

Die Atmosphäre und den Flachmann in seiner Tasche, dachte Brian ohne Groll. Sein Vater liebte Pferde und den Whiskey. Und seine Mutter hatte weder für das eine noch für das andere Verständnis.

„Als ich die Exerciseboys bei ihrer Arbeit beobachtete, wusste ich sofort, das ist es. Es war genau das, was ich machen wollte. Ich fand, dass man im Leben nichts Besseres tun konnte, um sich seinen Lebensunterhalt zu verdienen. Und dann schwänzte ich, so oft es ging, die Schule und trieb mich auf der Rennbahn herum, wo ich mit anpackte, wann immer man es mir erlaubte."

„Wie romantisch."

Brian ermahnte sich, sich etwas zurückzuhalten. Er hatte nicht vorgehabt, so viel zu erzählen, aber der Ritt und die Abendstimmung machten ihn irgendwie sentimental. Als er über ihre Bemerkung lachte, schüttelte sie den Kopf.

„Nein, das finde ich wirklich. Wer diese Welt nicht kennt, kann es nicht verstehen. Die harte Arbeit, das Auf und Ab von Enttäuschungen und Freude, der Schweiß und das Blut. Das Training im Morgengrauen, wenn es noch eiskalt ist, die blauen Flecken und Muskelzerrungen."

„Und das ist romantisch?"

„Du weißt genau, dass es so ist."

Diesmal lachte er, weil sie ihn durchschaut hatte. „Auf jeden Fall erschien es mir so, wenn ich als Junge bei den Reitställen herumhing und wartete, bis die vor Schweiß dampfenden Pferde im Morgennebel zurückkamen. Wobei man sie erst hörte, bevor sie sich wie Traumgestalten aus dem Nebel lösten. In diesen Momenten habe ich immer geglaubt, dass es nichts Romantischeres auf der Welt gibt."

„Und jetzt?"

„Jetzt weiß ich es."

Dann galoppierten sie weiter, bis die glitzernden Lichter von Royal Meadows in der Ferne auftauchten. Er hatte nicht damit gerechnet, eine entspannte Stunde in ihrer Gesellschaft zu verbringen, und fand es seltsam, dass sie, trotz der erotischen Spannung zwischen ihnen, offenbar imstande waren, eine Art Freundschaft zu entwickeln.

Es gab auch andere Frauen, mit denen er ganz normal befreundet war, und er war auf dem besten Weg, sich davon zu überzeugen, dass er gut daran tat, die Beziehung zu Keeley auf einer ebensolchen Ebene zu belassen. Da er schließlich derjenige gewesen war, der den Stein zwischen ihnen ins Rollen gebracht hatte, war es nur richtig und vernünftig, wenn er ihn jetzt auch aufhielt.

Die Vernunft, die sich in diesem Gedanken offenbarte, und der Ritt entspannten ihn. Als sie die Reitställe erreichten, wo sie die Pferde trockenreiben und striegeln mussten, überlegte er gut gelaunt, wie er seinen Abend verbringen wollte.

Auf Keeleys Nachfragen hin erzählte er ihr von den Trainingsfortschritten der Jährlinge und von der fünfjährigen Stute, die eine Kolik gehabt hatte.

Sie gaben den Pferden Wasser, und während Brian die Sättel und das Zaumzeug wegbrachte, legte Keeley die Striegelutensilien aus.

Anschließend arbeiteten sie eine Weile schweigend in gegenüberliegenden Boxen.

„Wie ich gehört habe, hast du vor, nächste Woche mit Brendon nach Saratoga zu fahren", sagte sie schließlich.

„Ja, Zeus wird laufen. Ich glaube, Red Duke ist ein echter Konkurrent für ihn, und dein Bruder stimmt mir zu. Obwohl ich diese Rennbahn bisher nur von Bildern her kenne. Und anschließend fahren wir auch gleich noch nach Louisville. Mit den Gegebenheiten dort will ich mich bis zum ersten Samstag im Mai möglichst gut vertraut machen."

„Du hast vor, Betty dort für den Kentucky-Derby starten zu lassen."

„Ja. Sie wird laufen. Und gewinnen." Er griff nach dem Striegelkamm und begann damit, die Bürste zu säubern. „Es ist bereits beschlossene Sache."

„Und was ist mit Brendon? Weiß er es auch schon?"

„Nein, bis jetzt weiß es nur Betty. Und dein Vater. Brendon wollte ich es auf der Fahrt erzählen."

„Und was hat Betty dazu gesagt?"

„Bringen wir's hinter uns." Als er ihr einen Blick zuwarf, sah er, dass sie mit den Fingerspitzen über Sams Fell strich, um nach Knötchen oder anderen Unebenheiten zu fahnden. „Warum nimmst du eigentlich nicht mehr an Turnieren teil? Mit Sam würdest du für deine Pokale einen ganzen Tresorraum brauchen."

„Ich interessiere mich nicht für Pokale."

„Warum nicht? Macht es dir keinen Spaß zu gewinnen?"

„Oh doch, viel Spaß sogar." Sie lehnte sich zärtlich gegen Sam und hob seinen Vorderfuß, um den Huf auszukratzen, doch vorher warf sie Brian einen langen Blick zu, bei dem ihm ganz heiß wurde. „Aber ich habe schon oft gewonnen, es hat Spaß gemacht, und jetzt bin ich fertig damit. Wenn man nicht aufpasst, frisst es einen auf. Ich wollte unbedingt eine Olympiamedaille und habe sie bekommen."

Sie ging einige Schritte nach vorn und machte sich daran, den nächsten Huf zu säubern. „Aber nachdem ich sie schließlich hatte, wurde mir klar, dass ich ganz und gar auf dieses eine Ziel fixiert gewesen war. Und dann war es plötzlich vorbei. Ich wollte wissen, was es sonst noch gibt und was noch alles in mir steckt. Ich konkurriere gern, aber irgendwann wurde mir klar, dass man es nicht ständig tun muss und dass es nicht alles ist."

„Diese Art Reitschule, wie du sie hier aufgezogen hast, kann man nicht gut allein machen. Du solltest jemand haben, mit dem du zusammenarbeiten kannst."

Sie zuckte die Schultern und begann, den Huf mit Öl einzureiben. „Bis jetzt haben mir Sarah und Patrick ein bisschen geholfen. Und Ma springt auch ein, wenn sie Zeit hat, ebenso wie Dad und Brendon. Onkel Paddy hat auch nie Nein gesagt, wenn ich ihn gefragt habe. Außerdem gibt es auch noch meine Cousins von der Three Aces, die ich jederzeit fragen kann, wenn ich mal Unterstützung brauche."

„Ich habe hier außer dir aber noch nie jemand gesehen."

„Nun, dafür gibt es eine einfache Erklärung. Patrick und Sarah sind auf dem College – ebenso wie Brady, den ich, wenn er da ist, durchaus auch manchmal dazu überreden kann, eine Box auszumisten. Brendon ist wesentlich mehr unterwegs als früher. Onkel Paddy ist in Irland, und meine Cousins von der Three Aces sind gerade erst aus dem Urlaub zurückgekommen und müssen jetzt wieder zur Schule. Aber mindestens jeden zweiten Tag tauchen pünktlich bei Sonnenaufgang entweder meine Mutter oder mein Vater hier auf, und manchmal auch beide. Ohne dass ich sie darum bitten müsste."

Keeley richtete sich wieder auf. „Und jetzt hast du dich ja auch noch als Teilzeit-Stallbursche, Exerciseboy und Stallhelfer angeboten. Das ist schon ziemlich viel für so eine kleine Reitschule."

Sie verließ die Box, um das Futter zu mischen.

„Du könntest dir einen Schüler oder eine Schülerin suchen, die verrückt nach Pferden sind und vor und nach der Schule vorbeikommen – und sie bezahlen, indem du ihnen Reitstunden gibst."

„Auch Jungen und Mädchen, die verrückt nach

Pferden sind, sollten vor der Schule frühstücken, und danach sollten sie mit Freunden spielen und Hausaufgaben machen."

„Das klingt sehr streng."

Sie kicherte und mischte einige Mohrrüben unters Futter. „Das sagen meine Schüler auch. Aber Kinder sollten so vielseitig wie möglich sein. Meine Eltern haben immer darauf geachtet, dass ich außer den Pferden auch noch andere Interessen und Freundschaften hatte. Das ist sehr wichtig."

Sie teilten sich die Pferde auf, und nachdem sie das Futter ausgeteilt hatten, füllte sich der Stall mit erfreutem Wiehern und zufriedenem Schnauben.

„Obwohl ich doch anmerken möchte, dass du selbst im Augenblick neben deiner Reitschule nicht viele andere Interessen zu haben scheinst."

„Na ja, so bin ich eben. Ich glaube, das nennt man zielorientiert. Sobald ich ein Ziel habe, renne ich los … und dann ist es irgendwie so, als hätte ich Scheuklappen auf. Ich sehe nur noch die Zielgerade."

Sie lehnte sich an einen Wallach und kraulte ihm die Mähne. „Genau aus diesem Grund haben mir meine Eltern als Kind nicht erlaubt, meine gesamte Freizeit mit Pferden zu verbringen. Deshalb habe ich dann unter anderem auch Klavierstunden genommen, aber schon nach ganz kurzer Zeit war ich entschlossen, die beste Klavierschülerin zu werden. Oder wenn ich nach dem Abendessen mit dem Abwasch an der Reihe war, war diese verdammte Küche anschließend so blitzblank, dass man sich bei einem späten Imbiss eine Sonnenbrille aufsetzen musste."

„Das klingt ja furchterregend."

Sie sah das humorvolle Funkeln in seinen Augen und nickte. „Ja, das kann es wirklich sein. Aber bei meiner Reitschule hier kann sich dieser Erfolgszwang auf vielen verschiedenen Ebenen austoben – an Kindern, den Pferden und der Einrichtung selbst –, auch wenn es nur um ein einziges Ziel geht. Und wenn die Schule erst auf wirklich sicheren Beinen steht, kann ich auch etwas mehr delegieren, aber vorher brauche ich eine solide Basis. Ich hasse es nämlich, Fehler zu machen. Deshalb war ich bis jetzt noch nie mit einem Mann zusammen."

Der unvermittelte Themenwechsel brachte ihn so schnell und vollständig aus dem Konzept, dass er ins Stammeln geriet. „Nun, das ist ... das ist weise."

Er trat einen Schritt zurück, wie ein Schachspieler, der eine Figur zurücksetzt.

„Interessant, dass dich das so nervös macht", stellte sie fest.

„Ich bin überhaupt nicht nervös. Ich bin nur ... fertig hier, wie es scheint."

„Ich finde es interessant", wiederholte sie ungerührt und konterte seinen Schritt spiegelverkehrt, „dass es dich nervös macht – oder verunsichert, wenn dir das lieber ist –, obwohl du doch ziemlich von Anfang an versucht hast, mich anzubaggern."

„Ich glaube nicht, dass man das so sagen kann." Da

sie ihn in die Ecke gedrängt hatte, blieb ihm nichts anderes übrig, als sich zu behaupten. „Ich habe einfach nur ganz normal auf eine körperliche Anziehungskraft reagiert. Aber …"

„Und nachdem ich jetzt ebenfalls ganz normal reagiere, hast du das Gefühl, dass dir die Kontrolle entglitten ist, und bekommst Panik."

„Wer redet denn von Panik!" Er versuchte, die Angst zu ignorieren, die in ihm hochstieg, und konzentrierte sich darauf, verärgert zu sein. „Lass mich vorbei, Keeley."

„Nein." Den Blick auf ihn gerichtet, kam sie noch weiter auf ihn zu. Schachmatt.

Er spürte die harte Tür der Box in seinem Rücken, gegen die ihn eine Frau, die nur halb so schwer war wie er, gedrängt hatte. Es war demütigend. „Das bringt doch keinem was." Auch wenn es ihn einige Anstrengung kostete, weil sich sein Kopf plötzlich so leer anfühlte, schaffte er es, kühl und ruhig zu sprechen. „Es ist einfach so, dass ich es mir noch mal überlegt habe."

„Ach ja?"

„Ja, und dass … lass das", befahl er schroff, als sie ihm mit den Handflächen über die Brust fuhr.

„Dein Herz hämmert", murmelte sie. „Genauso wie meins. Soll ich dir erzählen, was sich in meinem Kopf, in meinem Körper abspielt, wenn du mich küsst?"

„Nein", sagte er rau. „Und es wird garantiert nicht mehr passieren."

„Wetten, dass doch?" Sie lachte, stellte sich auf die Zehenspitzen und biss ihn zärtlich ins Kinn. Woher hätte sie wissen sollen, wie viel Spaß es machen konnte, einen Mann in den Wahnsinn zu treiben? „Warum erzählst du mir nicht, wie es zu dieser Meinungsänderung gekommen ist?"

„Ich habe nicht vor, aus der Situation einen Vorteil zu ziehen."

Wie niedlich, dachte sie. „Im Augenblick scheine aber eher ich im Vorteil zu sein. Diesmal bist du nämlich derjenige, der zittert, Brian."

Verdammter Mist, er zitterte wirklich. Aber wie war das möglich, wo er nicht einmal mehr seine Beine spüren konnte? „Ich will nicht verantwortlich sein. Ich will deine Unerfahrenheit nicht ausnutzen. Ich will das nicht tun, und ich werde es auch nicht tun", sagte er mit einem verzweifelten Unterton in der Stimme.

„Brian, ich bin selbst für mich verantwortlich. Und ich glaube, ich habe uns beiden soeben bewiesen, dass du keine Chance hast, wenn ich zu dem Schluss komme, dass du dieser Mann sein wirst." Sie holte tief und voller Genugtuung Atem.

„Einen Mann zu erregen, ist keine große Kunst, Keeley. Wir sind in dieser Hinsicht sehr kooperative Wesen."

Wenn er erwartet hatte, dass er sie damit in ihrem Stolz treffen und ihre Macht brechen könnte, sah er sich getäuscht. Sie lächelte nur wissend. „Wenn das alles wäre, was zwischen uns ist, lägen wir jetzt schon in der Sattelkammer nackt auf dem Boden."

Sie sah die Veränderung in seinen Augen und lachte entzückt. „Das hast du dir auch schon ausgemalt, stimmt's? Ich schlage vor, wir heben uns diese Idee für eine andere Gelegenheit auf."

Er fluchte, fuhr sich mit den Händen durchs Haar und versuchte, den exakten Moment zu bestimmen, in dem es ihr gelungen war, den Spieß umzudrehen, den Augenblick, in dem der Jäger zur Beute geworden war. „Ich mag keine dominanten Frauen."

Der Laut, den sie von sich gab, lag zwischen einem verächtlichen Schnauben und einem Kichern.

Es klang so mädchenhaft und vergnügt, dass Brian sich ein Grinsen verkneifen musste.

„Das ist eine Lüge, und du schwindelst nicht besonders gut. Mir ist überhaupt aufgefallen, dass du ein ziemlich wahrheitsliebender Mensch bist, Brian. Wenn du deine Gedanken für dich behalten willst, schweigst du – und das ist nicht sehr oft. Das gefällt mir an dir, obwohl es mich anfangs geärgert hat. Ich mag sogar deine anmaßende Art. Ich bewundere die Geduld und Hingabe, die du den Pferden entgegenbringst, dein Verständnis und deine Liebe für sie. Ich war noch nie mit einem Mann zusammen, mit dem mich so viel verbunden hat."

„Du warst überhaupt noch nie mit einem Mann zusammen."

„Richtig. Und zwar genau aus diesem Grund. Außerdem hat es mir gefallen, dass du so freundlich zu meiner Mutter warst, als sie traurig war, genauso wie ich es zu schätzen weiß, dass du in dem Moment zögerst zuzugreifen, in dem ich dir etwas anbiete, was ich zuvor noch nie jemandem angeboten habe."

Als sie die Verblüffung sah, die sich auf seinem Gesicht widerspiegelte, legte sie ihm eine Hand auf den Arm. „Wenn ich dich nicht so respektieren und mögen würde, hätten wir diese Unterhaltung jetzt nicht, Brian. Selbst wenn ich mich noch so sehr zu dir hingezogen fühlte."

„Sex verkompliziert die Dinge nur, Keeley."

„Ich weiß."

„Woher willst du das wissen? Du hattest noch nie welchen."

Sie drückte kurz seinen Arm. „Gut erkannt. Also, was ist, willst du es jetzt in der Sattelkammer ausprobieren?" Als er sie schockiert ansah, lachte sie, legte ihm die Arme um den Nacken und gab ihm einen Kuss auf die Wange. „Ich habe nur Spaß gemacht. Lass uns jetzt lieber ins Haus gehen und zu Abend essen."

„Ich muss noch arbeiten."

Sie lehnte sich ein bisschen zurück, um ihm in die Augen sehen zu können, aber jetzt vermochte sie den Ausdruck nicht zu deuten. „Brian, wir haben beide noch nichts gegessen. Und falls du dir Sorgen machst, dass etwas passieren könnte, versichere ich dir, dass wir im Haus nicht allein sein werden. Deshalb werde ich mich wohl oder übel zusammenreißen müssen. Vorübergehend."

„Aha." Er hielt es nicht durch. Wie auch? Sie hatte ihm mit so selbstverständlicher Zuneigung die Arme um den Nacken gelegt, dass es ihm ganz warm ums Herz geworden war. So sanft wie möglich schob er sie zur Seite. „Na ja, einen Bissen könnte ich schon vertragen."

„Gut."

Sie hätte seine Hand genommen, aber seine Hände waren bereits in seinen Taschen verschwunden. Es belustigte und rührte sie, wie entschlossen er war, sich zurückzuhalten. Und wenn das ihren angeborenen Siegeswillen anfeuerte, nun, dann war das doch nicht ihre Schuld, oder?

„Ich hoffe, dass ich nach Charles Town mitkommen kann, wenn du mit Betty und einigen anderen Jährlingen zum Training runterfährst."

„Es wird nicht mehr lange dauern." Die Erleichterung strich wie eine kühle Brise über ihn hinweg. Ein Gespräch über Pferde würde vieles vereinfachen. „Wenn du nicht schon auf ihr geritten wärst, würde ich sagen, dass sie dich überraschen wird, aber du weißt ja, aus welchem Stoff sie gemacht ist."

„Ja. Guter Stall, gute Erbanlagen, ein dicker Kopf und ein unbedingter Siegeswille." Sie warf ihm ein Lächeln zu, während sie auf die Hintertür zugingen. „Man hat mir gesagt, dass das auf mich ebenso zutrifft. Meine Mutter ist Irin, Brian. Mein Dickkopf ist also angeboren."

„Da kann ich dir nicht widersprechen. Es mag ja Menschen geben, die durch ihre Passivität in ihrer Umgebung Ruhe und Gelassenheit verbreiten, aber zu denen gehörst du ganz bestimmt nicht."

„Das zeigt wieder einmal, wie viele Gemeinsamkeiten wir haben. Und jetzt sag mir, ob du Spaghetti mit Fleischbällchen magst."

„Es gehört zufällig zu meinen Lieblingsgerichten."

„Wie praktisch. Zu meinen nämlich auch. Und wie ich gehört habe, gibt es das heute zum Abendessen." Sie streckte die Hand nach dem Türknauf aus, dann überrumpelte sie ihn, indem sie ihm einen Kuss auf den Mund gab. „Und da wir mit meinen Eltern essen, ist es vielleicht am besten, wenn du die nächsten zwei Stunden darauf verzichtest, mich dir nackt vorzustellen."

Damit eilte sie vor ihm ins Haus, und Brian folgte ihr hilflos und erregt zugleich.

Es gab doch nichts Besseres als Schuldgefühle, um das überhitzte Blut eines Mannes abzukühlen. Und es waren eben diese Schuldgefühle in Verbindung mit dem warmen Essen und dem guten Wein, die Brian halfen, den Abend in der Küche der Grants zu überstehen.

Delia Grant begrüßte ihn so freundlich, als ob er jederzeit unangemeldet zum Abendessen kommen könnte, und Travis holte mit größter Selbstverständlichkeit einen zusätzlichen Teller für ihn heraus – so, als ob er fünf Mal pro Woche Angestellte bewirtete – und erklärte, wie gut es sich träfe, weil Brendon sich zum Abendessen entschuldigt hätte.

Und noch ehe Brian so recht wusste, wie ihm geschah, saß er auch schon mit einem reichlich gefüllten Teller vor sich am Tisch und erzählte auf Nachfrage, wie sein Tag verlaufen war.

Brian war machtlos dagegen. Er mochte diese Leute einfach, er mochte sie wirklich. Und er begehrte ihre Tochter. Ein Straßenköter, der einer Rassehündin hinterherhechelte.

Und das Schlimmste an der ganzen Sache war, dass er diese Tochter ebenso sehr mochte. Am Anfang, als er einfach nur scharf auf sie gewesen war, war alles so einfach gewesen. Zumindest hatte er es geschafft, sich einzureden, dass das alles war. Für eine gewisse Zeit war es sogar möglich gewesen, den Gedanken zu ertragen, dass er sich in sie verliebt haben könnte – immerhin hatte er ja versucht, es sich auszureden. Doch wenn er sie jetzt wirklich mochte, machte das alles unendlich kompliziert.

Es erschien ihm durchaus plausibel, dass er in das *Bild,* das er sich von ihr gemacht hatte, verliebt war, aber keinesfalls in die Frau selbst. In ihre Schönheit, in ihre gesellschaftliche Stellung, ihre Unerreichbarkeit. Dies alles war eine Art Herausforderung gewesen, und es hatte ihm Vergnügen bereitet, sich ihr zu stellen. Aber sie hatte es weitergetrieben, indem sie sich ihm geöffnet hatte, und jedes Mal, wenn er in der Nähe gewesen war, hatte sie ihm mehr von sich gezeigt.

Er bewunderte ihre Freundlichkeit, ihren Humor, ihre Zielstrebigkeit und ihr ausgeprägtes Selbstwertgefühl.

Und jetzt trieben ihn ihre Neckereien, ihr Flirt langsam, aber sicher in den Wahnsinn. Und, Gott steh ihm bei, es machte ihm immer noch Spaß.

„Möchten Sie noch etwas, Brian?"

„Wenn ich noch etwas esse, werde ich es bereuen." Trotzdem nahm er die große Schüssel entgegen, die Delia ihm hinhielt. „Aber noch mehr werde ich es bereuen, wenn ich nichts nehme. Sie sind wirklich eine großartige Köchin, Mrs. Grant."

„Delia. Und bis vor einigen Jahren hätte jeder, der mich kennt, schallend gelacht, wenn Sie mich als eine großartige Köchin bezeichnet hätten. Das hat sich erst geändert, nachdem Hannah, unsere Haushälterin, in Ruhestand gegangen war. Sie kannte Travis schon fast sein ganzes Leben lang, und nachdem sie weg war, wollte ich keine Fremde im Haus haben, wissen Sie. Und dann wurde mir klar, dass wir alle verhungern würden, wenn ich nicht lernte, etwas mehr als Fish and Chips zuzubereiten."

„Was in den ersten sechs Monaten dann auch um ein Haar passiert wäre", steuerte Travis trocken bei und handelte sich damit einen finsteren Blick von seiner Frau ein.

„Nun, immerhin hat diese Erfahrung bei dir bewirkt, dass du dich endlich aufgerafft hast, diesen schicken Grill da draußen anzuwerfen. Dieser Mann war unglaublich verwöhnt. Aber ich wette, Sie können sich auch etwas zu essen machen, Brian."

Brian streichelte Sheamus, der unter dem Tisch schnarchte, mit seiner Stiefelspitze. „Wenn ich keine Wahl habe, dann schon."

Er erhaschte den trägen Blick, mit dem Keeley ihn streifte, während sie einen Schluck vom Wein trank. In seiner Leistengegend staute sich die Hitze. Um sie abzuwehren, wandte er sich an Travis. „Wie ich gehört habe, spielen Sie gelegentlich ganz gern Poker."

„Richtig."

„Die Stallburschen haben etwas von einem Spiel morgen Abend gesagt."

„Vielleicht komme ich ja ... ich habe gehört, dass Sie schwer zu schlagen sind."

„Irgendwann solltet ihr Keith dazuholen", warf Delia ein. „Und vielleicht Keeley. Cathleen und ich werden mit Sicherheit etwas ebenso Törichtes finden, mit dem wir uns den Abend vertreiben können."

„Gute Idee. Noch einen Schluck Wein, Brian?" Keeley hob mit fragend hochgezogenen Augenbrauen die Flasche. Das Gurren in ihrer Stimme war unterschwellig, aber er hörte es. Und litt Folterqualen.

„Nein, danke. Ich muss noch arbeiten."

„Nachher komme ich noch kurz mit rüber", sagte Travis. „Ich möchte einen Blick auf die Stute mit der

Kolik werfen."

„Geht ruhig schon, ihr beiden. Wir kümmern uns um den Abwasch", sagte Delia.

Travis grinste wie ein Schuljunge. „Kein Spüldienst heute?"

„Es ist nicht viel, und du kannst dich morgen revanchieren." Delia stand auf, um abzuräumen, und küsste ihn auf die Schläfe. „Geh schon. Ich weiß ja, dass du dir Sorgen um sie machst."

„Vielen Dank für das gute Essen, Delia", sagte Brian.

„Nichts zu danken."

„Gute Nacht, Keeley."

„Gute Nacht, Brian. Vielen Dank für die Hilfe."

Delia wartete, bis die Männer die Küche verlassen hatten, dann drehte sie sich zu ihrer Tochter um. „Das hätte ich wirklich nicht von dir gedacht, Keeley. Du quälst diesen armen Mann."

„An diesem Mann ist nichts, aber auch gar nichts arm." Zufrieden mit sich brach Keeley ein Stück Brot ab, schob es sich in den Mund und kaute. „Und ihn ein bisschen zu quälen ist ein echtes Vergnügen."

„Nun, da würde dir wahrscheinlich keine Frau widersprechen. Aber pass auf, dass du ihn nicht verletzt, Liebling."

„Ihn verletzen?" Aufrichtig schockiert erhob sich Keeley, um ihrer Mutter beim Abräumen zu helfen. „Das würde ich niemals tun. Ich könnte es gar nicht."

„Manchmal ahnt man nicht, was man anrichtet."

Delia fuhr ihrer Tochter liebevoll über die Wange. „Du musst noch viel lernen. Aber auch wenn du noch so viel lernst, wirst du doch nie ganz verstehen, was in einem Mann vorgeht."

„Bei diesem hier habe ich schon eine ganz gute Ahnung."

Delia wollte etwas erwidern, besann sich dann aber anders. Manche Dinge konnte man nicht erklären. Man musste sie erleben.

7. KAPITEL

Brian kannte die Straßen von Maryland nach West Virginia inzwischen genauso gut wie die in der Grafschaft Kerry. Die Highways, auf denen Autos wie kleine Raketen vorbeischossen, und die kurvenreichen Nebenstraßen gehörten jetzt zu seinem Leben und fühlten sich schon fast irgendwie heimatlich an.

Es gab Momente, da erinnerten ihn die sanften grünen Hügel an Irland. Der leise Stich, den er dabei verspürte, überraschte ihn, weil er sich nicht für sentimental hielt. Manchmal jedoch, wenn er eine kurvenreiche Straße entlangfuhr, die einem sich dahinschlängelnden Fluss folgte, sah das Land mit seinen dichten Wäldern und den steil aufragenden Felswänden völlig anders aus. Fast exotisch. Dann überkam ihn ein Gefühl von tiefer Ruhe und Zufriedenheit, was ihn fast ebenso überraschte.

Er hatte nichts gegen Ruhe und Zufriedenheit. Es war nur nichts, wonach er sich sehnte.

Er liebte es, in Bewegung zu sein. Ständig von

Ort zu Ort zu reisen. Von daher war es nur gut, dass ihm seine Stellung auf Royal Meadows diese Möglichkeit verschaffte. In zwei Jahren würde er wahrscheinlich einen Großteil Amerikas kennengelernt haben – selbst wenn immer die Rennbahn im Vordergrund stand.

Er betrachtete Irland nicht als sein Zuhause – ebenso wenig wie Maryland. Sein Zuhause waren die Reitställe, in welchem Teil der Welt auch immer.

Und dennoch, als er jetzt zwischen den steinernen Torpfeilern von Royal Meadows hindurchfuhr, hatte er das Gefühl, nach Hause zu kommen. Und beim Anblick von Keeley, die mit einer ihrer Reitklassen auf ihrer Koppel war, verspürte er Freude in sich aufsteigen. Er hielt seinen Wagen an, um zuzuschauen, wie die Gruppe vom Trab in den Kurzgalopp wechselte.

Es war ein schöner Anblick, nicht trotz der Unbeholfenheit und Ängstlichkeit mancher Kinder, sondern gerade deswegen. Hier handelte es sich um kein glattes, einstudiertes Showreiten, sondern um die ersten Schritte auf dem Weg in ein Abenteuer. Die Kinder sollten auch Spaß haben, hatte Keeley gesagt, wie er sich erinnerte. Sie würden lernen, Verantwortung zu übernehmen, aber sie vergaß nie, dass sie noch Kinder waren.

Und manche von ihnen waren verletzt worden.

Diese Kinder hier zu beobachten, zu sehen, was Keeley sich allein aufgebaut hatte, obwohl sie ihre

Tage ganz anders hätte verbringen können, nötigte ihm mehr als Respekt für sie ab. Er bewunderte sie – ein wenig zu viel, als dass er sich damit hätte wohl fühlen können.

Er konnte das aufgeregte Kreischen hören und Keeleys ruhige, entschiedene Stimme. Um besser sehen zu können, stieg er aus und schlenderte zur Koppel hinüber.

Er erblickte strahlende Gesichter und weit aufgerissene Augen. Er hörte Kichern und erschrockenes Luftholen. Soweit Brian es beurteilen konnte, wurde die ganze Gefühlsskala von blank liegenden Nerven bis zu schierem Übermut abgedeckt. Keeley erteilte Befehle, lobte und ermunterte, wobei sie jedes Kind beim Namen nannte.

Das lange leuchtend rote Haar hatte sie sich wieder zu einem Pferdeschwanz zusammengebunden. Ihre Jeans war ebenso ausgewaschen wie die Weste mit den vielen Taschen. Darunter trug sie einen eng anliegenden Pullover, der die Farbe von Osterglocken hatte. Offenbar liebte sie leuchtende Farben. Und ihre Brillis auch, überlegte Brian, während er beobachtete, wie sich das Licht in ihren kleinen Brillantohrringen brach.

Sie würde irgendein Parfüm aufgelegt haben. Jedes Mal war sie von einem immer raffinierten Duft umgeben. Manchmal, wenn er neben ihr herging, erhaschte er zufällig einen Hauch davon. Und manchmal war es wie ein Sirenenruf aus der Ferne.

Nie zu wissen, was es sein würde, reichte aus, um einen Mann in den Wahnsinn zu treiben.

Du musst dich von ihr fern halten, ermahnte sich Brian. Bei Gott, das sollte er wirklich. Obwohl ihm klar war, dass seine Chancen dafür ungefähr genauso gut standen wie für eins ihrer Pferde, den Breeder's Cup zu gewinnen.

Sie wusste, dass er da war. Das heiße Kribbeln, das sie auf der Haut verspürte, verriet es ihr. Mit sechs Kindern, die ihre Aufmerksamkeit beanspruchten, konnte sie es sich nicht leisten, sich ablenken zu lassen.

Doch seine Anwesenheit zu spüren und ihre Reaktion darauf, dieses Jagen ihres Pulses und das wilde Schlagen ihres Herzens, war herrlich.

Langsam begann sie zu verstehen, warum Frauen sich wegen eines Mannes so oft zu Närrinnen machten.

Als sie die Klasse anwies, in den Trab zurückzukehren, murrten einige Kinder enttäuscht. Dann befahl sie den Schülern kehrtzumachen, alle Gangarten zu wiederholen und schließlich wieder im Schritt zu reiten.

Nachdem die Pferde schließlich stillstanden, klatschte Brian Beifall.

„Gut gemacht", lobte er. „Wer irgendwann einen Job sucht, kann sich an mich wenden."

„Das ist Mr. Donnelly", stellte Keeley ihn den Kindern vor. „Er ist der Cheftrainer auf Royal Meadows.

Er trainiert die Rennpferde."

„Und ich bin immer auf der Suche nach einem neuen vielversprechenden Jockey."

„Er spricht so schön", flüsterte eins der Mädchen, doch Brian hatte es gehört. Er lächelte ihr zu, was sie dazu brachte, wie eine Rosenknospe zu erröten.

„Findest du?"

„Mr. Donnelly kommt aus Irland", erklärte Keeley, während sie überlegte, was er wohl an sich haben mochte, dass ihn sogar zehnjährige Mädchen schon anhimmelten.

„Miss Keeleys Mutter kommt auch aus Irland. Sie spricht genauso schön."

Als Brian den Blick hob, sah er, dass ihn der Junge namens Willy eingehend musterte. „Niemand spricht schöner als wir Iren, Junge. Das kommt daher, weil uns Feen geküsst haben."

„Wenn man einen Zahn verliert, soll man eigentlich von der Zahnfee Geld kriegen, aber ich habe noch nie welches gekriegt."

„Das kommt doch von deiner Mutter." Das Mädchen hinter Willy verdrehte die Augen. „Feen gibt's ja gar nicht."

„Vielleicht in Amerika nicht, aber dort, wo ich herkomme, gibt es viele. Ich werde ein gutes Wort für dich einlegen, Willy. Für nächstes Mal, wenn du wieder einen Zahn verlierst."

Willy schaute Brian aus großen Augen an. „Woher wissen Sie meinen Namen?"

„Den muss mir eine Fee zugeflüstert haben."

Keeley verkniff sich ein Lächeln, als sie Willys ungläubigen Gesichtsausdruck sah. „So, Kinder. Absteigen. Und dann die Pferde abkühlen und tränken."

Beim Absteigen gab es viel Geplapper und Bewegung. Auch nachdem Willy vom Pferd geklettert war, stand er immer noch mit den Zügeln in der Hand da und musterte Brian. Ein zu wachsamer Blick für so einen kleinen Jungen, dachte Brian. Es ging ihm zu Herzen.

Willy holte tief Luft, schien den Atem anzuhalten. „Ich habe einen. Einen wackligen Zahn, meine ich."

„Wirklich?" Brian konnte nicht anders, als über den Zaun zu steigen und vor dem Jungen in die Hocke zu gehen. „Zeig mal her."

Willy schob die Zunge gegen einen lockeren Schneidezahn. „Das ist ein guter", sagte Brian. „In zwei Tagen wirst du durch die Lücke spucken können."

„Man soll aber nicht spucken." Willy warf Brian einen forschenden Blick zu, während sich dieser wieder aufrichtete.

„Wer sagt das?"

„Ladys", erwiderte Willy mit einem Schulterzucken. „Und rülpsen ist auch verboten."

„Ladys sind in mancher Beziehung ein bisschen komisch. Da ist es wohl am besten, wenn man gewisse Dinge nur unter Männern macht."

„Und wie ein angestochenes Tier soll man auch

nicht durch die Gegend rennen." Willy überzeugte sich mit einem kurzen Blick, dass Keeley nicht in der Nähe war, dann schob er seinen Hemdsärmel hoch. „Das kommt davon, weil ich wie ein angestochenes Tier über den Schulhof gerannt bin. Ich bin eine halbe Ewigkeit über den Boden geschlittert und hab mir die ganze Haut aufgeschürft, und es hat richtig geblutet."

Brian stieß einen bewundernden Pfiff aus und sagte: „Das ist sehr beeindruckend, wirklich."

„Mein Knie sieht sogar noch schlimmer aus. Ist Ihnen so was auch schon mal passiert?"

„Ich habe mir kürzlich einen schönen blauen Fleck geholt." Um das Spiel auch wirklich richtig zu spielen, schaute Brian sich erst um, bevor er sich das Hemd aus der Hose zog und Willy seinen Bluterguss zeigte, der inzwischen eine gelbgrüne Farbe angenommen hatte.

„Wow! Das muss ja echt wehgetan haben! Haben Sie geweint?"

„Ging nicht. Miss Keeley war dabei. Vorsicht, sie kommt", flüsterte Brian, während er, unschuldig vor sich hin pfeifend, sein Hemd wieder nach unten zog.

„Willy, du musst Teddy Wasser geben."

„Ja, Ma'am. Ich hab letzte Nacht von ihm geträumt."

„Das erzählst du mir nachher im Stall, wenn wir die Pferde striegeln, einverstanden?"

„Einverstanden. Auf Wiedersehen, Mister."

„Was für ein niedliches Kerlchen", murmelte Brian, während Willy sein Pferd zur Tränke führte.

„Ja, das ist er wirklich. Worüber habt ihr euch unterhalten?"

„Männersachen." Brian hakte seine Daumen in seine Taschen. „Ich muss jetzt kurz runter zu den Ställen, aber wenn du möchtest, helfe ich dir nachher."

„Danke, aber das ist nicht nötig."

„Melde dich einfach, falls du es dir doch noch anders überlegst." Er musste jetzt wirklich gehen, sie hatten beide zu tun. Aber es war so schön, hier neben ihr zu stehen und ihren betörenden Duft einzuatmen. „Die Kinder sahen beim Kurzgalopp gut aus."

„In einigen Wochen werden sie noch viel besser aussehen." Sie musste sich jetzt wirklich um die Pferde kümmern. Aber … konnte eine Minute länger schaden? „Wie ich gehört habe, hattest du gestern Abend beim Pokern ziemliches Glück."

„Na ja, am Schluss hatte ich ungefähr einen Fünfziger mehr in der Tasche. Aber vor deinem Onkel Keith muss man sich wirklich in Acht nehmen. Grob geschätzt hat er ungefähr das Doppelte eingesackt."

„Und mein Vater?"

Brian grinste. „Ich habe ihm geraten, besser bei seinen Pferden zu bleiben."

Keeley zog die Augenbrauen hoch. „Und was hat er dazu gesagt?"

„Das möchte ich in Anwesenheit einer Dame lieber nicht wiederholen."

Sie lachte. „Das dachte ich mir. Ich muss mich jetzt um die Pferde kümmern. Die Eltern der Kinder werden bald auftauchen."

„Kommen sie nie, um zuzuschauen?"

„Die hier bis jetzt noch nicht. Ich habe sie gebeten, uns einige Wochen Zeit zu geben, damit die Kinder nicht abgelenkt werden oder anzugeben versuchen. Du warst ein gutes Testpublikum."

„Keeley." Er berührte sie am Arm, als sie sich abwandte. „Dieser kleine Junge da. Willy. Sein Schneidezahn wackelt. Es wäre nett, wenn irgendwer daran denken würde, ihm eine Münze unters Kopfkissen zu legen, wenn er ihn verliert."

Ihr Herz, das bei seiner Berührung heftig gepocht hatte, beruhigte sich wieder. „Er ist jetzt bei einer guten Pflegefamilie. Es sind sehr liebe, fürsorgliche Leute. Sie werden es bestimmt nicht vergessen."

„Das ist gut."

„Brian." Diesmal legte sie ihm eine Hand auf den Arm. Trotz der neugierigen Blicke ihrer Schüler stellte sie sich auf die Zehenspitzen und gab ihm einen flüchtigen Kuss auf den Mund. „Ich habe eine Schwäche für Männer, die an Feen glauben", flüsterte sie, dann wandte sie sich ab, um zu ihren Schülern zu gehen.

Eine sehr große Schwäche, dachte Keeley. Für einen Mann mit einem großspurigen Grinsen und einem weichen Herzen. Sie öffnete die Terrassentür ihres

Zimmers und trat in die Nacht hinaus. Die Luft war frisch und der Himmel so klar, dass die Sterne wie ferne Fackeln leuchteten.

Die Blätter der Bäume raschelten im Wind, der den Duft der letzten Rosen des Sommers zu ihr herübertrug.

Der blassgoldene Dreiviertelmond tauchte die Gartenanlagen und Felder in silbriges Licht. Ihr kam es fast so vor, als könnte sie die Mondstrahlen in ihre zu einer Schale geformten Hände strömen lassen und wie Wein trinken.

War es nicht fast unmöglich, in einer so herrlichen Nacht zu schlafen?

Langsam trat sie einen Schritt vor und schaute zu Brians Quartier hinüber. Hinter seinen Fenstern brannte noch Licht. Und ihr Herz schlug heftig.

Wenn bei ihm alles dunkel gewesen wäre, wäre sie einfach wieder in ihr Zimmer zurückgegangen und hätte versucht einzuschlafen. Aber seine Fenster leuchteten hell in der Dunkelheit, schienen sie zum Kommen einzuladen.

Ein erwartungsvoller Schauer, der ihr über den Rücken rieselte, veranlasste sie, die Augen zu schließen. Sie war auf diesen Schritt vorbereitet, auf diese Veränderung in ihrem Leben und ihrem Körper. Es war nicht spontan und auch nicht leichtsinnig. Aber es fühlte sich so an.

Sie war eine erwachsene Frau, und die Entscheidung lag bei ihr.

Leise ging sie wieder ins Zimmer zurück und schloss die Tür.

Brian klappte das Trainingsbuch zu und presste die Finger an seine müden Augen. Genau wie Paddy brachte auch er dem Computer Argwohn entgegen, aber er war immerhin bereit, ein bisschen daran herumzuspielen. An drei Abenden pro Woche verbrachte er jeweils eine Stunde mit dem Versuch herauszufinden, wozu das verdammte Ding fähig war, in der Hoffnung, dass er eines Tages vielleicht doch damit seine Tabellen zusammenstellen konnte.

Zeitsparend und effizient sollten die Dinger angeblich sein, wenn man dem Werberummel glaubte, sinnierte er, während er den Computer mit einem misstrauischen Blick streifte. Na, bis jetzt hatte er davon noch nicht viel gemerkt.

Er hatte seit einer Woche nicht mehr richtig geschlafen. Was allerdings nichts mit seinem Job zu tun hatte, wie er sich eingestehen musste. Und alles mit der Tochter seines Brötchengebers.

Bloß gut, dass ich demnächst nach Saratoga fahre, überlegte er, während er mit dem Stuhl zurückrutschte und aufstand. Er brauchte dringend ein bisschen Abstand. Am besten, er ignorierte das Gefühl, auf schwankendem Boden zu stehen, und verdrängte diesen scheußlichen Schmerz in der Herzgegend.

Er war nicht der Typ, der sich wegen einer Frau graue Haare wachsen ließ. Oh ja, er hatte seinen

Spaß mit Frauen und freute sich, wenn es umgekehrt genauso war, und hinterher ging jeder, ohne etwas zu bereuen, wieder seiner Wege.

Wichtig war nur, dass man immer in Bewegung blieb.

New York war von hier aus ziemlich weit weg. Wenn die Zeit reif war, müsste es eigentlich weit genug sein. Für heute würde er das Problem dadurch lösen, dass er sich einen ordentlichen Schuss Whiskey in den Tee tat. Und dann würde er schlafen, so wahr ihm Gott helfe, und wenn er sich dafür selbst eins über den Kopf geben musste.

Und er würde keinen einzigen Gedanken mehr an Keeley verschwenden.

Als es an der Tür klopfte, stieß er einen leisen Fluch aus. Sein erster Gedanke war, dass sich Lucys Zustand wieder verschlechtert hatte, obwohl sich die Stute mit der Bronchitis wieder aufgerappelt zu haben schien. Er langte nach seinen Stiefeln, die er bereits ausgezogen hatte, und rief: „Herein, es ist offen. Ist es Lucy?"

„Nein, Keeley. Aber wenn du Lucy erwartest, kann ich wieder gehen."

Der Stiefel, den er eben hatte anziehen wollen, rutschte ihm aus der Hand. Seine Fingerspitzen wurden taub. „Lucy ist ein Pferd", brachte er mühsam heraus. „Sie klopft nicht oft an meine Tür."

„Ach ja stimmt, die Bronchitis. Ich dachte, es geht ihr mittlerweile besser."

„Tut es auch." Keeley trug das Haar offen. Warum machte sie das? Es bewirkte, dass seine Hände wehtaten, richtig wehtaten, so sehr lechzten sie danach, die seidigen Strähnen zu berühren.

„Das ist gut." Sie trat ein, schloss die Tür hinter sich. Und da es sie in den Fingern juckte, legte sie mit einem hörbaren Geräusch den Riegel um. Allein der Anblick seiner mahlenden Kiefer war eine ungeheure Genugtuung.

Er war ein Ertrinkender und ging eben zum ersten Mal unter. „Keeley, ich hatte einen langen Tag. Ich wollte mir gerade …"

„Einen Schlaftrunk machen", beendete sie seinen Satz, als sie den Teekessel auf dem Herd und die Whiskeyflasche auf dem Küchentresen entdeckte. „Ich könnte auch einen vertragen." Sie glitt entschlossen an ihm vorbei und stellte die Herdplatte unter dem mittlerweile kochenden Wasser aus.

Sie hatte ein anderes Parfüm aufgelegt. Wahrscheinlich gerade eben erst, nur um ihn zu quälen.

„Ich habe nicht mit Besuch gerechnet."

„Als Besuch würde ich mich auch nicht unbedingt bezeichnen." Ruhig erwärmte sie die Teekanne, dann maß sie Tee ab und goss ihn auf. „Wenn wir ein Liebespaar wären, wäre ich bestimmt keiner."

Ohne eine Chance nach Luft zu schnappen, ging er zum zweiten Mal unter. „Wir sind aber kein Liebespaar."

„Das wird sich bald ändern." Sie tat den Deckel

auf die Kanne, drehte sich um. „Wie lange soll ich ihn ziehen lassen?"

„Ich trinke ihn gern stark, deshalb dauert es eine Weile. Du solltest jetzt nach Hause gehen."

„Ich trinke ihn auch gern stark." Erstaunlich, dass sie gar nicht nervös war. „Und wenn es eine Weile dauert, können wir ihn ja anschließend trinken."

„So geht das nicht." Er sagte es mehr zu sich selbst als zu ihr. „So geht das wirklich nicht. Nein, bleib, wo du bist, und lass mich kurz nachdenken."

Aber sie kam bereits mit einem Sirenenlächeln auf ihn zu. „Wenn du es vorziehst, mich zu verführen, dann nur zu."

„Genau das werde ich nicht tun." Obwohl die Nacht kühl war und seine Fenster offen waren, spürte er, dass ihm ein Schweißtropfen über den Rücken rann. „Wenn ich gewusst hätte, was daraus wird, hätte ich nie damit angefangen."

Dieser Mund, dachte sie. Diesen Mund musste sie unter allen Umständen erkunden. „Jetzt wissen wir beide, was daraus geworden ist, und ich habe die Absicht, den Weg bis zum Ende zu gehen."

Sein Blut war bereits in Wallung. „Du bist unberührt, und das ist ein Riesenproblem."

„Hast du Angst vor Jungfrauen?"

„Du sagst es."

„Aber du begehrst mich trotzdem. Leg deine Hände auf mich, Brian." Sie ergriff sein Handgelenk, presste seine Hand auf ihre Brust. „Ich will deine Hände auf mir spüren."

Die Stiefel fielen klappernd zu Boden, als er zum dritten Mal unterging. „Es ist ein Fehler."

„Das glaube ich nicht. Berühr mich."

Seine Hand schloss sich über ihrer. Sie war klein und zierlich, und wie durch ein Wunder gehörte sie für den Moment ihm. Er gab sich geschlagen. „Egal, wenn es ein Fehler ist", sagte er.

„Wir werden es nicht zulassen, dass es einer ist."

Ihr Kopf sank zurück, als er sie zu streicheln begann.

„Egal. Aber ich werde behutsam mit dir sein."

Ihre blauen Augen glitzerten, als sie die Arme hob und ihre Finger durch sein Haar gleiten ließ. „Nicht zu behutsam, hoffentlich."

Als er sie von den Füßen riss und hochhob, atmete sie erschauernd aus. „Oh, ich habe gehofft, dass du das tust." Erregt presste sie ihre Lippen an seinen Hals. „Ich habe wirklich so gehofft, dass du das tust."

Er schmiegte sein Gesicht in ihr Haar, atmete den Duft tief ein und behielt ihn einen langen Moment in der Lunge. „Du musst mir nur sagen, was du magst."

Sie hob ihm das Gesicht entgegen, während er sie ins Schlafzimmer trug. „Woher soll ich das wissen? Zeig es mir."

Das Bett, auf das er sie legte, war von gleißendem Mondlicht überflutet, und durch die offenen Fenster wehte eine kühle Brise ins Zimmer. Als er sie zum ersten Mal geküsst hatte, hatten die sanften Strahlen des Mondes ihr Gesicht genauso gestreichelt wie jetzt. Diesen Anblick hatte Brian nie vergessen.

Er hatte nur wenige Erinnerungen, die ihm etwas bedeuteten, aber die Erinnerung an sie würde für immer in seinem Herzen bleiben, das wusste er. Sie war ein Geschenk, das er hüten würde wie einen wertvollen Schatz.

„Das zum Beispiel", murmelte er und saugte zärtlich an ihren Lippen.

Sie öffnete sie ihm bereitwillig, sie sehnte sich danach, dass er sie berührte, von ihr kostete und sie nahm. Obwohl er ihre Ungeduld spürte, führte er sie schrittweise in die Freuden der Liebe ein.

Er liebkoste sie so sanft, dass es sich fast anfühlte, als würde sie von einem zarten Windhauch gestreift. Wenig später verweilten seine Fingerspitzen an einem geheimen Ort, und ihr stockte der Atem, als sie ein Beben durchlief. Mit den Lippen zog er eine heiße Spur über ihren Hals, und Wärme breitete sich in ihr aus, dann kehrte er zu ihrem Mund zurück. Als er sie begehrlich in die Lippen biss, wurde sie von einer Hitzewelle überflutet.

Von Verlangen erfüllt, wölbte sie sich ihm entgegen.

Er flüsterte ihr leise, erregende Worte ins Ohr, von denen jedes einzelne ihre Seele berührte. Ihr wurde so leicht ums Herz.

Sie verspürte keine Scheu, keine Vorbehalte, als sie sich ihm entgegenwölbte, sich an ihn presste. Während er ihr das Hemd abstreifte, spürte sie zusammen mit seinen Fingerspitzen einen leisen Windhauch. Sie fühlte sich schön.

Ihre Haut war wie weiße Seide, ihr Haar wie ein Flammenmeer. Jedes Erschauern war ein Geschenk, jedes lustvolle Stöhnen ein Schatz. Noch nie in seinem Leben hatte er eine so schöne Frau in den Armen gehalten wie Keeley, die sich gerade selbst entdeckte.

Sie zeigte nicht die geringste Scheu, als er ihr die Kleider abstreifte, sondern genoss jeden Moment, begrüßte jede neue Empfindung. Neugierig ließ sie die Hände über seinen Körper gleiten, und mit seiner, Brians, Hilfe zog sie ihn aus. Erst jetzt wurde ihm klar, wie erregend es sein konnte, ihr erster Mann zu sein.

Ihr Herz hämmerte unter seinem Mund, und das Parfüm, das sie sich auf ihre zarte Haut getupft hatte, benebelte seine Sinne. Er liebkoste sie weiter, bis sie unter ihm anfing, sich unbewusst einladend zu bewegen.

Wundervoll. Das ist wundervoll, war alles, was sie denken konnte. Ihr Körper wurde von Empfindungen überflutet, unter denen sie hilflos erschauerte.

Sie konnte ihr eigenes lustvolles Stöhnen hören, ihre eigenen keuchenden Atemzüge, außerstande, sie unter Kontrolle zu bringen. Und dieser Kontrollverlust war schwindelerregend.

Er fühlte sich bis aufs Äußerste angespannt. Und voller Verzweiflung. Ihre Nägel bohrten sich in seinen Rücken, ihre Zähne in seine Schulter.

Sie stieß einen lauten Schrei des Entzückens aus, als er sie dort berührte, wo es am lustvollsten war. Dann brandete die Begierde wie eine Welle in ihr auf und schlug über ihr zusammen. Keeley erschauerte heftig. Sie bäumte sich auf und krallte ihre Finger stöhnend in sein Haar.

Dann war sein Mund wieder auf ihrem, jetzt noch heißer, und ließ ihr keine Zeit, Atem zu holen oder ihr Gleichgewicht wiederzufinden.

„Schenk dich mir", flüsterte er, und das Blut hämmerte in seinen Schläfen, während ihr verschleierter Blick seinem begegnete. „Nimm mich in dich auf."

Ohne den Blick von ihm zu wenden, spreizte sie einladend ihre Schenkel und gab sich ihm hin.

Es war, als würde sie sich in die Lüfte erheben, jede behutsame Bewegung war wie ein Flügelschlag. Ihre Lust, die sich immer noch steigerte, bis sich ihr Körper fast schwerelos fühlte, löschte jeden Gedanken aus. Alles, was sie sah, waren seine vor Verlangen dunklen Augen, während er sich im selben Rhythmus wie sie bewegte.

Überwältigt von der Schönheit des Augenblicks berührte sie seine Wange, flüsterte seinen Namen.

Da war er verloren. Liebe und Leidenschaft, Träume und Sehnsucht überfluteten sein Herz. Hilflos barg er sein Gesicht in ihrem Haar.

Mit geschlossenen Augen lag Keeley da und kostete das herrliche Gefühl, gut geliebt worden zu sein, aus. Ihr Körper fühlte sich köstlich bleiern an, alle Gedanken waren wundervoll gedämpft. Es bestand keine Veranlassung, sich bang zu fragen, ob sie Brian dieselbe Lust geschenkt hatte. Sie hatte es in seinem Gesicht gelesen und spürte es jetzt, während er mit immer noch hämmerndem Herzen auf ihr lag.

Keeley wusste, dass in ihr eine Veränderung vor sich gegangen war. Sie fühlte sich lebendiger, bewusster. Und sie empfand eine Art von Triumph.

In sich hineinlächelnd fuhr sie ihm mit den Fingerspitzen über den Rücken. „Wie geht es deinen Rippen?"

„Was?"

Und war es nicht herrlich, diese schläfrig schleppende Stimme zu hören? „Wie es deinen Rippen geht. Du hast immer noch einen schlimmen Bluterguss."

„Ich spüre nichts." Ihm war immer noch ganz schwindlig. „Was ist das für ein Parfüm, das du aufgelegt hast? Es macht süchtig."

„Nur eins meiner vielen Geheimnisse."

Er hob den Kopf und verzog den Mund zu einem Lächeln, dann fühlte er sich erneut überwältigt. Was für einen wundervollen Anblick sie bot. Sie strahlte so viel Glück aus. Verzückt senkte er den Kopf und gab ihr einen langen, innigen Kuss.

Ihre Hand sank schlaff auf die Matratze. „Brian."

„Ich erdrücke dich", sagte er erschrocken.

Er zerstörte den Augenblick, indem er sich von ihr herunterrollte. „An dir ist nicht viel dran." Plötzlich merkte er, dass ein kalter Luftzug durch die offenen Fenster ins Zimmer wehte, deshalb zog er die Bettdecke hoch und deckte Keeley zu. „Und? Ist mit dir alles in Ordnung?"

„Mir geht es fabelhaft, danke." Lachend setzte sie sich auf, ohne die geringste Scheu, obwohl ihr die Decke bis zur Taille hinunterrutschte. Sie umfasste sein Gesicht und küsste ihn auf den Mund. „Und was ist mit dir? Auch alles in Ordnung?", fragte sie, wobei sie seinen irischen Akzent nachahmte.

„Ja, klar, aber ich habe in solchen Dingen ja auch schon ein bisschen Übung."

„Darauf wette ich. Aber fang jetzt bitte nicht an, alle deine Eroberungen aufzuzählen. Weil ich mich nämlich nicht gern genötigt fühlen würde, dir einen Kinnhaken zu verpassen."

„Dass es Eroberungen waren, würde ich nicht unbedingt behaupten. Aber belassen wir es dabei."

„Sehr weise."

„Bleib liegen, ich schließe nur schnell das Fenster, sonst frierst du womöglich noch."

Als er aufstand, musterte sie ihn mit forschend geneigtem Kopf. „In diesem geschundenen Körper steckt ja ein Kümmerer, Donnelly."

„Was sagst du da?", fragte er fast empört.

„Wahrscheinlich hat es etwas mit den Pferden zu tun." Sie spitzte nachdenklich die Lippen, während er mit finsterer Miene ein Fenster zuschlug. „Du machst Diät- und Trainingspläne für sie, du sorgst dafür, dass sie alles haben, was sie zum Leben brauchen, und dass sie sich wohl fühlen und … oh, und natürlich trainierst du sie. Und wenn du dann nicht gut aufpasst, kann es dir passieren, dass du anfängst, dich um Menschen genauso zu kümmern."

„Ich kümmere mich nicht um Menschen." Er fand die Vorstellung fast beleidigend. „Menschen können sich selbst um sich kümmern. Ich mag sie nicht einmal besonders."

Er ging zum zweiten Fenster hinüber und machte es ebenfalls zu. „Derzeit Anwesende ausgeschlossen, weil du nackt in meinem Bett sitzt und es unhöflich wäre, etwas anderes zu sagen."

„Du hast dich nicht ganz präzise ausgedrückt. Du magst viele Menschen nicht besonders. Hast du einen Bademantel?"

„Nein." Er wusste nicht genau, worüber er sich eigentlich so ärgerte.

„Das hier geht auch." Sie hatte ein Arbeitshemd erspäht, das er über einen Stuhl geworfen hatte, und obwohl es nach Pferden roch, schlüpfte sie hinein. „Der Tee ist inzwischen vermutlich so stark, dass man Nägel damit einschlagen kann. Willst du ihn noch?"

Sie sah … interessant aus in seinem Hemd. Interessant genug, um sein Blut erneut in Wallung zu bringen. „Was für Alternativen habe ich?"

„Wenn es nach mir geht, trinken wir jetzt eine Tasse Tee und plaudern ein bisschen, und bevor ich nach

Hause gehe, lockst du mich noch einmal ins Bett und liebst mich."

„Das klingt nicht schlecht, obwohl ich einige Verbesserungsvorschläge anzubringen hätte."

„Oh, und welche wären das?"

„Wir lassen den Tee und das Plauderstündchen ausfallen."

Während er auf sie zukam, fuhr sie sich mit der Zungenspitze über ihre Oberlippe, an der immer noch sein Geschmack haftete. „Dann willst du also versuchen, mich sofort zu verführen?"

„Das ist mein Plan."

„Ich bin flexibel."

Er grinste. „Das würde ich gern ausprobieren."

Den Tee tranken sie gar nicht mehr.

Nachdem sie ihn verlassen hatte, stand er an der Tür und blickte ihr nach, wie sie den Weg hinunterging. Verliebter Trottel, beschimpfte er sich selbst. Du kannst sie nicht behalten. Du hast in deinem Leben noch nie etwas behalten, das nicht in eine Reisetasche passt.

Es war eben Pech, dass er gestolpert war und sich verliebt hatte, das war alles. Und es würde ziemlich wehtun, bis er darüber weg war. Aber natürlich würde er darüber hinwegkommen. Über sie und über diesen Schmerz in seinem Herzen. So verrückt, dass er glaubte, diese Art von Verrücktheit könnte andauern, war er auch wieder nicht.

Deshalb ist es wohl am besten, es zu genießen, solange es dauert, beschloss er, nachdem Keeley in der Dunkelheit verschwunden war.

Als er wieder im Bett lag, stieg ihm von seinem Kopfkissen ihr Duft in die Nase. Zum ersten Mal seit einer Woche schlief er tief und fest.

8. KAPITEL

Keeley vermisste Brian. Das Seltsamste war, dass sie sich im Lauf des Tages immer wieder dabei ertappte, dass sie an ihn und ein Dutzend Dinge dachte, die sie ihm erzählen oder zeigen wollte, wenn er aus Saratoga zurückkam.

Aber sie war nicht die Einzige, die ihn vermisste.

Willy erkundigte sich nach ihm, weil er ihm seine Zahnlücke zeigen wollte. Der Mann schaffte es offensichtlich, Eindruck zu machen, und zwar in Windeseile.

Dabei war es weiß Gott nicht so, dass es nicht genug Dinge gegeben hätte, die ihre Zeit und ihre Gedanken in Anspruch nahmen. Sie hatte inzwischen genug Schüler für eine zusätzliche Klasse und kämpfte sich gerade durch den Bürokratiedschungel, um für drei weitere von ihr geförderte Schüler alles zu arrangieren.

Sie traf sich mit der Psychologin, dem Sozialarbeiter, den Pflegeeltern und den Kindern zu Gesprächen. Allein an dem Papierkram konnte man ersticken, wie sie zugeben musste. Aber am Ende würde sich die Mühe lohnen.

Mit leiser Belustigung blätterte sie das *Washingtonian Magazine* durch. Natürlich wusste sie, dass der Artikel ihre neuen zahlenden Schüler angelockt hatte. Die Fotos waren brillant, und der Text ließ nichts zu wünschen übrig.

Besonders zufrieden war sie darüber, dass ihre Reitschule gleich mehrmals erwähnt worden war.

Als das Telefon erneut klingelte, stieß sie einen Seufzer aus. Es hatte seit Erscheinen des Artikels nicht mehr stillgestanden. Jetzt würde es wahrscheinlich nicht mehr lange dauern, bis sie dem allgemeinen Drängen nachgeben und eine Assistentin einstellen musste.

Aber im Moment war sie noch für alles allein zuständig.

„Royal Meadows Riding Academy, guten Morgen." Ihre kühle professionelle Stimme klang wärmer, nachdem sich ihre Cousine Maureen gemeldet hatte.

Fünfzehn Minuten später legte Keeley kopfschüttelnd auf. Na gut, dann würde sie heute Abend also zum Pferderennen mit anschließendem Essen gehen. Obwohl sie mehrmals Nein gesagt hatte – fünf oder sechs Mal, soweit sie sich erinnerte. Aber gegen Mo kam niemand an. Sie überrollte die Leute einfach.

Keeleys Blick schweifte über die Stapel mit unerledigtem Papierkram. Als das Telefon erneut zu läuten begann, atmete sie ungehalten aus. Mach einfach alles der Reihe nach, bis du fertig bist, ermahnte sie sich.

Also erledigte sie die erste Sache, dann die zweite, und als ihr Vater hereinkam, saß sie gerade an der dritten.

Er blieb auf der Schwelle stehen und hielt eine Hand hoch. „Moment, sagen Sie jetzt nichts. Ihr Gesicht kommt mir irgendwie bekannt vor." Er kniff nachdenklich die Augen zusammen, während sie ihre verdrehte. „Ich bin mir sicher, dass wir uns schon mal irgendwo begegnet sind. War's in Tibet? Mazetlan? Ah, jetzt fällt es mir ein, es war vor zwei Jahren am Abendbrottisch!"

„Es liegt noch nicht länger zurück als eine Woche." Sie hob ihm das Gesicht entgegen, als er sich zu ihr hinunterbeugte, um sie zu küssen. „Aber du hast mir auch gefehlt. Ich stecke bis über beide Ohren in Arbeit."

„Das habe ich gehört." Er blätterte die Zeitschrift durch und hielt bei dem Artikel über sie inne. „Hübsches Mädchen. Ich wette, ihre Eltern sind stolz auf sie."

„Das hoffe ich." Als das Telefon klingelte, unterdrückte sie einen Aufschrei und wedelte abwehrend mit den Händen. „Diesmal soll der Anrufbeantworter übernehmen. Es klingelt schon seit Sonntag ununterbrochen. Dabei haben fünfzig Prozent der Eltern, die wegen Reitstunden anrufen, ihre Kinder noch nicht einmal gefragt, ob sie überhaupt Interesse haben."

Sie stieß sich mit den Füßen ab, sodass ihr Stuhl zu dem kleinen Kühlschrank rollte, aus dem sie zwei Softdrinks herausnahm. „Aber trotzdem danke."

„Wofür?", fragte Travis, während er eine Flasche entgegennahm.

„Dass du immer wieder fragst."

„Nichts zu danken. Wie ich gehört habe, gehe ich heute Abend mit zwei schönen Frauen aus."

„Hat Mo dich erwischt?"

Er lachte leise, bevor er einen Schluck aus der Flasche trank. „Wir hatten schon seit einer Ewigkeit kein Familientreffen mehr", ahmte er seine Nichte nach. „Liebst du mich denn überhaupt nicht mehr?"

„Sie weiß genau, welche Knöpfe sie drücken muss." Keeley musterte die abgestoßenen Spitzen ihrer Stiefel. „Äh ... hast du eigentlich von Brendon irgendetwas gehört?"

„Gestern Abend. Sie wollten eigentlich heute zurückkommen."

„Das ist gut." Zumindest einmal hätte sie der Mann ruhig anrufen können. Mit finsterem Gesicht schaute sie auf ihre Stiefel. Oder wenigstens ein Telegramm schicken, irgendein verdammtes Rauchzeichen.

„Ich kann mir vorstellen, dass Brian es eilig hat zurückzukommen."

Sie riss den Kopf hoch. „Ach ja? Wieso?"

„Betty macht Fortschritte – wie verschiedene andere Jährlinge auch. Aber sie macht ihre Sache auf der Rennbahn besonders gut. Brian kann sie jetzt voll übernehmen."

„Ich habe sie kürzlich beim Morgentraining beobachtet. Sie hat viel Kraft."

„Unser Nachwuchs auf Royal Meadows ist erstklassig." In seiner Stimme schwang ein fast wehmütiger Unterton mit, der Keeley veranlasste, erstaunt die Augenbrauen hochzuziehen.

„Was ist los?"

„Nichts." Travis zuckte die Schultern und stand auf. „Außer, dass ich langsam alt werde."

„Also wirklich."

„Erst gestern bist du noch auf meinen Schultern geritten", sagte er leise. „Im Haus war ein Heidenlärm. Fußgetrappel von Kindern, die ständig die Treppen rauf- und runterrannten, Türengeknalle. Dauernd stolperte man über irgendwelches Spielzeug. Ich weiß gar nicht, wie oft ich auf eins von Bradys verdammten kleinen Spielzeugautos getreten bin."

Er wandte sich ab und fuhr sich mit der Hand durchs Haar. „Das fehlt mir, ihr fehlt mir alle."

„Daddy." Geschmeidig erhob Keeley sich und legte die Arme um ihn.

„So ist das Leben eben. Drei von euch sind auf dem College, und Brendon ist ständig geschäftlich unterwegs. Ihm gefällt es, so wie es ist. Und du baust dir etwas Eigenes auf. Aber … ich vermisse einfach euren ständigen Krach."

„Ich verspreche dir, bei nächster Gelegenheit die Türen zu knallen."

„Vielleicht hilft das ja."

„Du bist sentimental. Und dafür liebe ich dich."

„Mein Glück." Er drückte sie kurz und fest, dann schaute er auf das Telefon, das schon wieder klingelte. „Aber eigentlich bin ich nicht gekommen, um dir etwas vorzujammern, sondern um dir einen beruflichen Rat zu geben." Er lehnte sich etwas zurück, um ihr in die Augen sehen zu können. „Du brauchst hier dringend Hilfe."

„Ich werde darüber nachdenken. Wirklich", fügte sie hinzu, als er sie skeptisch musterte. „Sobald ich in dieses Chaos hier ein bisschen Ordnung gebracht habe."

„Wenn ich mich recht entsinne, hast du dasselbe vor einem halben Jahr auch schon gesagt."

„Es war einfach noch nicht die richtige Zeit. Bis jetzt bin ich ganz gut allein klargekommen." In dem Moment, in dem sie es sagte, läutete das Telefon ein weiteres Mal.

„Keeley, ein bisschen Hilfe bedeutet nicht, dass du nicht mehr die alleinige Verantwortung trägst. Auch dann ist es immer noch deine Reitschule."

„Ich weiß, aber ... es wird nicht mehr das Gleiche sein."

„Nichts bleibt immer gleich. Die Farm ist jetzt größer als damals, als ich sie übernahm, und wenn ihr sie eines Tages abgebt, wird sie noch größer sein. Doch ich habe meine Spuren hinterlassen. Daran wird sich nie etwas ändern."

„Wahrscheinlich will ich einfach nur nichts aus der Hand geben."

„Du hast doch schon bewiesen, dass du es kannst."

„Ja, sicher, du hast recht. Aber es ist nicht so leicht, die richtige Person zu finden. Es muss jemand sein, der mit Pferden und Kindern umgehen und im Büro einspringen kann und sich gleichzeitig aber nicht zu schade ist, gelegentlich den Stall auszumisten. Außerdem muss ich mich auf ihn verlassen können und mit ihm klarkommen. Darüber hinaus muss er auch noch den Eltern meiner Schüler gegenüber diplomatisch sein, was vielleicht das Schwierigste überhaupt ist."

Travis trank noch einen Schluck von seinem Softdrink. „Ich könnte dir vielleicht einen Tipp geben."

„Ach ja? Wirklich, Dad, ich weiß deinen Rat sehr zu schätzen, aber den Freund eines Freundes oder den Sohn oder die Tochter eines Bekannten einzustellen, kann eine äußerst heikle Sache sein, wenn es nicht funktioniert."

„Eigentlich dachte ich eher an jemand, der etwas näher dran ist. Genau gesagt, an deine Mutter."

„Ma?" Mit einem verblüfften Auflachen ließ Keeley sich wieder auf ihren Stuhl fallen. „Ma will sich dieses Problem bestimmt nicht aufhalsen, selbst wenn sie Zeit dafür hätte."

„Das zeigt nur, wie wenig du von ihr weißt." Mit

einem Gefühl der Genugtuung trank er noch einen Schluck. „Erwähn es einfach irgendwann mal ganz beiläufig. Ich werde kein Wort davon sagen."

Nachdem die letzte Reitstunde vorbei und das letzte Pferd versorgt war, schleppte sich Keeley erschöpft ins Haus. Sie sehnte sich nach einem langen Bad und einem ruhigen Abend. Aber wenn sie sich vor dem Familientreffen drückte, würde ihre Cousine Mo ihr die Hölle heiß machen. Da war es schon besser, den Abend irgendwie durchzustehen, als sich wochenlanges Genörgel anzuhören.

Während sie durch die Küche auf den Flur ging, wurde ihr klar, dass ihr Vater recht hatte. Wie sollte man sich an diese Stille gewöhnen? Niemand schrie etwas von oben oder rannte zur Tür oder drehte die Musik so laut auf, dass einem fast das Trommelfell platzte.

Sie lief die Treppe hinauf und schaute nach rechts. Da war das Zimmer, das sich Brady und Patrick teilten.

Sie erinnerte sich noch gut daran, wie Brady irgendwann im Verlauf eines Streits mit seinem Bruder das Zimmer mit schwarzem Klebeband in zwei Hälften unterteilt hatte.

Die eine Hälfte hatte Bradys Territorium markiert. Die andere hatte er scherzhaft Niemandsland genannt.

Und wie oft hatte sie gehört, dass Brendon mit der

Faust an die Wand zwischen seinem und ihrem Zimmer gehämmert und ihnen befohlen hatte, leiser zu sein, bis ihm der Kragen geplatzt war und er sie eigenhändig zur Vernunft gebracht hatte?

Als sie an Sarahs Zimmer vorbeikam, sah sie ihre Mutter mit einem roten Pullover auf dem Schoß, den sie streichelte, auf dem Bett sitzen.

„Ma?"

„Oh." Delia schaute auf. Ihre Augen waren feucht, dennoch lächelte sie. „Du hast mich erschreckt. Es ist so verdammt still in diesem Haus."

Keeley trat ein. Das Zimmer hatte leuchtend blaue Wände. Dieser kühne Farbton wiederholte sich in den Vorhängen und der Tagesdecke und wurde durch grüne Streifen ergänzt, die nicht minder kühn waren. Komisch, dass es nicht absolut scheußlich aussieht, überlegte Keeley auch jetzt wieder einmal wie so oft. Aber es passte irgendwie zusammen.

Und es war typisch Sarah.

„Komisch, aber Dad hat heute Morgen dasselbe zu mir gesagt." Keeley setzte sich zu ihrer Mutter aufs Bett. „Er war genau aus demselben Grund traurig."

„Vielleicht fängt man ja dieselben Schwingungen auf, wenn man so viele Jahre zusammen ist. Außerdem hat Sarah vorhin angerufen. Sie braucht unbedingt diesen roten Pullover und versteht gar nicht, wie sie ihn vergessen konnte. Sie klang so glücklich und geschäftig und erwachsen."

„Sie werden alle nächsten Monat zu Thanksgiving

nach Hause kommen und dann wieder an Weihnachten."

„Ich weiß. Trotzdem, wenn ich wüsste, wie ich es anstellen soll, würde ich ihr den Pullover selbst bringen, statt ihn zu schicken. Oh Gott, ist es wirklich schon so spät? Ich muss mich vor dem Weggehen noch ein bisschen zurechtmachen. Und du auch."

„Ja." Keeley spitzte gedankenverloren die Lippen, während ihre Mutter den Pullover noch einmal glatt strich und aufstand. „Ich bin spät dran heute", begann sie. „Ich scheine in letzter Zeit oft spät dran zu sein."

„Das ist bei erfolgreichen Leuten meistens so."

„Wahrscheinlich. Und diese zusätzliche Klasse wird noch mehr von meiner Zeit und Energie beanspruchen."

„Du weißt, dass ich dir jederzeit gern helfe, wenn du mich brauchst, und dein Vater auch." Damit verließ Delia Sarahs Zimmer und ging mit dem Pullover in ihr eigenes. Keeley folgte ihr.

„Ja, das weiß ich zu schätzen. Aber ich muss wahrscheinlich doch langsam daran denken, eine Assistentin einzustellen. Obwohl ich diesen Gedanken schrecklich finde. Ich meine, es würde mir bestimmt nicht leichtfallen, mich auf einen Fremden zu verlassen. Aber so wie es aussieht ..."

Keeley ließ das Ende ihres Satzes in der Schwebe und registrierte überrascht, dass ihre Mutter – die meistens irgendetwas zu sagen hatte – schwieg.

„Ich nehme nicht an, dass du Lust hättest, regelmäßig halbtags für mich zu arbeiten?"

Delia wandte überrascht den Kopf und begegnete Keeleys Blick im Spiegel der Frisierkommode. „Heißt das, du bietest mir einen Job an?"

„So wie du es sagst, klingt es schrecklich fremd, trotzdem stimmt es. Ich will aber nicht, dass du es nur machst, weil du dich verpflichtet fühlst. Bloß wenn du glaubst, Zeit und Lust dazu zu haben."

Jetzt wirbelte Delia mit strahlendem Gesicht herum. „Warum, zum Teufel, fragst du mich erst jetzt? Ich werde sofort morgen anfangen."

„Ist das dein Ernst? Hast du wirklich Lust dazu?"

„Du kannst dir gar nicht vorstellen, wie! Ich musste meine ganze Willenskraft aufbringen, um mich davon abzuhalten, nicht jeden Tag zu dir runterzugehen, bis du es gar nicht mehr merkst, dass ich bei dir arbeite. Oh, ist das aufregend!" Sie ging eilig zu Keeley und umarmte sie. „Ich kann es gar nicht erwarten, es deinem Vater zu erzählen."

Delia veranstaltete einen kleinen Freudentanz, wobei sie ihre Tochter immer noch fest umarmt hielt. „Ich bin wieder eine Pferdepflegerin."

„Wenn ich gewusst hätte, dass du Arbeit suchst, hätte ich dich schon längst eingestellt." Keith Logan lehnte sich in seinen Stuhl zurück und zwinkerte der Cousine seiner Frau zu.

„Wir behalten die Besten eben lieber selbst." Delia zwinkerte über den Tisch des Restaurants zurück. Keith sah immer noch genauso gut und gefährlich aus wie vor zwanzig Jahren, als sie ihn kennengelernt hatte.

„Oh, da bin ich mir aber nicht so sicher." Keith ließ seine Hand zärtlich über die Schulter seiner Frau gleiten. „Auf jeden Fall haben wir auf der Three Aces die beste Buchhalterin."

„In diesem Fall verlange ich eine Gehaltserhöhung." Cathleen griff nach ihrem Weinglas und warf Keith einen herausfordernden Blick zu. „Und zwar eine saftige. Trevor?", wandte sie sich dann an ihren Sohn. Ihre Stimme, in der ein ganz schwacher irischer Akzent mitschwang, klang melodisch. „Hast du vor, dieses Schweinefleisch noch aufzuessen, oder benutzt du es nur als Dekoration?"

„Ich lese die *Racing Form,* Ma."

„Ganz der Vater", bemerkte Cathleen und nahm ihm die Rennzeitung weg. „Iss jetzt."

Er stieß einen so tiefen Seufzer aus, wie es nur ein Zwölfjähriger konnte. „Ich glaube, dass Topeka Dritter, Lonesome Fünfter und Hennessy Sechster wird. Dad sagt, Topeka hat Potenzial und ist ein sicherer Tipp."

Als seine Frau ihn auffordernd ansah, räusperte sich Keith und sagte: „Los jetzt, Trev. Stopf dir dieses Stück Fleisch in den Mund. Wo steckt eigentlich Jena?"

„Sie hat wieder mal ein Problem mit ihren Haaren", verkündete Mo und stibitzte sich Pommes von Trevors Teller.

„Wie das gewöhnlich so ist", fügte sie mit der Weisheit der älteren Schwester hinzu, „hat sie mit Beendigung ihres vierzehnten Lebensjahrs entschieden, dass ihre Haare der Fluch ihrer Existenz sind. Du meine Güte! Als ob lange dichte schwarze Haare ein Problem wären. Die hier ...", sie zerrte an einer Strähne der wilden roten Locken, von denen ihr Gesicht eingerahmt war, „... sind wirklich ein Problem. Falls man sich über etwas so Nebensächliches wie Haare aufregt, was ich nicht tue. Auf jeden Fall müsst ihr unbedingt rüberkommen und euch diesen Jährling ansehen. Er entwickelt sich wirklich prächtig. Und wenn Dad mir erlaubt, ihn zu trainieren ..."

Sie zögerte und warf ihrem Vater über den Tisch einen Blick zu.

„Nächstes Jahr um diese Zeit bist du im College", erinnerte Keith sie.

„Wenn es nach mir geht, nicht", entgegnete Mo trotzig.

Cathleen, die den rebellischen Blick sah, wechselte schnell das Thema und sagte: „Keeley, Keith hat mir erzählt, dass euer neuer Trainer nicht nur für Pferde ein Händchen hat, sondern auch fürs Pokern und im Umgang mit Travis."

„Und ich habe gehört, dass er zu allem Überfluss auch noch umwerfend gut aussehen soll", fügte Mo hinzu.

„Woher weißt du denn das?", rutschte es Keeley heraus.

„Oh, so was spricht sich in unserer gemütlichen kleinen Welt rasend schnell herum", gab Mo großspurig zurück. „Und Shelley Mason ... die nimmt doch bei dir Reitstunden, oder? Ihre Schwester Lorna ist bei mir im Geschichtskurs – übrigens das Langweiligste, was man sich nur vorstellen kann. Den Kurs, meine ich, nicht Lorna, obwohl die auch ziemlich langweilig ist. Auf jeden Fall hat sie Shelley letzte Woche vom Reitkurs abgeholt, und dabei hat sie diesen tollen Typ gesehen, von daher weiß ich es. Deshalb habe ich beschlossen, demnächst mal zu euch rüberzukommen, weil ich mir so ein Vergnügen schließlich nicht entgehen lassen will."

„Trevor, stopf deiner Schwester ein Stück Fleisch in den Mund, damit sie endlich still ist."

„Also echt, Dad." Kichernd stibitzte sich Mo noch Pommes. „Ich will ihn doch bloß mal sehen. Jetzt sag schon endlich, Keeley, ist er wirklich so toll? Gefällt er dir? Auf deine Meinung gebe ich nämlich wesentlich mehr als auf Lornas."

„Er ist zu alt für dich", sagte Keeley etwas schärfer als beabsichtigt, was Mo veranlasste, die Augen zu verdrehen.

„Oh, Mann! Ich will ihn doch nicht heiraten!"

Travis' Lachen bewahrte Keeley davor, irgendeine törichte Bemerkung von sich zu geben. „Gut so. Weil ich nämlich nicht vorhabe, ihn an die Three Aces zu verlieren, nachdem ich endlich einen würdigen Nachfolger für Paddy gefunden habe."

„Okay." Mo leckte sich das Salz von ihren Fingerspitzen. „Dann mache ich ihm eben nur schöne Augen."

Keeley rutschte verärgert mit ihrem Stuhl zurück und stand auf, obwohl sie ihre Reaktion selbst albern fand. „Ich schaue nur kurz nach Lonesome. Vor einem Rennen schmollt er immer ein bisschen."

„Au ja, cool." Mo sprang auf. „Ich komme mit."

Mo rannte so schnell aus dem Restaurant und an den Wettschaltern vorbei, dass Keeley Mühe hatte, Schritt zu halten. „Das wird bestimmt ganz toll für dich, wenn deine Mom bei dir mitarbeitet. Es geht nämlich nichts über einen Familienbetrieb. Davon träume ich. Und jetzt mal ehrlich, ich muss doch wirklich nicht extra aufs College, bloß um Trainerin zu werden. Ich meine, wofür soll das denn noch gut sein, wo ich doch sowieso schon weiß, was ich werden will, und zu Hause jeden Tag etwas Neues dazulerne?"

„Vielleicht um deine Gehirnkapazität ein bisschen zu erweitern?", regte Keeley an.

Mo überhörte es geflissentlich und lief eilig nach draußen, wo die Luft frisch geworden war. „Ich kenne mich mit Pferden aus, Keeley. Du weißt, was das heißt. Es ist Instinkt und Erfahrung und *Praxis*." Sie unterstrich ihre Worte mit lebhaften Handbewegungen. „Na ja, ein bisschen Zeit habe ich ja noch, um meine Eltern zu überzeugen."

„Das kann niemand besser als du."

Mit einem übermütigen Auflachen hakte sich Mo bei ihrer Cousine unter. „Es ist schön, dich endlich wieder mal zu sehen. Jetzt ist der Sommer schon fast vorbei, und wir hatten alle die ganze Zeit über so viel zu tun."

„Ich weiß."

Sie bogen zu den Reitställen ab.

Einige Pferde wurden auf das nächste Rennen vorbereitet. In den Boxen hüllten Stallburschen die langen schlanken Beine ein, die diese riesigen Körper so schnell tragen würden, dass sie nur noch vage zu erkennen waren. Trainer mit scharfen Augen und sanften Händen bewegten sich zwischen den Pferden hin und her, um hier ein nervöses Tier zu beruhigen und dort ein anderes ein bisschen auf Trab zu bringen.

Die Hotwalker kühlten die Pferde, die bereits gelaufen waren, ab. Beine wurden untersucht, mit Eisbeuteln gekühlt. Das Hufgetrappel, das durch den Wind herübergetragen wurde, signalisierte, dass wieder eine Gruppe vom Rennen zurückkehrte. Von den Pferderücken stieg Dampf auf.

„Ein Hoch auf alle Reitställe der Welt." Brendon kam grinsend aus einem Stall.

„Du bist zurück."

„Ja, eben." Er schlenderte herüber und fuhr Mo mit der Hand durchs Haar. „Ich habe vor zwei Stunden von unterwegs aus mit Ma telefoniert, und sie hat mir erzählt, dass ihr heute Abend alle hier seid. Deshalb haben wir beschlossen, auf dem Heimweg hier vorbeizufahren."

„Wir?"

„Ja. Brian ist bei Lonesome und feuert ihn ein bisschen an. Ist wirklich das launischste Pferd, das mir je untergekommen ist."

„Ich wollte auch eben kurz zu ihm." Keeley hörte erfreut, wie ruhig ihre Stimme klang, obwohl ihr Herz heftig klopfte.

„Er gehört ganz allein dir – und Brian. He, jetzt habe ich ja noch Zeit, etwas zu essen. Bis später."

Mo schloss sich Keeley an und sagte: „Dann kannst du mir den Typ ja jetzt vorstellen."

„Aber nur, wenn du dich anständig benimmst."

„Klar, was denn sonst, ich bin einfach nur neugierig. Keine Sorge, aber was Männer betrifft, nehme ich mir an dir ein Beispiel."

Keeley blieb vor der Stalltür stehen. „Was? Wie meinst du denn das?"

„Na ja, du sagst doch immer, dass ein Typ zwar manchmal ganz nett anzuschauen sein mag, aber dass es im Leben Wichtigeres gibt. Ich weiß jedenfalls, dass ich mich mit keinem Mann einlasse, bevor ich dreißig bin ... mindestens."

Keeley wusste nicht, ob sie belustigt oder schockiert sein sollte. Und dann hörte sie Brians Stimme, den leise singenden Unterton, der in den Worten mitschwang. Und vergaß alles andere.

Er war bei Lonesome, einem temperamentvollen Rotgrauen, in der Box. Das Pferd war wie fast immer vor einem Rennen niedergeschlagen.

„Ich weiß, sie verlangen zu viel von dir, daran zweifle ich keine Sekunde", sagte Brian gerade, während er Lonesomes Bandagen überprüfte. „Es ist ein schweres Kreuz, das du da zu tragen hast, und du trägst es Tag für Tag mit großer Stärke und Fassung. Aber wenn du heute gewinnst, kann ich vielleicht oben ein gutes Wörtchen für dich einlegen. Du weißt schon, von extra Mohrrüben oder so etwas in der Art, abends vielleicht ein bisschen Zuckersirup. Und natürlich ein größeres Messingschild an deiner Box."

„Das ist Bestechung", murmelte Keeley.

Brian drehte sich um, und bei ihrem Anblick leuchteten seine Augen auf. „Das ist ein faires Geschäft", korrigierte er sie. „Aber ich könnte dir eine Bestechung anbieten", sagte er und öffnete die Tür, um Keeley für den lange ersehnten Begrüßungskuss in die Box zu ziehen.

Dabei wäre er fast über Mo gestolpert. „Oh, Verzeihung. Ich habe Sie gar nicht gesehen."

„Weil ich so klein bin. Das ist das Kreuz, das ich zu tragen habe. Ich bin Mo Logan." Sie streckte ihm mit einem freundlichen Lächeln die Hand hin. „Keeleys Cousine von der Three Aces."

„Freut mich. Haben Sie heute Abend ein Pferd im Rennen, Miss Logan?"

„Mo. Ja, Hennessy. Im sechsten Rennen. Und mein Gefühl sagt mir, dass er der strahlende Sieger sein wird."

„Ich werde daran denken, wenn ich zum Wettschalter gehe."

„Ich will noch einen Blick auf ihn werfen, bevor es losgeht. Kommen Sie doch später auch ins Restaurant. Außerdem ist die ganze Familie da."

„Vielen Dank. Niedliches Ding", murmelte Brian, als Mo davonstürmte.

„Und auf dich wollte sie auch einen Blick werfen. Weil sie gehört hat, dass du angeblich so ein toller Typ bist."

„Wirklich? Von wem?" Belustigt verlagerte Brian sein Gewicht. „Hast du ihr das erzählt?"

„Ich ganz bestimmt nicht. Ich habe viel zu viel Achtung vor dir, um in einer so sexistischen Weise über dich zu sprechen."

„Achtung ist eine feine Sache." Er zerrte sie in die Box und presste seinen Mund auf ihren, bevor sie lachen konnte. „Aber im Moment finde ich Leidenschaft wichtiger. Empfindest du Leidenschaft für mich, Keeley?", flüsterte er an ihrem Mund.

„Offensichtlich." Sie stöhnte vor Lust. „Oh Brian, ich will …" Als sie sich an ihn presste, prallten sie gegen das Pferd. „… dich. Jetzt. Irgendwo. Können wir nicht … es ist schon eine Ewigkeit her."

„Vier Tage." Er sehnte sich danach, ihr das lange enge Kleid vom Leib zu reißen und sie zu nehmen, getrieben von blinder Leidenschaft und primitiver Begierde.

Er hatte sich eingeredet, dass er vernünftig bleiben, dass er sein Verlangen unter Kontrolle halten könnte. Doch ein einziger Blick auf sie hatte alle seine guten Vorsätze zunichte gemacht.

Es war genauso wie damals, als er sie zum ersten Mal gesehen hatte. Wie ein Blitz hatte es ihn getroffen und hatte sein Blut in Wallung gebracht.

„Keeley." Er bedeckte ihren Hals mit Küssen, barg sein Gesicht in ihrem Haar, dann erkundete er ihren Mund. „Ich kann es kaum noch ertragen, so sehr sehne ich mich nach dir. Ich habe das Gefühl, innerlich zu verbrennen. Lass uns nach draußen gehen, in den Anhänger."

„Ja." Im Augenblick wäre sie ihm überallhin gefolgt, ohne auch nur einen Sekundenbruchteil darüber nachzudenken. „Schnell, schnell."

Sie packte seine Hand und versuchte atemlos die Tür der Box aufzustoßen. Dabei stolperte sie, und wenn er sie nicht festgehalten hätte, wäre sie wahrscheinlich hingefallen. „Bring mir bei, wie man sich in einem verdammten Stall auf hohen Absätzen bewegt", sagte sie ungehalten. „Meine Beine zittern wie verrückt."

Mit einem nervösen Lachen drehte sie sich zu ihm um. Ihre Beine hörten auf zu zittern. Zumindest spürte sie es jetzt nicht mehr. Das Einzige, was sie spürte, war das heftige Pochen ihres Herzens.

Er schaute sie mit vor Leidenschaft glitzernden Augen an, berührte ihre Wange und flüsterte: „Gott, wie schön du bist."

Sie hätte es früher nie für möglich gehalten, dass ihr solche Worte je etwas bedeuten könnten. Meist wurden sie so schnell und achtlos dahingesagt. Aber ihm schienen sie nicht leicht über die Lippen zu kommen. Und in seinem Tonfall schwang kein Hauch von Gleichgültigkeit mit. Bevor sie etwas erwidern konnte, hörten sie schnelle Schritte, und gleich darauf stand Mo vor der Box.

„Keeley, du musst sofort mitkommen!", sagte sie atemlos, ohne die Intimität der Situation, in die sie hineingeplatzt war, wahrzunehmen, und packte Keeleys Hand. „Ich brauche Verstärkung. Dieser verdammte Schuft."

„Wer? Was ist passiert?"

„Wenn er glaubt, dass er damit durchkommt, wird er seine Meinung gleich ändern." Mo zerrte Keeley hinter sich her durch den Stall, dann bog sie rechts ab und steuerte auf eine der Boxen zu.

Keeley konnte bereits die lauten Stimmen hören. Dann sah sie den Mann. Sie kannte ihn. Peter Tarmack mit den fettigen Haaren und dem kleinen Buchmacherstand hatte sich angewöhnt, bei bestimmten Rennen Pferde günstig zu erstehen, um sie dann, ohne Rücksicht auf Verluste, so lange laufen zu lassen, bis sie elend zugrunde gingen.

Und den Jockey kannte sie auch. Er hatte seine

beste Zeit hinter sich und war genauso wie Tarmack bekannt dafür, gelegentlich zu tief in die Flasche zu schauen. Trotzdem sprang er ab und zu bei Rennen ein, wenn ein anderer Jockey krank oder verhindert war.

„Ich sage es Ihnen, Tarmack. Den reite ich nicht. Und jemand anders werden Sie auch nicht dazu bringen. Er kann nicht antreten, er ist nicht in Form."

„Erzählen Sie mir nichts von Form. Sie werden ihn reiten und verdammt noch mal dafür sorgen, dass er auf einen guten Platz kommt. Sie sind bezahlt worden."

„Nicht dafür, dass ich ein krankes Pferd reite. Sie kriegen Ihr Geld zurück."

„Das Sie bereits in Schnaps umgesetzt haben."

Weil sie merkte, dass Mo zitternd tief Luft holte, um etwas zu sagen, drückte Keeley ihre Hand. „Gibt es ein Problem, Larry?"

„Miss Keeley." Der Jockey riss sich seine Mütze vom Kopf und wandte ihr aufgeregt sein zerknittertes Gesicht zu. „Ich versuche, Mr. Tarmack begreiflich zu machen, dass sein Pferd heute nicht antreten kann. Es ist einfach nicht fit genug dafür."

„Was ich mache, geht Sie nichts an. Und dass sich jetzt auch noch eins von Grants Blagen in meine Angelegenheiten einmischt, hat mir gerade noch gefehlt."

Bevor Keeley etwas erwidern konnte, ergriff Brian die Initiative. Sie blinzelte überrascht, als sie sah, wie er Tarmack hart am Kragen packte und auf die Zehenspitzen zog. „So spricht man nicht mit einer Dame." Seine Stimme war ruhig, aber seine Augen blitzten gefährlich. „Sie werden sich entschuldigen, solange Sie noch Zähne haben, um Worte zu formen."

„Brian, lass gut sein, ich komme schon klar mit ihm."

„Tu, was du willst." Er hielt Tarmack immer noch am Kragen fest und schaute ihm in die hervorquellenden Augen. „Aber vorher wird er sich bei Gott mit seinem nächsten Atemzug bei dir entschuldigen."

„Ich denke ja gar nicht daran", keuchte Tarmack und schnappte nach Luft, sobald Brian seinen Griff ein bisschen lockerte. „Ich versuche nur, mich mit einem abgehalfterten Jockey zu einigen ... den ich im Voraus bezahlt habe."

„Sie bekommen Ihr Geld zurück", beteuerte der Jockey erneut, dann wandte er sich an Keeley: „Auf dieses Pferd steige ich nicht, Miss Keeley. Es lahmt, und sogar ein Blinder kann sehen, dass es nicht antreten kann."

„Entschuldigung", sagte sie eisig, während sie Tarmack beiseite schob und die Box betrat, um sich das Pferd anzusehen. Einen Moment später zitterten ihr vor Wut die Hände.

„Mr. Tarmack, wenn Sie einen Jockey auf dieses Pferd setzen, werde ich Anzeige gegen Sie erstatten. Genau gesagt, sollte ich Sie in jedem Fall anzeigen.

Dieser Wallach ist krank, verletzt und schwer vernachlässigt."

„Das können Sie nicht mir anhängen. Ich habe ihn schließlich erst seit zwei Wochen."

„Und in diesen zwei Wochen ist Ihnen nicht aufgefallen, in was für einem elenden Zustand er ist? Sie haben trotzdem mit ihm gearbeitet?"

„Jetzt hören Sie mir mal gut zu." Tarmack machte einen Schritt nach vorn und fand sich wieder Auge in Auge mit Brian. „Hören Sie", sagte er, jetzt mit einem winselnden Unterton. „Sentimentalität kann man sich nur leisten, wenn man genügend Geld hat. Ich verdiene mir mit Pferden meinen Lebensunterhalt. Wenn sie nicht laufen, komme ich in die roten Zahlen."

„Wie viel?" Keeley strich dem Wallach über den Kopf. In ihrem Herzen gehörte er bereits ihr. „Was haben Sie für ihn bezahlt?"

„Äh ... zehn Riesen."

Brian tippte Tarmack nur mit einer Fingerspitze auf die Brust. „Versuchen Sie's mit einem anderen. Kann sein, dass es dann klingelt."

Tarmack zuckte die Schultern. „Na ja, vielleicht waren es auch nur fünf. Ich weiß es nicht genau, ich muss erst in meinen Büchern nachschauen."

„Sie bekommen morgen einen Scheck über fünftausend, und ich nehme das Pferd heute noch mit. Brian, kannst du mal herkommen und dir das hier ansehen, bitte?"

„Sofort."

„Seien Sie vernünftig", sagte Keeley zu Tarmack. „Nehmen Sie das Geld, weil ich dieses Pferd auf jeden Fall mitnehme, egal, was Sie tun."

„Das Knie muss behandelt werden", sagte Brian, nachdem er einen kurzen Blick auf den Wallach geworfen hatte. Es tat ihm in der Seele weh zu sehen, wie vernachlässigt das Tier war. „Aber damit kommen wir klar, und nach allem, was ich bis jetzt sehen kann, wird er sich wieder erholen. Man muss ihn nur aufpäppeln."

„Er wird aufgepäppelt werden."

Keeley gönnte Tarmack kaum einen Blick, als sie – ganz die Prinzessin, die einen Untertan entlässt – zu ihm sagte: „Sie können jetzt gehen. Den Scheck bringt Ihnen morgen jemand vorbei."

Bei ihrem Ton lief Tarmack vor Wut rot an. Er ballte hilflos die Hand in der Tasche und versuchte, das Gesicht zu wahren. „Ich denke ja gar nicht daran, Ihnen das Pferd so einfach zu überlassen. Und dabei interessiert es mich einen feuchten Dreck, wer Sie sind."

Brian, der immer noch den Wallach untersuchte, richtete sich mit vor Wut glitzernden Augen wieder auf, aber Keeley hob nur ganz leicht die Hand. „Mo, würdest du Mr. Tarmack ins Restaurant begleiten? Bitte meinen Vater, ihm einen Scheck über fünftausend Dollar auszustellen, und sag ihm, dass er das Geld morgen von mir zurückbekommt."

„Ich wüsste nicht, was ich lieber täte." Mo packte Keeley bei den Schultern und gab ihr einen begeisterten Kuss. „Ich wusste, dass du das tun würdest." Dann sagte sie zu Tarmack: „Los, kommen Sie, Tarmack. Sie werden Ihr Geld bekommen."

„Tut mir wirklich leid, Miss Keeley." Der Jockey drehte verlegen seine Mütze in den Händen. „Ich wusste nicht, wie schlimm es wirklich um das Pferd bestellt ist, bis ich es hier sah. Ich brauchte nicht erst im Sattel zu sitzen, um zu sehen, in was für einem Zustand er ist."

„Schon gut, Sie haben das Richtige getan."

„Es stimmt, dass er mich im Voraus bezahlt hat."

Sie nickte und verließ die Box. „Wie viel haben Sie davon noch?"

„Ungefähr zwanzig."

„Kommen Sie morgen zu mir, dann schauen wir, was ich für Sie tun kann."

„Danke, Miss Keeley. Aber dieses Pferd ist keine fünftausend wert, wissen Sie."

Sie musterte den Wallach. Sein Fell war schmutzigbraun, der Kopf zu quadratisch, um elegant zu wirken, und die schmutzigweiße Blesse auf der Stirn verlieh ihm etwas Hausbackenes. Und seine Augen blickten unsäglich traurig drein.

„Doch, für mich schon, Larry."

9. KAPITEL

„Du brauchst mir nicht zu helfen." Brian erwiderte nichts, sondern fuhr fort, die Beine des Wallachs zu scheren.

Dasselfliegen waren schon normalerweise ein Problem, besonders bei Pferden auf den Weiden. Aber dieses Pferd hier war schlimm vernachlässigt worden, und er zweifelte nicht daran, dass die Eier, die die Fliege gelegt hatte, bereits in den Magen gelangt waren.

„Wirklich, Brian", bekräftigte Keeley, während sie eine Mixtur für den Kniespat braute. „Du hast einen sehr langen und anstrengenden Tag hinter dir, und ich werde allein damit fertig."

„Natürlich wirst du das. Du wirst mit allem allein fertig, egal, ob es sich um einen Schwachkopf wie Tarmack oder einen abgehalfterten Jockey handelt. Niemand behauptet etwas anderes."

Da es nicht gerade wie ein Kompliment klang, runzelte Keeley die Stirn und drehte sich zu ihm um.

„Was ist los mit dir?"

„Gar nichts. Ich verstehe bloß nicht, warum du unbedingt immer alles allein machen musst. Kannst du nicht einfach ein wenig Hilfe annehmen, wenn sie dir angeboten wird, und deinen verdammten Mund halten? Ich hätte dir gerne geholfen."

Sie hielt ihren verdammten Mund, zehn ganze Sekunden lang. „Ich bin nur davon ausgegangen, dass du nach der langen Fahrt müde bist."

„Wenn ich müde bin, sage ich es schon."

„Der Wallach hier scheint mir nicht der Einzige zu sein, der etwas Scheußliches in seinem Organismus hat. Kann das sein?"

„Nun, in meinem Organismus bist du, Prinzessin, und das fühlt sich im Moment in der Tat ziemlich scheußlich an."

Zuerst spürte sie einen scharfen Stich, so verletzt war sie, dann gewann ihr Stolz die Oberhand. „Wenn du willst, flöße ich dir gern ein Abführmittel ein, genau wie diesem Pferd hier."

„Wenn ich sicher wäre, dass es hilft, würde ich es selbst machen", brummelte er. „Aber du solltest mindestens bis morgen Mittag damit warten, weil du keine Ahnung hast, wann er zum letzten Mal gefressen hat."

„Vielen Dank für den Rat, aber ich weiß, wie man Magendasselfliegen behandelt." Behutsam begann sie, die Tinktur, die sie angerührt hatte, auf das verletzte Knie aufzutragen.

„Warte, du schmierst dir ja dein ganzes Kleid voll."

Verärgert schrak Keeley zurück, als er die Hand nach dem Gefäß mit der Mixtur ausstreckte. „Es ist mein Kleid."

„Dann solltest du besser darauf aufpassen. Es ist nicht nötig, in so einem Aufzug ein Pferd zu behandeln. In einem Seidenkleid, um Himmels willen."

„Ich habe einen ganzen Schrank voll davon. Das ist bei Prinzessinnen so üblich."

„Trotzdem." Er umklammerte den Rand der Blechschüssel, und dann kam es unter dem kranken Wallach zu einem kleinen Kampf. Brian wollte gerade auflachen, als er ihr ins Gesicht schaute und sah, dass in ihren Augen Tränen standen.

Er ließ die Schüssel so unvermittelt los, dass Keeley nach hinten gefallen wäre. „Was machst du denn?", fragte er.

„Ich behandle einen Kniespat mit einer milden Tinktur. Und jetzt verschwinde endlich, und lass mich weitermachen."

„Es gibt keinen Grund zu weinen. Überhaupt keinen." Panik stieg in ihm auf, sodass ihm fast schwindlig wurde. „Dies ist kein Ort zum Weinen."

„Ich bin wütend. Das hier ist mein Stall. Ich weine, wann und wo es mir passt."

„Schon gut, schon gut." Verzweifelt kramte er in seinen Taschen nach einem Taschentuch. „Hier, dann putz dir wenigstens die Nase."

„Ach, scher dich doch zum Teufel." Sie übersah das

Taschentuch, das er ihr hinhielt, und fuhr fort, die Tinktur aufzutragen.

„Keeley, es tut mir leid." Er wusste zwar nicht genau, was ihm leid tat, aber das spielte im Moment keine Rolle. „Wisch dir die Tränen ab, und dann machen wir es diesem Burschen hier für die Nacht bequem."

„Red nicht in diesem besänftigenden Ton mit mir. Ich bin kein Kind und auch kein krankes Pferd."

Brian seufzte. „Welchen Ton hättest du denn gern?"

„Einen ehrlichen." Zufrieden, dass die Tinktur aufgetragen war, richtete sie sich wieder auf. „Aber ich fürchte, der Spott, den du mit mir getrieben hast, zeigt sehr deutlich deine Einstellung mir gegenüber. In deinen Augen bin ich zu verwöhnt, zu dickköpfig und zu stolz, um Hilfe anzunehmen."

Obwohl ihre Tränen versiegt zu sein schienen, hielt er es für weiser, vorsichtig zu sein. „Das ist ziemlich nah an der Wahrheit", räumte er ein, während er sich aufrichtete. „Aber es ist eine interessante Mischung, und ich habe angefangen, Gefallen daran zu finden."

„Ich bin nicht verwöhnt."

Brian zog die Augenbrauen hoch und betrachtete sie mit leicht geneigtem Kopf. „Vielleicht bedeutet das Wort für dich ja etwas anderes. Mir scheint, dass nicht jeder seinen Vater bitten kann, mal eben für ein krankes Pferd einen Fünftausend-Dollar-Scheck auszustellen."

„Das Geld bekommt er morgen von mir zurück."

„Das bezweifle ich nicht."

Hilflos warf sie die Hände in die Luft. „Hätte ich ihn vielleicht bis morgen dort lassen und das Risiko eingehen sollen, dass dieser Narr am Ende doch noch einen Jockey findet, der ihn reitet?"

„Nein, du hast genau das Richtige getan. Trotzdem ist es eine Tatsache, dass Geld für dich offenbar keine Rolle spielt."

Brian ging nach vorn, um die Augen und die Zähne des Wallachs zu untersuchen. Jetzt fühlte er sich noch unbehaglicher. Er wünschte sich, dass es anders wäre, weil es nicht gerade schmeichelhaft für ihn war, dass ihn ihre Gleichgültigkeit Geld gegenüber in seinem Stolz verletzte.

Trotzdem hatte ihn dieser hitzige Moment auf der Rennbahn überdeutlich an die soziale Kluft erinnert, die sie trennte.

„Du bist eine großzügige Frau, Keeley."

„Aber ich kann es mir auch leisten", beendete sie seinen Satz.

„Stimmt." Er fuhr mit der Hand beruhigend über den Hals des Wallachs. „Was allerdings nichts an der Tatsache selbst ändert." Er begann, das Pferd langsam und gründlich abzutasten. „Du musst mir schon verzeihen, Keeley, aber in Irland sind die Leute aus meiner sozialen Schicht auf die Reichen meistens nicht besonders gut zu sprechen. So ist das eben."

„Die Klassengesellschaft existiert nur in deinem Kopf, Brian."

Diese Bemerkung verdiente es seiner Meinung nach nicht einmal, kommentiert zu werden. Tatsachen blieben Tatsachen. Er fand ein Knötchen. „Hier ist ein kleiner Abszess. Wir werden ihn mit heißen Umschlägen behandeln müssen, damit er aufbricht."

Wir werden dafür sorgen müssen, dass etwas anderes aufbricht, überlegte sie, während sie um den Wallach herumging und Brian über den Pferderücken hinweg anschaute. „Dann erzähl mir, wie ein Mann aus deiner Schicht damit zurechtkommt, wenn er mit einer Frau aus meiner Schicht ins Bett geht."

Seine Augen blitzten wütend auf. „Wenn ich es könnte, würde ich die Finger von dir lassen."

„Soll ich mich jetzt geschmeichelt fühlen?"

„Nein. Es ist weder für dich noch für mich schmeichelhaft." Er verließ die Box, um heißes Wasser und ein Tuch zu holen.

Oh nein, dachte sie. So einfach kommst du mir nicht davon. „Ist das alles, Brian?", fragte sie, während sie ihm folgte. „Geht es nur um Sex?"

Er ließ Wasser in einen Eimer laufen, das so heiß war, dass er gerade noch die Hand eintauchen konnte, und hielt ein Flanelltuch unter den Wasserstrahl. „Nein", erwiderte er, ohne sich umzudrehen. „Du bedeutest mir etwas. Was es nur noch komplizierter macht."

„Dabei sollte es dadurch doch eigentlich einfacher werden."

„Wird es aber nicht."

„Ich begreife dich nicht. Würde es dich glücklicher machen, wenn wir ohne irgendwelche tieferen Gefühle übereinander herfallen würden?"

Er hievte den vollen Eimer aus dem Becken. „Unendlich viel glücklicher. Aber dafür ist es jetzt zu spät, nicht wahr?"

Verwirrt folgte sie ihm wieder in die Box. „Du bist wütend auf mich, weil du etwas für mich empfindest. Dieses Wasser ist zu heiß", sagte sie, nachdem sie die Temperatur überprüft hatte.

„Ist es nicht. Und ich bin überhaupt nicht wütend auf dich." Während er dem Wallach beruhigende Worte ins Ohr raunte, legte er das heiße Flanelltuch auf den Abszess. „Vielleicht bin ich ein bisschen zornig auf mich selbst, aber befriedigender ist es, diese Wut an dir auszulassen."

„Zumindest das kann ich verstehen. Warum kämpfen wir, Brian?" Sie legte eine Hand über seine, die das Tuch auf den Abszess presste. „Wir machen hier heute Abend das Richtige. Die Umstände, unter denen wir den Wallach hierher gebracht haben, sind längst nicht so wichtig wie das, was jetzt mit ihm geschieht."

„Hm, stimmt." Er studierte die Verschiedenheit ihrer Hände. Seine Hand war groß, schwielig und rau von der Arbeit und ihre zierlich und zart.

„Und die Frage, warum wir etwas füreinander empfinden, ist viel weniger wichtig als das, was wir daraus machen."

In diesem Punkt war er sich nicht so sicher, deshalb hüllte er sich in Schweigen, während sie ein zweites Flanelltuch aus dem Eimer fischte und auswrang.

Bei Tagesanbruch war es neblig und kalt. Keeley hatte schlecht geschlafen, und ihr Gehirn weigerte sich, in Gang zu kommen. Der Adrenalinstoß, den sie üblicherweise morgens verspürte, blieb heute aus, deshalb machte sie sich müde und mit einem dumpfen Gefühl im Kopf an ihre morgendlichen Arbeiten.

Daran ist bloß Brian schuld, dachte sie. Seine Widersprüchlichkeit, dieses Hin und Her zwischen Nähe und Distanz brachte sie ganz durcheinander. Sie hatte sich noch nie einem Problem gegenübergesehen, das sie nicht hätte lösen, noch keinem Hindernis, das sie nicht hätte überwinden können. Doch diesmal, bei diesem Mann, war alles irgendwie anders.

Er verletzte sie, und darauf war sie nicht vorbereitet gewesen. Konnte es wirklich sein, dass sie so viel Zeit miteinander verbracht hatten und intim miteinander geworden waren, ohne sich wirklich zu verstehen? Er empfand etwas für sie, und das war für ihn ein Problem. Wo war da die Logik? Sie verstand ihn einfach nicht.

Für jemand anders etwas zu empfinden veränderte alles. Sie hatte diesen nie versiegenden Quell von Mitgefühl, der in ihm sprudelte, gesehen. Den sie, wie sie zugeben musste, genauso anziehend fand wie diesen langen, harten Körper und diese ungebändigte dunkle Mähne.

Allein sein Äußeres, diese scharf geschnittenen Züge, die kühn blickenden grünen Augen, hätte ihr Blut durchaus in Wallung bringen können – und hatte es auch getan, worüber sie anfangs mehr verärgert als erfreut gewesen war. Und doch waren es sein Mitgefühl, seine Geduld und diese fürsorgliche Seite, die anzuerkennen er sich weigerte, die ihr Interesse und ihren Respekt geweckt hatten.

Für sie war es im Gegensatz zu ihm kein Problem, sondern die Lösung.

Wie konnte er, nachdem sie das alles miteinander geteilt hatten, in ihr nichts anderes als die verwöhnte Tochter privilegierter Eltern sehen?

Wie konnte er, wenn er dies glaubte, überhaupt irgendetwas für sie empfinden?

Es ist verwirrend, zu irritierend und macht mich fast wütend, wenn ich nicht so verdammt müde wäre, überlegte sie gähnend.

Als Mo energiegeladen in den Stall stürmte, wurde Keeley die Müdigkeit, mit der sie zu kämpfen hatte, noch deutlicher bewusst. „Ich wollte nur kurz reinschauen, bevor ich im Fegefeuer der Schule verbrenne." Sie platzte in die Box, in der Keeley das verletzte Knie des Wallachs untersuchte. „Wie geht es ihm?"

„Schon besser, glaube ich." Keeley hob den Vorderfuß des Tieres, beugte das Knie. Das Pferd schnaubte ungehalten und scheute zurück. „Obwohl er immer noch Schmerzen hat, wie man sieht."

„Armer Junge. Armer großer Junge." Mo tätschelte seine Flanke. „Das war gestern Abend wirklich echt heldenhaft von dir, Keeley. Ich meine, dass du da so einfach dazwischengegangen bist und diesem Kerl gezeigt hast, wo der Hammer hängt. Ich hab ja gleich gewusst, dass du das tust."

Keeley zog die Augenbrauen zusammen. „Ich habe doch niemand gezeigt, wo der Hammer hängt."

„Na klar, das machst du doch immer. Fand ich echt cool. Und der Bursche hier wird dir bis in alle Ewigkeit dankbar sein, stimmt doch, alter Junge, oder? Oh, und dieser Kerl war auch nicht übel." Sie erschauerte gespielt. „Der Supertyp. Ich dachte schon, er verpasst diesem Blödmann von Tarmack einen saftigen Kinnhaken. Ein bisschen habe ich es fast gehofft. Auf jeden Fall wart ihr beide ein Spitzenteam."

„Vermutlich."

„Und was hatte es mit diesen feurigen Blicken auf sich?"

„Was denn für feurige Blicke?"

„Na hör mal." Mo wackelte belustigt mit den Augenbrauen. „Ich hab mich ja fast versengt, obwohl ich bloß ganz unschuldig danebenstand. Der Kerl hat dich angehimmelt, als wärst du der letzte Schokoriegel im Regal und als müsste er vergehen, wenn er nicht auf der Stelle 'nen Schokoschuss kriegt."

„Das ist ja völlig lächerlich."

„Von wegen! Um dir Genugtuung zu verschaffen,

war er drauf und dran, Tarmack in den Staub zu werfen. Mann, war das vielleicht romantisch! Als er den Kerl am Kragen gepackt hat, wäre ich fast dahingeschmolzen."

„An einer Auseinandersetzung ist überhaupt nichts romantisch. Aber obwohl ich mit Tarmack natürlich auch allein fertig geworden wäre, war ich doch ganz froh, dass Brian sich eingemischt hat."

Verdammt! Und sie hatte sich nicht einmal bei ihm bedankt. Mit finsterer Miene verließ Keeley die Box, um eine Mistgabel zu holen.

„Ja, klar wärst du mit ihm fertig geworden. Du wirst doch mit allem fertig. Aber wenn man nicht wirklich gerettet werden muss, ist es noch viel aufregender, wenn man dann doch gerettet wird, findest du nicht?"

„Ach, was weiß denn ich", gab Keeley ungehalten zurück. „Los, geh jetzt in die Schule, Mo. Ich muss hier ausmisten."

„Ja, ja, ich bin ja schon weg. Du meine Güte. Dir scheint heute Morgen ein bisschen Koffein zu fehlen. Ich schau heute Nachmittag noch mal rein, um zu sehen, was der Wallach macht. Das ist nämlich mein gutes Recht, verstanden? Also dann, bis später."

„Ja, fein. Was für ein Recht auch immer", murmelte Keeley, während sie sich ans Ausmisten machte. Es war nichts Falsches daran, alles selbst zu machen. Und auch nicht, dass man es selbst machen wollte. Trotzdem wusste sie Brians Hilfe zu schätzen.

Und auf Koffein war sie ganz bestimmt nicht angewiesen.

„Ich liebe Koffein", sagte sie. „Ich genieße es, und das ist etwas ganz anderes, als es zu brauchen. Etwas völlig anderes. Ich könnte jederzeit darauf verzichten, wenn ich wollte, und würde es kaum vermissen."

Verärgert schnappte sie sich ihren Softdrink von dort, wo sie ihn abgestellt hatte, und trank einen großen Schluck.

Na schön, vielleicht würde sie es ja doch vermissen. Aber nur, weil sie den Geschmack mochte. Nicht, weil sie es unbedingt brauchte oder womöglich sogar süchtig danach war oder …

Keeley wusste nicht, warum sie plötzlich an Brian denken musste. Sie war sich sicher, dass er sich köstlich amüsiert hätte, wenn er beobachtet hätte, wie sie in einer Art stummen Entsetzens eine Softdrinkflasche anstarrte. Allerdings war fraglich, wie seine Reaktion ausgefallen wäre, wenn er gewusst hätte, dass sie gar nicht die Flasche, sondern sein Gesicht gesehen hatte.

Nein, das ist auch keine Sucht, dachte sie schnell. Sie brauchte Brian Donnelly nicht wirklich. Zugegeben, sie fühlte sich von ihm angezogen. Und verspürte Zuneigung. Er war ein Mann, der sie interessierte und den sie in gewisser Weise auch bewunderte. Aber sie brauchte ihn nicht. Bestimmt nicht.

„Oh Gott."

Es muss eine Überreaktion sein, entschied sie und

stellte die Flasche so sorgfältig ab, als handelte es sich dabei um einen Behälter mit einer hochexplosiven Flüssigkeit. Sie legte in eine ganz normale Affäre viel zu viel hinein, das war alles. Obwohl es nur natürlich war, besonders, da es ihre erste war.

Sie wollte nicht in ihn verliebt sein. Jetzt begann sie so wild die Mistgabel zu schwingen, als müsste sie ein Fieber ausschwitzen. Schließlich hatte sie nicht *beschlossen,* sich in ihn zu verlieben. Das war sogar noch wichtiger. Als ihre Hände anfingen zu zittern, übersah sie es und arbeitete noch schneller.

Als sich ihre Mutter zu ihr gesellte, hatte sich Keeley wieder so weit im Griff, dass sie Delia beiläufig bitten konnte, sich um die Büroarbeiten zu kümmern, damit sie Sam ein bisschen Bewegung verschaffen konnte.

Keeley Grant war in ihrem Leben noch nie vor einem Problem davongelaufen, und sie hatte auch jetzt nicht vor, damit anzufangen. Nachdem sie ihr Pferd gesattelt hatte, ritt sie aus, um den Kopf freizubekommen, bevor sie sich ihrem Problem stellte.

Die transportable Startmaschine stand auf der Trainingsbahn an ihrem Platz. Die Luft war kühl. Die Blätter der Bäume hatten bereits eine leichte Färbung angenommen, die ersten Vorboten des Herbstes. Obwohl Brian sich vorstellte, dass sie sich in zwei Wochen wahrscheinlich ganz verfärbt haben würden, war seine gesamte Aufmerksamkeit doch auf die

Pferde gerichtet.

Er arbeitete in Fünfergruppen, immer mit zwei Jährlingen und drei erfahrenen Rennpferden. In dieser letzten Trainingsphase vor einem Rennen lernte er genauso viel dazu wie die Jährlinge.

Er musste ihren Stil beobachten, ihre Vorlieben, Eigenarten, Schwächen und Stärken herausfinden. Viele der Schlüsse, die er aus ihrem Verhalten zog, würden nur Vermutungen sein, die sich erst nach einigen Rennen bestätigen würden oder die man fallen lassen musste.

Obwohl Brian sich nur selten irrte.

„Ich will Tempest an der Schiene haben." Er kaute auf einer kalten Zigarre herum, als könnte er so besser denken. „Dann Brooder, dann Betty und Caramel und Giant an der Außenseite."

Als Hufschläge ertönten, drehte er sich um und verlor beim Anblick von Keeley, die herangeritten kam, für einen Moment den Faden. Verärgert wandte er sich sofort wieder ab.

„Ich will nicht, dass die Jährlinge zurückgehalten werden", erklärte er den Exerciseboys. „Aber gehetzt werden sollen sie auch nicht. Ein ganz kurzes Antippen mit der Peitsche als Signal genügt. Meine Pferde brauchen keine Peitsche zu spüren, um gut zu laufen."

Obwohl er sich auf seine Arbeit konzentrierte, wusste er genau, wann Keeley hinter ihm abstieg. Er nahm seine Stoppuhr heraus und drehte sie in den

Händen, während die Pferde zu den Startboxen geführt wurden.

„Wie heißt denn der Jährling an der Schiene?", erkundigte sich Keeley beiläufig, während sie ihre Zügel um den obersten Querbalken des Zauns schlang.

„Dein Vater hat ihn Tempest in a Teacup – Sturm im Wasserglas – genannt, weil er so klein ist, aber Feuer hat. Du kommst morgens nicht oft hier vorbei."

„Nein, aber heute war ich neugierig. Außerdem kümmert sich meine neue Assistentin um das Büro."

Er warf ihr einen raschen Blick zu. Ihr Haar war offen und fiel ihr wild über die Schultern, aber ihr Gesichtsausdruck war kühl und ernst. „Du hast eine Assistentin? Seit wann?"

„Seit gestern. Meine Mutter arbeitet jetzt mit mir zusammen. Im Gegensatz zu dem, was manche glauben, habe ich nicht vor, alles ganz allein zu machen, wenn man mir Hilfe anbietet."

„Immer noch gereizt?"

„Offensichtlich."

„Schön, dann wirst du mich wohl später anfauchen müssen. Im Moment habe ich zu tun. Jim! Halt ihn ruhig!" rief Brian, als er sah, dass Tempest vor dem Tor der Startbox ein bisschen scheute. „Ihm scheint der Gedanke, eingesperrt zu werden, noch nicht ganz zu behagen. So, das war's", murmelte er, nachdem das hintere Gatter geschlossen worden war.

Er legte den Daumen auf den Knopf der Stoppuhr und drückte in dem Moment ab, in dem das vordere

Gatter aufsprang.

Die Pferde stürmten los.

Er fragte sich, ob es irgendeine Situation gab, bei dem sein Herz stärker hämmerte als in diesen Minuten, in dem diese herrlichen Körper über die Rennbahn jagten.

Doch trotz der Erregung, die er verspürte, entging ihm keine Einzelheit. Er sah, wie sich diese langen Beine streckten, die aufwirbelnden Staubwolken, die Exerciseboys, die sich tief über die Hälse der Pferde duckten.

„Sie will die Führung, und zwar gleich von Anfang an", sagte er leise. „Sie will, dass die anderen ihren Staub schlucken."

Keeley beugte sich über den Querbalken und schaute gebannt zu, wie die Pferde zum ersten Mal kehrtmachten. Das Donnern der Hufe klang wie Musik in ihren Ohren. „Betty läuft sehr gut in einer Menge. Damit hattest du recht. Tempest ist ein bisschen nervös."

„Vielleicht sollten wir es bei ihm mit Scheuklappen versuchen. Er will außen laufen. Er ist ausdauernd. Je länger das Rennen dauert, desto mehr Spaß wird es ihm machen. Da kommt Betty. Sie will an die Schiene. Ja, sie wird sie umarmen wie einen Geliebten."

Ohne sich dessen bewusst zu sein, legte er eine Hand über Keeleys, die auf dem Querbalken lag. „Sieh sie dir an. Die geborene Siegerin. Nein, sie braucht keinen von uns. Sie weiß es einfach."

Mit seiner Hand, die warm und fest über ihrer lag, beobachtete Keeley, wie die Pferde in rasendem Tempo zurückgaloppierten, mit Betty, die mittlerweile um fast eine Kopfeslänge in Führung lag, an der Spitze. In Keeley stiegen Stolz und Freude auf.

Als Brian einen Schrei ausstieß und erneut auf die Stoppuhr drückte, wollte sie ihm vor lauter Begeisterung um den Hals fallen. Aber er hatte sich bereits abgewandt.

„Das ist eine gute Zeit, eine verdammt gute Zeit sogar. Und sie wird noch besser werden." Er nickte und schaute zu, wie sich die Exerciseboys in ihren Steigbügeln aufstellten und ihre Pferde zum Stehen brachten. „Ich werde das richtige Rennen für sie finden, damit sie einen ersten Vorgeschmack bekommt."

Nachdem er Keeley gedankenverloren auf die Schulter geklopft hatte, sprang er über den Zaun.

Sie beobachtete, wie er zu den Pferden ging, um Tempest zu streicheln und zu loben und einige Worte mit dem Exerciseboy zu wechseln, bevor er seine Aufmerksamkeit auf Betty richtete.

Das Fohlen bäumte sich kokett auf, dann senkte es den Kopf und knabberte zärtlich an Brians Schulter.

Du irrst dich, dachte Keeley. Wie viel sie auch wissen und was sie auch sein mag, sie braucht dich.

Ebenso wie ich, verdammt noch mal.

Nachdem er gestreichelt, getätschelt und ausgiebig gelobt hatte und die Pferde weggeführt worden waren, sprang Brian wieder über den Zaun und schnappte sich sein Klemmbrett.

„Ich hatte eigentlich gehofft, dass dein Vater vorbeikommt und sich ihr erstes Rennen ansieht."

„Er muss durch irgendetwas aufgehalten worden sein, sonst wäre er bestimmt gekommen."

Mit einem zustimmenden Brummen fuhr Brian fort, sich Notizen zu machen. „Na, macht nichts, er wird sie noch öfter sehen. Was macht der Wallach?"

„Es scheint ihm ganz gut zu gehen. Die Schwellung ist ein bisschen abgeklungen. Das Abführmittel werde ich ihm erst nach dem Kurs einflößen. Es ist eine ziemliche Prozedur, bei der ich kein halbes Dutzend Kinder um mich haben will."

„Du solltest damit sowieso bis zum Nachmittag warten. Zwischen der letzten Mahlzeit und der Einnahme sollten gute vierundzwanzig Stunden liegen. Wenn du keine Zeit hast, kann ich es ihm geben."

Die spontane Ablehnung lag ihr schon auf der Zunge. Sie verkniff sie sich schnell und holte tief Atem. „Offen gestanden hatte ich gehofft, dass du später mal einen Blick auf ihn wirfst."

„Kein Problem." Als er aufschaute, sah er, wie ernst ihr Gesicht war. „Was ist? Machst du dir Sorgen?"

„Nein." Sie atmete wieder tief durch, befahl sich zu entspannen. „Ich bin mir sicher, dass alles gut werden wird." Dafür würde sie schon sorgen. So oder so. „Ich fühle mich nur besser, wenn ich die Dinge unter Kontrolle habe, das ist alles."

Keeley arbeitete daran. Sie fühlte sich besser, wenn sie eine Lage klar erkannt und ein Ziel vor Augen hatte. Und diese Lage hier war in Wirklichkeit gar nicht so kompliziert, wie es auf den ersten Blick erschien. Sie wollte Brian. Und sie war sich ziemlich sicher, dass sie ihn liebte. Doch um wirklich Gewissheit zu bekommen, würde sie noch etwas mehr Zeit brauchen, musste sie noch einige Überlegungen anstellen.

Immerhin war das alles Neuland für sie, das sie umsichtig und gut vorbereitet betreten musste.

Aber ihre Gefühle für ihn waren stark und weitaus vielschichtiger als eine simple Anziehung.

Wenn es wirklich Liebe war, musste sie dafür sorgen, dass er sich ebenfalls in sie verliebte. Sie war wild entschlossen, alles dafür zu tun, dass sie das, was sie wollte, am Ende auch bekam.

Angenehm erschöpft nach einem langen Arbeitstag, fütterte sie ihre Pferde. Es war überhaupt keine Frage. Ihre Mutter nahm ihr durch ihre Mitarbeit eine große Last von den Schultern.

Lag es an ihrer Sturheit, dass sie so oft angebotene Hilfe ausgeschlagen hatte? Das glaubte sie nicht. Obwohl ihr Beweggrund kaum weniger töricht gewesen war. Sie wollte, dass die Menschen, die sie liebte und von denen sie geliebt wurde, stolz auf sie sein konnten. Und das hatte sie – törichterweise, wie sie sich jetzt eingestehen musste – mit dem Streben nach Perfektion gleichgesetzt.

Trotzdem zog sie es vor, es als das Übernehmen von Verantwortung zu betrachten.

Genauso wie jetzt bei Brian, überlegte sie. Wenn sie ihn liebte, war sie verantwortlich für ihre Gefühle. Und es lag in ihrer Verantwortung, zu versuchen, dieselben Gefühle in ihm zu wecken.

Doch wenn sie versagte ... nein, daran würde sie jetzt nicht denken. Schon die Angst davor warf sie mindestens einen Schritt zurück.

Sie betrat die Box des Wallachs und brachte ihm sein Futter. „Heute Abend geht es dir schon besser, stimmt's?" Behutsam untersuchte sie die Schwellung an seinem Knie. Als sie Schritte auf dem Zementboden näher kommen hörte, lächelte sie in sich hinein.

„Du fütterst ihn?" Brian kam in die Box. „Tut mir leid, aber ich habe es nicht eher geschafft."

„Macht nichts. Er hat das Abführmittel anstandslos genommen. Und ich gebe dir mein Wort, dass es gewirkt hat." Sie richtete sich auf und lächelte. „Außerdem kannst du daran, wie er frisst, sehen, dass er sich schon viel besser fühlt."

„Er weiß ganz genau, dass er auf Rosen gebettet ist." Brian untersuchte die Knieverletzung und nickte. „Bei uns drüben hat ein Hengst die Drusen, das hat mich aufgehalten."

„Pferde sind äußerst zart besaitete Geschöpfe, nicht wahr?" Sie fuhr dem Wallach mit der Hand über den Widerrist. „Der äußere Schein trügt. Ihre

Größe, ihre Kraft und Ausdauer, das alles ist sehr beeindruckend. Aber unter der Oberfläche ist Zartheit. Wenn man allein nach Äußerlichkeiten urteilt, kann man sich schwer täuschen."

„Wohl wahr."

„Ich bin nicht zerbrechlich, Brian. Ich bin hart im Nehmen."

Er sah sie an. „Ich weiß, dass du stark bist, Keeley. Trotzdem hast du eine Haut, die so zart ist wie eine Rosenknospe." Er fuhr ihr zärtlich mit dem Daumen über die Wange. „Ich habe große Hände, und sie sind kräftig, deshalb muss ich vorsichtig sein. Das bedeutet aber noch lange nicht, dass ich dich für zerbrechlich halte."

„Gut so."

Er drehte sich wieder zu dem Pferd um. „Hast du ihm schon einen Namen gegeben?"

„Ja. Als ich noch ein Kind war, hatten wir einen Hund. Meine Mutter hat ihn gefunden, einen Streuner, der es sich angewöhnt hatte, auf der Suche nach irgendetwas Essbarem ums Haus zu schleichen. Sie fütterte ihn und gewann sein Vertrauen. Und noch ehe mein Vater richtig wusste, was los war, hatte er einen großen verwahrlosten Köter im Haus. Wir nannten ihn Finnegan." Sie rieb ihre Wange am Hals des Wallachs. „Und jetzt heißt er auch so."

„Nach außen hin wirkst du oft so kühl und beherrscht, sodass man von dieser gefühlvollen Seite nichts ahnt, Keeley."

„Ja, das mag sein. Im Übrigen bin ich auch romantisch."

„Wirklich?", murmelte er, ein bisschen überrascht, als sie sich umdrehte und mit ihren Händen über seine Brust fuhr.

„Offensichtlich. Ich habe mich bei dir noch gar nicht dafür bedankt, dass du gestern Abend zu meiner Rettung herbeigeritten bist."

„Ich kann mich nicht entsinnen, gestern Abend irgendwo hingeritten zu sein." Seine Mundwinkel bogen sich nach oben, als sie ihn rückwärts aus der Box schob.

„Sozusagen. Du hast meinetwegen einen brutalen Kerl in die Schranken gewiesen. Ich war zu aufgebracht, um klar denken zu können. Aber später fiel mir ein, dass ich mich noch gar nicht bedankt habe, und das möchte ich jetzt nachholen. Also nochmals vielen Dank."

„Gern geschehen, keine Ursache."

„Ich bin noch nicht fertig." Sie biss ihm leicht in die Unterlippe und hörte, wie er schnell die Luft einzog.

„Wenn du das im Sinn hast, kannst du es mir in meinem Schlafzimmer zeigen", sagte er.

„Und warum kann ich es dir nicht gleich hier zeigen?"

Keeley hatte bereits sein Hemd aufgeknöpft, als er sich daran erinnerte, dass sie in einer leeren, mit frischem Stroh ausgelegten Box standen. „Hier?"

Er lachte, griff nach ihren Händen und versuchte, Keeley wieder nach draußen zu ziehen. „Ich glaube nicht."

Sie drückte ihn gegen die Seitenwand. „Ich glaube schon."

„Mach dich nicht lächerlich." Ihm stockte der Atem. „Es könnte jemand vorbeikommen."

„Das Leben ist gefährlich." Sie zog die Tür der Box hinter ihnen zu.

„Ich lebe gefährlich, seit ich dir begegnet bin."

„Und warum hörst du dann jetzt damit auf? Los, verführ mich, Brian. Oder traust du dich nicht?"

„Ich fand es schon immer schwer, einer Herausforderung zu widerstehen." Er streckte die Hand aus, zog das Band aus ihrem Haar. „Du raubst mir den Verstand, Keeley. Und bevor ich es merke, gibt es nichts mehr außer dir." Er legte ihr die Hand in den Nacken und zog Keeley an sich. „Und es braucht auch nichts mehr zu geben."

Er berührte ihren Mund mit seinem, so sanft und geschmeidig, dass sie ganz weiche Knie bekam. Sie hatte ihn aufgefordert, sie zu verführen, ohne zu wissen, dass es gar nicht nötig sein würde.

„Ich begehre dich, Brian. Ich wollte dich schon heute Morgen beim Aufwachen. Küss mich."

Und die Art, wie sie einfach dahinschmolz, wie ihre Lippen anfingen zu beben und sich einladend öffneten, bewirkte, dass sein Verlangen nach ihr ihn beinahe schmerzte.

„Diesmal werde ich nicht behutsam sein." Er drehte sie um und schob sie gegen die Wand, an der er eben noch selbst gestanden hatte. Der Ausdruck seiner Augen, die dunkel geworden waren vor Begehren, hielt sie gefangen. „Nur dieses eine Mal will ich nicht behutsam sein."

Erregung erfasste sie. „Dann sei es nicht. Ich bin nicht zerbrechlich, Brian. Täusch dich nicht."

„Ich werde dir Angst machen", warnte er sie, aber ihre Antwort war nur eine weitere Herausforderung.

„Versuch's doch."

Brian riss so hastig ihr Hemd auf, dass die Knöpfe in alle Richtungen flogen. Er beobachtete, wie sie erschrocken die Augen aufriss. Daraufhin presste er seinen Mund hart auf ihren. Nach einer Weile löste er die Lippen von ihren und berührte ihre samtige Haut mit seinen schwieligen Händen. Er rechnete mit ihrer Gegenwehr, aber sie stöhnte lustvoll auf und ließ ihn gewähren.

Erregt zog er sie auf das Bett aus Stroh.

In einer Art primitiver Wut attackierte er sie mit Mund, Zähnen und Zunge. Die Hände ließ er über ihren Körper gleiten, rau, besitzergreifend und voller Ungeduld, sich endlich alles zu nehmen.

Ihre erstickten Schreie erschreckten die Pferde, die nervös in ihren Boxen stampften. Als er sie zum ersten Mal über den Rand katapultierte, krallten sich ihre Finger in sein Haar, als ob sie sich irgendwo festhalten müsste. Oder als ob sie ihn mit sich in die Tiefe ziehen wollte.

Beim ersten Mal war er zärtlich gewesen, er hatte sie geduldig und behutsam in die Kunst des Liebesspiels eingewiesen. Jetzt zeigte er ihr mit seinen rücksichtslosen Forderungen und seinen unsanften Händen dessen primitive Seite.

Und doch gab sie sich ihm ohne Vorbehalte hin. Trotz der hemmungslosen Begierde, die er auslebte, spürte er, wie sie gab. Haut wurde feucht, bis sie schweißbedeckt war, Herzen hämmerten, und sie wälzte sich voller Hingabe in ihrem Bett aus Stroh. Schenkte sich ihm.

Die Art, wie sie seinen Namen flüsterte, ließ ihn erbeben.

Als ihre Welt in Millionen winziger Teilchen zu zerbersten schien, stieß sie einen lauten Schrei aus und wölbte sich gegen seinen Mund. Es gab nichts, woran sie sich hätte festklammern können, keinen noch so dünnen Faden, der sie mit der Vernunft verband, und er trieb sie unbarmherzig immer noch weiter, bis sich ihr Atem in ein entfesseltes Keuchen verwandelte.

„Ich bin es, der dich hat." Begierig, sich mit ihr zu vereinen, packte er sie an den Hüften und riss sie hoch. „Ich bin es, der in dir ist." Und dann drang er so kraftvoll in sie ein, als ginge es um sein Leben.

Sie hörte einen Schrei, hoch, dünn, hilflos. Obwohl sie sich überhaupt nicht hilflos fühlte. Sie spürte Macht, eine erschreckende dunkle Macht, die wie eine Droge in ihrem Blut ihre Wirkung entfaltete.

Trunken davon, bäumte sie sich unter ihm auf und schaute ihm tief in die Augen, während sie ihre Finger in sein Haar krallte.

Sie saugte sich an seinem Mund fest und biss in seine Lippen, während er sie hart und ungestüm ritt. Und sie passte sich seinen Stößen an, bis sie das Gefühl hatte, jeden Moment zu explodieren, bis sie spürte, wie ihn ein Beben durchlief.

„Ich bin es, die dich hat", sagte sie mit einem Aufschluchzen, bevor sie den Gipfel der Ekstase erreichte.

10. KAPITEL

In Keeleys Augen war es perfekt. Sie hatte sich in einen Mann verliebt, der wunderbar zu ihr passte. Sie hatten viele Gemeinsamkeiten, liebten es, zusammen zu sein, und respektierten einander.

Natürlich hatte er auch Fehler. Er neigte gelegentlich zur Launenhaftigkeit, und sein Selbstbewusstsein grenzte an Arroganz. Aber diese Eigenschaften machten ihn zu dem, der er war.

Ihr Problem war, wie sie eine Affäre in eine feste Beziehung und eine feste Beziehung in eine Ehe verwandeln konnte. Sie war dazu erzogen worden, an Dauerhaftigkeit, Familie und eine Ehe, die das ganze Leben lang hielt, zu glauben.

Sie hatte wirklich keine andere Wahl, als Brian zu heiraten und sich ein Leben mit ihm aufzubauen. Und sie würde dafür sorgen, dass er ebenfalls keine andere Wahl hatte.

Wahrscheinlich war es ein bisschen so, wie ein Pferd zu trainieren. Um das gewünschte Ergebnis zu erzielen, bedurfte es vieler Wiederholungen, Belohnungen, Geduld und Zuneigung. Und einer starken Hand.

Sie entschied, dass es am vernünftigsten war, wenn sie sich an Weihnachten verloben und im Sommer heiraten würden. Und dann war es bestimmt am praktischsten, wenn sie in der Nähe von Royal Meadows wohnten, weil sie beide hier arbeiteten. Es war das Einfachste der Welt.

Jetzt musste sie nur noch dafür sorgen, dass Brian die Dinge genauso sah.

Vermutlich würde er den entscheidenden Schritt gern selber machen wollen. Das war zwar ein bisschen ärgerlich, aber sie liebte ihn genug, um warten zu können, bis er ihr einen Heiratsantrag machte. Bestimmt würde es keiner mit Blumen und romantischen Worten werden, überlegte sie, während sie Finnegan langsam auf der Koppel herumführte. So wie sie Brian kannte, würde es eine Mischung aus Leidenschaft, Herausforderung und sogar einer Spur Wut werden.

Darauf freute sie sich schon jetzt.

Sie blieb stehen, um zu überprüfen, ob das Knie des Wallachs beim Gehen heiß geworden oder gar angeschwollen war. Behutsam hob sie den Vorderfuß und beugte das Knie. Als Finnegan kein Anzeichen von Unbehagen erkennen ließ, tätschelte sie seinen Hals.

„Das ist schön", sagte sie zufrieden, als er an ihrer

Schulter behaglich schnaubte. „Du fühlst dich inzwischen schon ziemlich gut, was? Dann können wir ja langsam anfangen, dich ein bisschen zu trainieren."

Beim Satteln registrierte sie, wie schön sein Fell wieder glänzte. Ihre Mühe hatte sich gelohnt. Auch wenn er wahrscheinlich nie eine Schönheit und ganz bestimmt kein Champion werden würde, hatte er doch einen guten Charakter und eine schöne Seele.

Das war mehr als genug.

Als sie sich in den Sattel schwang, warf Finnegan den Kopf zurück, dann trabte er würdevoll aus der Koppel.

Sie war noch eine ganze Weile vorsichtig und achtete darauf, dass er auch wirklich nicht hinkte. Es dauerte jedoch nicht lange, bis er in einen geschmeidigen Rhythmus verfiel, der es ihr erlaubte, sich zu entspannen und den Ausritt zu genießen.

Der Herbst hatte die Blätter der Bäume in leuchtende Rot-, Gold- und Orangetöne verfärbt. Die Zweige wiegten sich im Wind.

Die Felder erstrahlten immer noch im satten Grün des Hochsommers. Über die Weiden tollten langbeinige Jährlinge und versuchten, ihren eigenen Schatten zu fangen. Trächtige Stuten rupften träge Gras.

Auf dem braunen Oval galoppierten Hengst- und Stutenfohlen, während die Luft unter dem Donnern der Hufe erzitterte.

Dieses Bild hatte Keeley schon ihr ganzes Leben

vor Augen. Und jede Saison erstand es wieder neu, zusammen mit der Gewissheit, dass es Jahr für Jahr so weitergehen würde.

Dies konnte und würde sie an ihre eigenen Kinder weitergeben, wenn die Zeit dafür gekommen war.

Plötzlich verspürte sie Dankbarkeit. Das war nicht einfach irgendein Ort, sondern ein ganz besonderes Fleckchen Erde. Ein Geschenk, mit dem ihre Eltern sorgsam umgegangen waren und das sie wie einen Schatz gehütet hatten. Und ihr eigener Anteil daran würde nie als selbstverständlich betrachtet werden.

Als sie Brian am Zaun lehnen und mit gespannter Aufmerksamkeit die Pferde beobachten sah, die mit donnernden Hufen die Rennbahn entlanggaloppierten, war ihr die Kehle wie zugeschnürt.

Einen Moment lang konnte sie nur wie betäubt blinzeln, weil sie eine solche Enge in der Brust fühlte, dass sie keine Luft mehr bekam. Ihre Haut kribbelte, als wäre sie elektrostatisch aufgeladen.

Ihr Herz hämmerte, während sie versuchte, wieder zu Atem zu kommen. Der Wallach unter ihr bäumte sich auf und machte übermütig eine halbe Drehung, bevor sie daran dachte, ihn zur Ordnung zu rufen.

Und ihre Hände zitterten.

Was passierte gerade mit ihr? Warum bekam sie plötzlich Angst? Sie hatte doch bereits akzeptiert, dass sie ihn liebte, oder nicht? Und es war ganz einfach gewesen, ein simpler Lernprozess. Sie hatte sich ihre Meinung gebildet, hatte sich ein Ziel gesetzt.

Verdammt, sie freute sich, dass alles so gekommen war.

Und woher rührte dann diese schmerzliche Verwirrung, diese Panik, die in ihr den Wunsch weckte, auf der Stelle kehrtzumachen und so schnell wie möglich davonzureiten?

Doch noch während Keeley ihre zitternde Hand auf die Brust presste, erkannte sie, dass sie sich geirrt hatte. In Wahrheit hatte sie sich der Wirklichkeit nicht gestellt. Wie töricht von ihr, es sich eingebildet zu haben. Die Erkenntnis traf sie so unvermittelt, dass sie zusammenfuhr.

Es war ungefähr derselbe Schreck, den man verspürte, wenn man beim Sprung über eine Hürde aus dem Sattel flog und unsanft auf dem Boden landete.

Liebe ist ein Schock für den gesamten Organismus, überlegte sie. Ein Wunder, dass man es überhaupt überlebte.

Du bist eine Grant, ermahnte sie sich und setzte sich aufrechter in den Sattel. Sie wusste, wie es sich anfühlte, wenn man stürzte, aber sie wusste auch, wie man sich schnell wieder aufrappelte. Sie würde diese erschreckend intensiven Gefühle nicht einfach nur überleben. Sie würde sie für sich nutzen. Und wenn sie mit Brian Donnelly fertig war, würde er nicht wissen, wie ihm geschehen war.

Sie versuchte, sich genauso zu beruhigen, wie sie es vor jedem Turnier gemacht hatte. Sie atmete langsam und bewusst tief durch, bis sich ihr Puls verlangsamte, konzentrierte sich, bis ihr Geist ruhig war wie ein stiller See, dann ritt sie ihrem Ziel entgegen.

Als Brian den Hufschlag hörte, drehte er sich um. Der Ausdruck von Verärgerung, der angesichts der Störung auf seinem Gesicht erschien, verwandelte sich sofort in Interesse, als sein Blick auf Finnegan fiel. Er sagte etwas zu seinem Assistenten, drückte ihm sein Klemmbrett in die Hand und ging dann auf den Wallach zu.

„Na, du scheinst ja wieder fit zu sein, alter Junge." Er bückte sich und betastete das verletzte Knie. „Kein bisschen heiß. Prima. Wie lange bist du schon mit ihm unterwegs?", fragte er Keeley.

„Ungefähr eine Viertelstunde, im Schritt."

„Er könnte es vielleicht sogar schon im Handgalopp schaffen. Sein Knie ist wie neu, ohne das geringste Anzeichen einer Schwellung." Brian richtete sich wieder auf, die Augen leicht zusammengekniffen, weil die Sonne ihn blendete. „Und du? Bist du okay? Du wirkst ein bisschen blass."

„Findest du?" Kein Wunder, dachte sie, aber sie lächelte, während sie es genoss, ein Geheimnis vor ihm zu haben. „Obwohl ich mich gar nicht so fühle. Dafür siehst du …" Auf Entdeckungsreise gehend, beugte sie sich nach unten. „… absolut wundervoll aus. Verwildert und windzerzaust und sexy."

Fragend zog er die Brauen hoch, und als sie ihm mit der Hand über die Wange fuhr, trat er leicht verunsichert einen Schritt zurück. Hier liefen mindestens sechs Männer herum. Und jeder einzelne von ihnen hatte Augen im Kopf.

„Ich musste heute schon früh in den Stall und hatte keine Zeit mehr, mich zu rasieren", erklärte er.

Sie beschloss, sein Zurückweichen nicht als Kränkung, sondern als Herausforderung aufzufassen. „Es gefällt mir. Du wirkst fast ein bisschen gefährlich. Falls du heute irgendwann Zeit hast, könntest du mir ein bisschen helfen."

„Wobei?"

„Die Pferde müssen bewegt werden."

„Schätze, das lässt sich einrichten."

„Prima. Gegen fünf?" Sie beugte sich wieder zu ihm hinunter, und diesmal packte sie ihn vorn am Hemd und zog ihn näher zu sich heran. „Und noch was, Brian. Rasier dich nicht."

Die Frau brachte ihn völlig aus dem Konzept, und ihm war es egal. Indem sie ihm am helllichten Tag diese leidenschaftlichen Blicke zuwarf und ihn dann auch noch zärtlich berührte, sodass er den ganzen Tag über nervös war.

Noch schlimmer aber war, dass ihr Vater sein Arbeitgeber war, der ihn bestimmt nicht dafür bezahlte, dass er sich von seinen Hormonen unterjochen ließ.

Was für eine vertrackte Situation, überlegte Brian. An der er nicht unschuldig war. Aber woher hätte er wissen sollen, wie sich die Sache entwickelte? Dass er sich in sie verliebt hatte, war ein harter Schlag gewesen, doch er konnte einiges einstecken. Man holt sich einige blaue Flecken und macht weiter, dachte er. Das war normal.

Dagegen, dass man sich von einer Frau angezogen fühlte, war nichts einzuwenden, ein kleiner Flirt war harmlos. Und das Risiko, das in diesem Fall damit verbunden war, hatte er in Wahrheit sogar irgendwie genossen. Zumindest bis zu einem gewissen Grad.

Aber über diesen Grad war er längst hinaus. Inzwischen nahm sie fast sein gesamtes Denken und Fühlen in Anspruch, und gleichzeitig hatte er ihre Familie irgendwie lieb gewonnen. Travis war nicht nur ein guter und fairer Boss, sondern fast schon so etwas wie ein Freund geworden.

Während er, Brian, Mittel und Wege zu finden versuchte, um so oft wie nur möglich mit der Tochter seines Freundes zu schlafen.

Noch schlimmer aber ist, dass ich mich immer wieder beim Träumen ertappe, überlegte er, während er auf ihren Stall zuging. Das passierte ihm auch bei der Arbeit. So hatte er sich zum Beispiel ausgemalt, was wäre, wenn Keeley und er gesellschaftlich auf einer Stufe stünden. Und dann hatte er sich überlegt, dass er sich ein Leben nur mit ihr vorstellen konnte … falls er überhaupt jemals sesshaft werden würde.

Obwohl er diese Absicht natürlich gar nicht hatte. Schon allein deshalb, weil es nicht funktionieren würde. Sie gehörte ins Clubhaus und er in den Reitstall, so einfach war das.

Keeley kokettierte im Moment nur ein bisschen. Und weil er das gut verstand, konnte er es ihr auch nicht vorwerfen. Sie war privilegiert und behütet aufgewachsen und versuchte jetzt, ihre Grenzen auszuloten. Das hatte er als Junge auch gemacht, indem er so oft wie möglich die Schule geschwänzt hatte und auf die Rennbahn ausgebüxt war. Und nichts hatte ihn aufhalten können, weder die Auseinandersetzungen noch die Drohungen oder die Strafen.

Und dann war er so bald wie möglich von zu Hause fortgegangen und von Reitstall zu Reitstall, von Rennbahn zu Rennbahn gezogen. Er war frei und ungebunden gewesen. Und hatte nie zurückgeschaut. Seine Brüder und Schwestern hatten geheiratet, sich Häuser gebaut und Kinder bekommen und arbeiteten in festen Jobs. Sie hatten Besitz angehäuft, während ihm nur das gehörte, was er in eine Reisetasche packen oder wegwerfen konnte, wenn er sich wieder auf den Weg machte.

Um Dinge, die man besaß, musste man sich kümmern. Und ehe man es sich versah, drückte einen die Last der Verantwortung so nieder, dass man sich nicht mehr rühren konnte.

Er ließ den Blick über seine Unterkunft schweifen, bewunderte das schöne Steinhaus, das sich vor dem Abendhimmel abzeichnete. Vor der Garage waren Blumenbeete angelegt, in denen rostfarbene, blutrote und goldgelbe Blumen blühten, und daneben stand der Truck, den er Paddy abgekauft hatte.

Als er sich umdrehte und über das Land schaute, wurde ihm klar, dass man zu diesem Ort leicht eine Verbundenheit spüren konnte, wenn man nicht gut aufpasste. Die Weite täuschte und konnte einem vorgaukeln, dass das Fleckchen Erde unbegrenzt war, und dann würde man in Versuchung geraten, hier länger als woanders zu bleiben – bis man nicht mehr wegkam.

Es war klug, sich daran zu erinnern, dass ihm das Land nicht gehörte, genauso wenig wie die Pferde. Oder Keeley.

Doch während er auf ihre Koppel zuschlenderte, stahlen sich alle diese Fantasien wieder in seinen Kopf. Keeley, bekleidet mit Jeans und einem grünen Pullover, war gerade dabei, im weichen Abendlicht den gescheckten Wallach zu satteln, den sie, wie er wusste, Honey nannte. Das Haar hatte sie sich nachlässig hochgesteckt, was sehr sexy wirkte.

Sie sieht ... erreichbar aus, erkannte Brian. Wie eine Frau, mit der ein Mann nach einem langen anstrengenden Tag gern zusammen war. Wie eine Frau, mit der man sich beim Abendessen und später im Bett über viele Dinge unterhalten konnte.

Mit so einer Frau würde ein Mann morgens aufwachen, ohne sich in der Falle zu fühlen und ohne sich Sorgen machen zu müssen, dass sie so fühlte.

Als Brian klar wurde, was er da gerade dachte, konnte er nur über sich selbst den Kopf schütteln. Was für ein Unfug.

Brian ging zum Zaun, lehnte sich dagegen und sah, dass sie bereits beide Pferde gesattelt hatte. „Du hast die ganze Arbeit ja schon allein gemacht."

„Nun, du hast mich an einem guten Tag erwischt." Keeley überprüfte den Sattelgurt, trat zurück. Sie wusste mittlerweile, welche Länge seine Steigbügel haben mussten und welches Zaumzeug er bevorzugte. „Mir war gar nicht klar, wie viel freie Zeit ich habe, wenn Ma mir regelmäßig hilft."

„Und was wirst du damit tun?"

„Sie genießen." Nachdem er das Tor geöffnet hatte, führten sie die Pferde hindurch. „Ich war in den letzten zwei Jahren dermaßen auf meine Arbeit fixiert, dass ich mir zu selten die Zeit genommen habe, einen Schritt zurückzutreten, um die Ergebnisse anzusehen." Sie reichte ihm die Zügel. „Dabei liebe ich Ergebnisse."

„Dann kommst du in deiner freien Zeit ja vielleicht ein bisschen öfter mit zu Rennen." Sobald sie auf dem Pferd saß, schwang er sich ebenfalls in den Sattel. „Da kannst du nämlich auch Ergebnisse sehen. Morgen startet Betty zum ersten Mal bei einem Zweijährigenrennen."

„Ihr Jungfernrennen? Das lasse ich mir ganz bestimmt nicht entgehen."

„In Charles Town. Um zwei."

„Ich werde meine Mutter bitten, meinen Nachmittagskurs zu übernehmen. Ich werde da sein."

Sie ritten im Schritt an der Koppel vorbei und auf

die mit Bäumen bestandene Anhöhe zu, deren Blätterdach bunt in der Abendsonne leuchtete. Am Himmel über ihnen flog kreischend ein Schwarm Wildgänse.

„Zwei Mal am Tag gehen sie schreiend auf die Reise", sagte Brian, während er den Vögeln nachschaute. „Im Morgengrauen und in der Abenddämmerung."

„Ich liebe ihre Schreie." Keeley schaute zum Himmel, bis der letzte Ruf verklungen war.

„Onkel Paddy hat heute angerufen."

„Und wie geht es ihm?"

„Sehr gut. Er hat sich zwei junge Stuten gekauft, weil er beschlossen hat, es zur Abwechslung mal mit Züchten zu versuchen."

„Typisch. Ich hätte mir auch beim besten Willen nicht vorstellen können, dass er es schafft, seine Finger von Pferden zu lassen …"

„Dir würden sie doch sicher auch fehlen, oder? Ihr Geruch, ihre Geräusche. Hast du eigentlich nie daran gedacht, selbst zu züchten?"

„Nein, das ist nichts für mich. Ich bin froh, dass die Pferde, die ich trainiere, anderen gehören. Sobald man sie selbst besitzt, ist es ein Geschäft, oder nicht? Ein Unternehmen. Ich sehne mich nicht danach, Geschäftsmann zu sein."

„Es gibt auch Leute, die Pferde besitzen, weil sie sie lieben", erklärte Keeley. „Und daran ändert auch das Geschäft nichts."

„In seltenen Fällen." Brian schaute auf und ließ

seinen Blick über die Außengebäude schweifen. Ja, dachte er. Dieser Ort hier war mit Liebe aufgebaut worden. „Dein Vater ist so ein seltener Fall, und in Cork kenne ich auch jemand. Trotzdem glaube ich, dass Besitz einen so auffressen kann, dass man schließlich für das, was man tut, das Gefühl verliert. Und dann geht es, ehe man es sich versieht, nur noch um Zahlen und Profit. Das klingt für mich nach Gefängnis."

Interessant, dachte sie. „Jemand, der Geld verdient, ist ein Gefangener?"

„Es ist die Gier, immer mehr zu wollen. Mein Vater ist in so eine Falle gegangen."

„Wirklich?", fragte sie überrascht. Brian sprach fast nie über seine Familie. „Was macht er denn beruflich?"

„Er arbeitet in einer Bank. Tag für Tag sitzt er in einem Glaskäfig und kümmert sich um das Geld fremder Leute. Was für ein Leben."

„Nun, für dich wäre es bestimmt nichts."

„Gott sei Dank. Diese Jungs hier wollen ein bisschen laufen", sagte er und drückte Honey die Absätze in die Flanken.

Keeley seufzte frustriert, aber dann schnalzte sie mit der Zunge, um ihr Pferd zu veranlassen, mit Brians Hengst Schritt zu halten. Nun, bei nächster Gelegenheit werde ich schon wieder darauf zurückkommen, nahm sie sich vor. Sie wusste noch nicht annähernd genug über den Mann, den sie heiraten wollte.

Sie ritten eine Stunde, bevor sie kehrtmachten und die Pferde versorgten. Insgeheim hoffte er auf eine Einladung zum Abendessen ins Haupthaus, doch nachdem sie den Stall verlassen hatten, fragte sie mit hochgezogenen Augenbrauen: „Warum lädst du mich nicht auf einen Drink zu dir ein?"

„Auf einen Drink? Ich habe zwar keine große Auswahl, aber du bist trotzdem herzlich willkommen."

„Es ist schön, ab und zu gefragt zu werden." Bevor er seine Hände sicher in seinen Taschen verstauen konnte, griff sie nach seiner Rechten und verschränkte ihre Finger mit seinen. „Du hast auch manchmal frei. Ich frage mich, ob du schon mal etwas von Verabredungen gehört hast", bemerkte sie beiläufig. „Essen gehen oder einen Film anschauen oder einfach nur ein bisschen spazieren fahren?"

„Einige Erfahrungen diesbezüglich habe ich." Er streifte seinen Pick-up mit einem kurzen Blick. „Wenn du Lust hast, ein bisschen herumzufahren, kannst du gern einsteigen, allerdings muss ich vorher erst noch den Beifahrersitz freischaufeln."

Sie stieß einen verächtlichen Laut aus. „Das ist wirklich die romantischste Einladung, die ich je bekommen habe, Donnelly."

„Vergammelte Pick-ups sind ziemlich selten romantisch, und ich habe dummerweise vergessen, wo ich meine gläserne Kutsche geparkt habe."

„Wenn das wieder so eine blöde Anspielung sein soll ..." Sie sprach nicht weiter und biss die Zähne zusammen. Geduld, ermahnte sie sich. Sie würde jetzt nicht alles durch eine Auseinandersetzung kaputtmachen. „Macht nichts. Dann vergessen wir die Spazierfahrt eben." Sie öffnete ihre Tür selbst. „Und essen gleich."

Sobald er das Haus betreten hatte, stieg ihm der Duft in die Nase. Irgendetwas köstlich Aromatisches, Scharfes, das ihn daran erinnerte, dass er seit einer halben Ewigkeit nichts mehr gegessen hatte.

„Was ist das?"

„Was?" Dann lächelte sie und hob schnüffelnd die Nase. „Ach, das! Das ist Chili, eine Spezialität von mir. Ich habe es gemacht, bevor ich meine letzte Klasse hatte."

„Du hast gekocht?"

„Ja." Belustigt und voller Genugtuung über seine Fassungslosigkeit ging sie in die Küche. „Ich wusste, dass wir hungrig sein würden, wenn wir zurückkommen, und dachte mir, dass es dir bestimmt nichts ausmacht, wenn ich in deiner Küche koche."

Sie hob den Deckel von einem Topf, aus dem ein köstlicher Duft aufstieg, und rührte kurz einmal um. „Es ist eins von diesen Gerichten, die man kochen und stehen lassen kann, bis man Zeit hat zu essen, das ist das Schöne daran. Oh, außerdem habe ich eine Flasche Merlot mitgebracht, obwohl zu Chili auch gut Bier passt, wenn dir das lieber ist."

„Ich versuche, mich zu erinnern, wann mir zum letzten Mal jemand etwas gekocht hat – außer meiner Mutter oder jemand aus meiner Familie, meine ich."

Überaus erfreut drehte sie sich zu ihm um und legte ihm die Arme um den Nacken. „Hat denn keine deiner vielen Frauen je für dich gekocht?"

„Wahrscheinlich schon, aber ich kann mich nicht mehr erinnern." Er legte ihr die Hände auf die Hüften und zog sie näher an sich. „Auf jeden Fall an nichts, was so köstlich geduftet hätte."

„Meinst du die Frau? Oder das Essen?"

„Beides." Er senkte den Kopf, presste seinen Mund auf ihren und küsste sie leidenschaftlich. Nach einer Weile hob er den Kopf und sagte: „Und es erinnert mich daran, dass ich fast am Verhungern bin."

„Was willst du zuerst?" Sie streifte mit den Zähnen seine Unterlippe. „Die Frau oder das Essen?"

„Die Frau. Und hinterher wahrscheinlich auch, nehme ich an."

„Das trifft sich gut, weil ich dich nämlich auch vorher will." Sie lehnte sich zurück. „Warum machen wir uns nicht ein bisschen frisch? Was hältst du von einer Dusche?" Lachend zog sie ihn aus der Küche ins Bad.

Kleider zum Wechseln hatte sie ebenfalls mitgebracht. Brian bekam einen leichten Schreck, als er beobachtete, wie sie mit der größten Selbstverständlichkeit in eine frische Jeans schlüpfte. Ihr Haar war noch nass vom Duschen, und ihre Haut war rosig.

Und an bestimmten Stellen ein bisschen gerötet, wie er sah, weil er sich nicht rasiert hatte.

Aber ihr leidenschaftliches Liebesspiel unter der warmen Dusche war ihm nicht annähernd so persönlich erschienen wie der saubere Pullover, der ordentlich zusammengelegt am Fußende seines Betts lag.

Sie streckte die Hand danach aus, dann wandte sie den Blick und bemerkte, dass er sie beobachtete. „Was ist?"

Wortlos schüttelte er den Kopf. Er hätte wirklich nicht gewusst, wie er ihr diese seltsame Mischung aus Panik und Entzücken erklären sollte, die ihn bei ihrem Anblick beschlichen hatte. „Deine Haut ist ein bisschen gerötet." Er streckte die Hand aus und fuhr ihr mit den Fingerspitzen über das Schlüsselbein. „Ich hätte mich besser vorher rasieren sollen. Sie ist so weich", murmelte er und ließ seine Finger an ihrer Schulter nach oben wandern. „Ich verstehe gar nicht, wie ich das vergessen konnte."

Als sie erbebte, schaute er ihr ins Gesicht. Einen Moment lang sah sie seine Augen vor Begierde glitzern. „Du frierst", sagte er. „Zieh dir deinen Pullover über. Ich hole inzwischen eine Salbe."

Der Funke der Leidenschaft erlosch ebenso schnell, wie er aufgeblitzt war.

Während er suchend in einer Schublade kramte, überlegte sie, wie frustrierend es war, dass sie ihn nur beim Liebesakt dazu bringen konnte, seine Selbstkontrolle wirklich aufzugeben.

Er holte eine Tube heraus, und da Keeley den Pullover noch nicht übergezogen hatte, begann er zärtlich, die geröteten Stellen einzureiben. Der Geruch der Salbe kam ihr bekannt vor.

„Die ist für Pferde."

„So?"

Sie lachte und erlaubte ihm, sie zu versorgen. „Heißt das, dass ich jetzt deine Stute bin?"

„Nein, dafür bist du zu jung und zu zartknochig. Du bist noch ein Fohlen."

„Hast du vor, mich zu trainieren, Donnelly?"

„Oh, an dich komme ich nicht ran, Miss Grant." Er schaute auf und hob fragend die Augenbrauen, als er sah, dass sie schmunzelte. „Und worüber amüsierst du dich so?"

„Du bist machtlos dagegen, stimmt's? Du musst dich einfach kümmern."

„Es ist schließlich meine Schuld, dass du diese geröteten Stellen hast", brummelte er, während er noch etwas Salbe aus der Tube drückte und auf ihrer Haut verrieb. „Daraus folgt, dass ich auch etwas dagegen tun muss."

Sie hob eine Hand und berührte sein feuchtes Haar. „Ich mag es, wenn sich ein Mann mit einem harten Kopf und einem weichen Herzen um mich kümmert."

Betont locker meinte er: „So eine herrlich weiche Haut wie deine einzucremen, ist weiß Gott keine Zumutung." Ohne den Blick von ihr zu wenden, verteilte er die Salbe mit der Daumenkuppe auf der sanften

Wölbung ihrer Brust. „Vor allem, wenn du auch noch so einladend halb nackt vor mir stehst."

„Sollte ich nervös werden und verlegen zu Boden schauen?"

„Du gehörst nicht zu der nervösen Sorte. Das gefällt mir an dir." Zufrieden schraubte er die Tube zu, dann zog er ihr den Pullover selbst über den Kopf. „Aber ich kann es unmöglich zulassen, dass sich so ein Meisterwerk aus Gottes Hand einen Schnupfen holt. So, das war's." Er hob ihr Haar im Nacken hoch.

„Du hast keinen Föhn hier."

„Hier gibt's doch überall Luft."

Sie lachte und fuhr sich mit den Fingern durch die nassen Locken. „Es wird eben gehen müssen. Lass uns schon mal ein Glas Wein trinken, während ich das Essen abschmecke."

Er verstand nicht viel von Wein, aber er merkte sofort beim ersten Schluck, dass dieser hier um einiges besser war als Wein, den man normalerweise zu einem so bescheidenen Essen wie Chili trank.

Sie schien sich in seiner Küche besser auszukennen als er und fand Dinge in Schubladen, in die er noch nicht einmal einen Blick geworfen hatte. Als sie sich daran machte, die Salatsoße zuzubereiten, stellte er sein Glas ab.

„Ich bin in einer Minute zurück."

„Mehr als eine Minute hast du auch nicht", rief sie ihm hinterher. „Ich stelle das Brot so lange warm."

Da seine Antwort nur in einem Türknallen bestand,

zuckte sie die Schultern und zündete die Kerzen an, die sie auf den kleinen Küchentisch gestellt hatte. Gemütlich, fand sie. Und gerade romantisch genug, um zwei praktisch veranlagten Menschen zuzusagen, die keine Lust hatten, allzu viel Aufwand zu betreiben.

Es war eins dieser ganz normalen, schlichten Abendessen, die zwei Leute am Ende eines langen Arbeitstags noch bequem zusammen auf die Beine stellen konnten. Und sie hatte vor, dafür zu sorgen, dass es noch mehr davon gab, bis es dem Mann schließlich dämmerte, dass es auch in Zukunft nicht anders sein würde.

Zufrieden griff sie nach ihrem Weinglas und prostete sich selbst zu. „Auf einen starken Anfang", sagte sie und trank.

Als die Tür hinter ihr wieder aufging, nahm sie das Brot aus dem Backofen. „Es ist alles fertig, und ich bin fast am Verhungern."

Nachdem sie sich umgedreht hatte, um das Brot auf den Tisch zu stellen, sah sie, dass Brian mit einem Strauß aus blutroten, rostfarbenen und goldgelben Blumen hinter ihr stand.

„Die Situation schien danach zu verlangen", erklärte er.

Sie schaute auf den bunten Strauß, dann in sein Gesicht. „Du hast mir Blumen gepflückt."

Der ungläubige Unterton in ihrer Stimme veranlasste ihn, verlegen die Schultern zu zucken. „Na ja, du hast schließlich das Essen gemacht, mit Wein und Kerzen und allem. Davon abgesehen, sind es ja sowieso deine."

„Nein, sind sie nicht." Zutiefst gerührt stellte sie den Brotkorb ab und wartete. „Erst jetzt, nachdem du sie mir geschenkt hast."

„Ich werde nie begreifen, warum Frauen so sentimental werden, wenn ihnen ein Mann ein Sträußchen in die Hand drückt." Er hielt ihr den Strauß hin.

„Danke." Sie schloss die Augen und steckte ihre Nase ganz tief in die Blumen, um sich den Duft und die Beschaffenheit der Blütenblätter genau einzuprägen. Dann ließ sie den Strauß wieder sinken und bot Brian den Mund für einen Kuss. Rieb wieder ihre Wange an seiner.

Er riss sie so heftig in die Arme, dass sie keuchte: „Brian? Was ist los?"

Diese Geste, diese süße schlichte Geste, brachte ihn fast um. „Nichts. Ich mag es nur, wie du dich in meinen Armen anfühlst."

„Gleich erdrückst du mich."

„Verzeih." Er küsste sie auf die Stirn und versuchte, seine Fassung wiederzufinden. „Wenn ich kurz vorm Verhungern bin, vergesse ich leicht, wie stark ich bin."

„Dann setz dich hin und fang schon mal an. Ich stelle nur rasch noch die Blumen in eine Vase."

„Ich …" Irgendetwas musste er sagen, deshalb

wählte er jetzt ein Gesprächsthema, bei dem keine Gefahr bestand, dass er stammeln oder einen von ihnen beiden in Verlegenheit bringen könnte. „Ich wollte es dir schon früher erzählen, aber ich habe mir Finnegans Unterlagen angesehen."

Gut, dachte er, während er sich setzte und ihnen beiden Salat auftat. Das war sicheres Terrain. „Obwohl er natürlich nicht unter dem Namen Finnegan, sondern unter Flight of Fancy registriert ist."

„Ja, ich weiß." Sie drapierte die Blumen in einer Vase, die sie auf den Tisch stellte, bevor sie sich zu Brian setzte. „Aber ich finde, Finnegan passt besser zu ihm."

„Er gehört dir, deshalb kannst du ihn nennen, wie du willst. In seinem ersten Rennjahr waren seine Leistungen ziemlich schwankend. Seine Abstammung ist sehr anständig, aber er hat sein Potenzial nie voll ausgeschöpft, deshalb hat sein Besitzer ihn mit drei Jahren verkauft."

„Gut, dass du es gemacht hast, ich wollte mir seine Ergebnisse nämlich auch schon ansehen." Sie brach ein Stück Brot in der Mitte durch und hielt ihm die Hälfte hin. „Er hat gute Anlagen, und seine Reaktionen sind auch gut. Obwohl man ihn sehr schlecht behandelt hat, hat er sich nicht grundsätzlich verändert."

„Interessanterweise hat er sich in seinem dritten Jahr erheblich verbessert. Seine Leistungen waren immer schwankend, und ich habe den starken Verdacht, dass man ihn zu oft ins Rennen geschickt hat. Ich hätte es von Anfang an anders gemacht."

„Du machst sowieso immer alles anders, Brian."

„Na ja. Auf jeden Fall hat Tarmack ihn dann bei irgendeinem Rennen in die Finger bekommen."

„Dieser Dreckskerl", sagte Keeley so kalt, dass Brian sie forschend musterte.

„Kein Widerspruch. Aber ich denke, dass Finnegans Talent in deiner Reitschule verschwendet wäre. Er ist für die Rennbahn geboren, und dort gehört er auch hin."

Überrascht runzelte sie die Stirn. „Du findest, er soll laufen?"

„Ich finde, du solltest es zumindest ernsthaft in Erwägung ziehen. Er ist ein Vollblut, Keeley, gezüchtet, um zu laufen. Es liegt ihm im Blut. Sein Problem ist nur, dass man ihn schlecht gemanagt und schlecht behandelt hat. Trotzdem steckt ein Läufer in ihm, und obwohl deine Reitschule eine prima Sache ist, ist sie für ihn doch nicht genug."

„Aber wenn er zu Kniespaten neigt …"

„Das kann man nicht wissen. Erblich bedingt ist es jedenfalls nicht. Es war eine Verletzung, für die ein Mensch verantwortlich war. Aber wenn du glaubst, dass ich mich irre, kannst du ja deinen Vater bitten, ihn sich mal gründlich anzuschauen."

Sie dachte einen Moment darüber nach und trank einen Schluck Wein. „Natürlich vertraue ich deinem Urteil, Brian, das ist doch gar keine Frage. Ich zögere aus einem anderen Grund. Wir wissen beide, dass ein Pferd den Mut verlieren kann, wenn man es schlecht behandelt. Ich möchte ihn nur einfach nicht gern überfordern."

„Sicher, die Entscheidung liegt allein bei dir."

„Würdest du denn mit ihm arbeiten wollen?"

„Ich könnte es." Er füllte zwei Teller mit Chili. „Aber du könntest es auch selbst machen. Du weißt, was zu tun ist und worauf man achten muss."

Sie schüttelte nachdrücklich den Kopf. „Nicht bei Rennpferden. Ich kenne mich auf meinem Gebiet aus, und das ist nicht die Rennbahn. Wenn ich vorhätte, ihn wieder in Rennen zu schicken, würde ich wollen, dass er nur von dem Besten trainiert wird."

„Das wäre ich", sagte er so selbstverständlich, dass sie schmunzeln musste.

„Ist das ein Ja?"

„Sofern dein Vater einverstanden ist, dass ich nebenbei dein Pferd trainiere, auf jeden Fall. Wir werden es langsam angehen, dann sehen wir, wie er sich macht." Dabei wollte er es eigentlich bewenden lassen, doch weil er sich immer noch nicht ganz sicher war, dass sie ihn richtig verstanden hatte, fügte er noch hinzu: „Ich habe den Ausdruck in seinen Augen gesehen, als du heute Vormittag mit ihm auf die Rennbahn kamst. Es war Sehnsucht."

„Das ist mir gar nicht aufgefallen." Sie berührte leicht seine Hand. „Aber ich bin wirklich froh, dass du es gesehen hast."

„Das ist mein Job."

„Es ist deine Gabe", korrigierte sie ihn. „Deine Familie muss mächtig stolz auf dich sein." Sie sagte es beiläufig, während sie wieder zu essen begann, aber als er auflachte, schaute sie ihn erstaunt an. „Was ist daran so komisch?"

„Dass meine Familie stolz auf mich wäre, kann man nicht gerade behaupten."

„Warum?"

„Niemand ist auf etwas stolz, was er nicht versteht. Es geht nicht in allen Familien so nett und beschaulich zu wie in deiner, Keeley."

„Tut mir leid", sagte sie und meinte es auch so. Und zwar nicht nur, dass er als Kind und Jugendlicher einen Mangel erfahren hatte, sondern auch, dass sie so neugierig gewesen war.

„Es gibt Schlimmeres. Darüber kommt man hinweg."

Sie wollte das Thema eigentlich nicht vertiefen, aber seine Worte berührten sie. „Wenn sie nicht stolz auf dich sind, sind sie dumm." Als er überrascht mit dem Essen innehielt und sie anschaute, zuckte sie die Schultern. „Entschuldige, aber das sind sie wirklich."

Ohne sie aus den Augen zu lassen, begann er wieder zu essen. Ihre Augen funkelten, ihre Wangen brannten, ihre Kiefer waren entschlossen aufeinander gepresst. Keeley war sichtlich wütend. „Darling, es ist lieb von dir, das zu sagen, aber ..."

„Es ist überhaupt nicht lieb, sondern unhöflich, doch es ist meine ehrliche Meinung." Sie griff nach der Weinflasche und schenkte ihnen nach. „Du hast ein echtes Talent, und du hast dir einen hervorragenden Ruf erworben, sonst wärst du jetzt nicht hier auf Royal Meadows. Warum sollte man darauf nicht stolz sein?", fragte sie, jetzt noch wütender. „Wenigstens dein Vater hätte es verstehen müssen."

„Warum?"

Sie schaute ihn verblüfft an. „Na, schließlich hat er dich doch auf Pferde gebracht, oder?"

„Auf die Rennbahn. Für meinen Vater waren die Pferde nie das Entscheidende", erklärte Brian. Er war so erstaunt über ihre heftige Reaktion, dass ihm völlig entging, wie weit er sich ihr öffnete. Das war etwas, das er normalerweise niemals tat.

„Sie waren für ihn nur eine Art Vehikel. Natürlich mochte er Pferde, aber im Grunde hat ihn immer nur die Atmosphäre auf der Rennbahn fasziniert, der Rausch des Spiels. Und wahrscheinlich ist es immer noch so. Das und die Gelegenheit, ohne die stumme Missbilligung meiner Mutter in Ruhe einige Schlucke aus seinem Flachmann trinken zu können. Ich habe dir erzählt, dass er ein kleiner Bankangestellter ist, Keeley."

„Na und?"

Nichts na und, dachte Brian, aber er hatte Mühe, es ihr zu erklären. „Er hat schon vor vielen Jahren aufgehört, durch die Gitterstäbe seines kleinen Käfigs zu schauen. Er und meine Mutter haben früh geheiratet, sie mussten heiraten, weil meine älteste Schwester unterwegs war."

„Das kann ein Problem sein, aber …"

„Nein, sie waren zufrieden. Ich glaube schon, dass sie sich auf ihre Weise irgendwie lieben." Er machte sich normalerweise nicht viele Gedanken über seine Eltern, aber da jetzt die Sprache auf sie gekommen war, tat er sein Bestes.

„Sie gründeten eine Familie und zogen ihre Kinder groß. Mein Vater brachte das Geld nach Hause. Obwohl er spielte und natürlich auch oft verlor, mussten wir nie hungern … und die Rechnungen wurden früher oder später auch immer bezahlt. Meine Mutter wusste, wie man einen Tisch ordentlich deckt, und unsere Kleider waren stets sauber. Trotzdem wurde ich nie das Gefühl los, dass irgendetwas fehlt."

Keeley erinnerte sich an einen Ausspruch ihrer Mutter. *Ein Kind kann vor einem vollen Teller verhungern.* Was heißen sollte, dass ohne Liebe, Zuneigung, Lachen die Seele verhungerte.

„Dass du deinen eigenen Weg gegangen bist, sollte sie nicht davon abhalten, sich für dich zu freuen."

„Mein Bruder und meine Schwestern sind alle ganz normale, ehrbare Leute mit Kindern und einem festen Job. Ich bin ihnen ein Rätsel, und wenn man es nicht schafft, ein Rätsel zu lösen, fängt man früher oder später an zu glauben, dass irgendetwas damit nicht stimmt. Oder dass mit einem selbst etwas nicht stimmt."

„Du bist davongelaufen", sagte sie leise.

Obwohl er sich nicht sicher war, dass ihm diese Umschreibung gefiel, nickte er. „In gewisser Weise wahrscheinlich schon, und zwar so schnell ich konnte. Was für einen Sinn hat es zurückzuschauen?"

Und doch tut er es, dachte Keeley.

11. KAPITEL

Keeley gelangte zu dem Schluss, dass manche Männer einfach länger brauchten als andere, um zu erkennen, dass sie auch tatsächlich dorthin gehen wollten, wohin man sie führte.

Dennoch konnte sie sich nicht beklagen, weil sie eine herrliche Zeit hatte. Sie gewöhnte sich an, einmal wöchentlich zu einem Pferderennen zu gehen, ein Vergnügen, das sie sich versagt hatte, während ihre Reitschule noch im Aufbau gewesen war.

Trotzdem gab es immer noch viele Dinge, um die sie sich selbst kümmern musste – Meetings, Berichte schreiben und das Auswerten der Fortschritte, die jedes Kind machte. Für die Sommerferien plante sie eine Art offenes Haus für die Angehörigen und Pflegefamilien ihrer Schüler, sodass jeder Interessierte unangemeldet vorbeischauen, zwanglos mit den anderen plaudern und – natürlich in erster Linie – die Fortschritte der Kinder sehen konnte.

Doch nachdem sie den Unterricht inzwischen auf

sieben Tage die Woche ausgedehnt hatte, war sie mehr als froh, ihrer Mutter einen Tag in der Woche die gesamte Verantwortung aufbürden zu können.

Sie fand es aufregend, Bettys Fortschritte zu beobachten und mit eigenen Augen zu sehen, dass Brian bei dem Stutenfohlen seine Ahnung nicht getrogen hatte. Betty bewies Tag für Tag und Woche für Woche, dass sie die geborene Siegerin war.

Doch noch mehr freute sich Keeley, dass Finnegan unter Brians geduldiger, ruhiger Hand regelrecht aufblühte.

Warm eingepackt, weil der Morgen kalt war, stand sie am Zaun der Trainingsbahn und wartete, während Brian Larry letzte Anweisungen gab.

„Bevor das Tor aufgeht, ist er nervös, aber dann stürmt er los. Sie werden ihn zurückhalten müssen, sonst geht ihm die Puste aus. Er läuft gern in der Menge, deshalb möchte ich, dass Sie ihn bis zur zweiten Runde nicht nach vorn lassen. Aber dann müssen Sie ihm unmissverständlich zu verstehen geben, dass Sie mehr von ihm erwarten. Und er wird es Ihnen geben. Nur an der Spitze läuft er nicht gern, da fehlt ihm die Gesellschaft."

„Ich werde dafür sorgen, dass er das Ziel keine Sekunde aus den Augen verliert, Mr. Donnelly. Ich bin Ihnen wirklich sehr dankbar, dass Sie mir diese Chance geben."

„Bedanken Sie sich bei Miss Grant. Aber wenn ich rieche, dass Sie eine Fahne haben, werden Sie keine weitere mehr bekommen."

„Ich trinke keinen Tropfen. Wir werden unser Bestes geben, schon allein, um diesem Schweinehund Tarmack zu zeigen, wie man ein Vollblut behandelt."

„Alles klar."

Brian ging zum Zaun zurück, wo Keeley stand und an ihrem Softdrink nuckelte. „Ich weiß nicht, ob das mit Larry wirklich so eine gute Idee war, aber immerhin ist er nüchtern und entschlossen, seine Sache wieder gut zu machen, von daher lohnt sich das Risiko vielleicht."

„Diesmal geht es nicht ums Gewinnen, Brian."

Er nahm ihr die Flasche aus der Hand, trank einen Schluck und verzog angewidert das Gesicht. Wie Keeley so etwas schon am frühen Morgen in sich hineinschütten konnte, war ihm absolut schleierhaft. „Es geht immer ums Gewinnen."

„Du hast deine Sache bei ihm wirklich prima gemacht."

„Das wissen wir erst morgen in Pimlico."

„Hör sofort auf damit", befahl sie, während er sich unter dem Querbalken des Zauns hindurchschlängelte. „Dieses Lob ist verdient, und du solltest es auch annehmen. Das ist ein Pferd, das seinen Stolz wiedergefunden hat", sagte sie mit Blick auf die Trainingsgruppe, die an die Schranke geführt wurde. „Und das hat es ganz allein dir zu verdanken."

„Um Himmels willen, Keeley. Er ist dein Pferd. Ich habe ihn nur daran erinnert, dass er laufen kann."

Du irrst dich, dachte sie. Du hast ihm seinen Stolz zurückgegeben, deshalb fühlt er sich jetzt dir zugehörig.

Aber Brians Interesse wurde bereits von dem Pferd in Anspruch genommen. Er zog seine Stoppuhr heraus. „Warten wir's ab, wie gut er sich heute Morgen daran erinnert, dass er laufen kann."

Dicht über dem Boden waberten Nebelschwaden. Der Raureif im Gras glitzerte, als die ersten zaghaften Sonnenstrahlen durch die Wolken brachen.

Es klingelte, dann sprang die Schranke vor den Startboxen auf. Und die Pferde stürmten los.

Die Nebelschwaden, die sich wie silberne Bänder über den Boden schlängelten, wurden von kraftstrotzenden Beinen zerfetzt. Pferdekörper, die von der feuchten Morgenluft glänzten, jagten vorbei.

„Genau so", murmelte Brian. „Halt ihn in der Mitte. So könnte es gehen."

„Sie sind wunderschön. Alle miteinander."

„Er bestimmt das Tempo selbst." Gespannt beobachtete Brian, wie die Pferde die erste Runde drehten. „Das ist gut. Siehst du, dass er sich mit dem Leitpferd zu messen versucht? Jetzt ist es ein Spiel für ihn. Er stellt sich einfach vor, dass er mit einigen Kumpels irgendwo auf der Weide herumtollt."

Keeley lachte und beugte sich vor, während ihr Herz anfing zu hämmern. „Woher weißt du, was er sich vorstellt?"

„Das hat er mir erzählt. Los jetzt, mach dich bereit! Jetzt! Ja, ganz genau … so ist es richtig. Er ist stark. Zwar wird er nie eine Schönheit werden, aber er ist stark. He, sieh doch nur, er holt auf!" Brian legte Keeley aufgeregt eine Hand auf die Schulter und drückte zu, ohne es zu merken. „Er hat mehr Herz als Verstand, und es ist sein Herz, das ihm befiehlt zu laufen."

Als Finnegan nur eine halbe Länge hinter dem Leitpferd durchs Ziel ging, drückte Brian auf die Stoppuhr. „Super. Absolut super. Ich möchte behaupten, dass er dir morgen alle Ehre macht, Miss Grant."

„Das ist nicht so wichtig."

Verständnislos schaute er sie an. „Wie kann man so etwas bloß sagen? Kannst du mir vielleicht mal verraten, wie uns das morgen Glück bringen soll?"

„Mir reicht es schon, ihn laufen zu sehen. Und noch mehr Spaß macht es mir, dich zu beobachten, wie du ihm beim Laufen zuschaust, Brian." Gerührt legte sie ihm eine Hand auf die Brust. „Gib es zu, du hast dich in ihn verliebt."

„Ich liebe jedes Pferd, das ich trainiere."

„Ja, das weiß ich, weil es bei mir genauso ist. Aber in dieses hier hast du dich verliebt."

Verlegen, weil sie recht hatte, schwang Brian sich über den Zaun. „Typisch Frau, aus einem ganz normalen Job eine rührselige Angelegenheit zu machen."

Sie lächelte nur, als Brian hinüberschritt und seinem Pferd liebevoll den Kopf tätschelte.

„Na, das ist ja eine feine Sache. Da ziehen mir meine Tochter und mein Trainer doch tatsächlich einen Konkurrenten heran."

Keeley schaute über die Schulter, als sie die Stimme ihres Vaters hörte. „Hast du ihn laufen sehen?"

„Die letzten Sekunden. Du hast ihn wirklich prima aufgepäppelt." Travis drückte ihr einen Kuss auf den Scheitel. „Ich bin stolz auf dich."

Sie schloss die Augen. Wie leicht ihm das Lob über die Lippen kam und wie schön zu wissen, dass er es auch wirklich so meinte.

„Von dir habe ich gelernt, fürsorglich zu sein, von dir und Ma. Als ich dieses Pferd sah, hatte ich Mitleid, weil du es mir beigebracht hattest." Sie hob den Kopf und gab ihrem Vater einen Kuss auf die Wange. „Danke dafür."

Als er seinen Arm um sie legte, schmiegte sie sich an ihn und kostete es aus, wie warm und behaglich es sich anfühlte. „Brian hatte es richtig gesehen. Dieses Pferd muss laufen. Er ist dafür geboren. Ich wollte ihn retten, aber Brian wusste, dass das nicht reicht. Manchen reicht es eben nicht, einfach nur davonzukommen."

„Das habt ihr beide zusammen geschafft."

„Ja, du hast recht." Sie lachte ein bisschen, als ihr ein Licht aufging, so klar, dass sie sich fragte, warum sie es bisher nicht gesehen hatte. „Völlig recht."

Keeley hatte den Reitunterricht ausfallen lassen. Weil heute eine Art Feiertag war, wie Keeley sich sagte. Ein Tag, an dem Mitgefühl, Einfühlungsvermögen und harte Arbeit gefeiert werden sollten. Es war nicht nur Finnegans Rückkehr auf die Rennbahn, sondern auch Bettys erstes wichtiges Rennen.

Keeleys Eltern hatten vor, ebenfalls zu kommen, genauso wie Brendon.

Wenn es je einen Anlass gegeben hatte, die Schule zu schließen, dann diesen.

Sie machte sich bereits bei Sonnenaufgang auf den Weg zur Rennbahn, wo sie es auskostete, dem Morgentraining zuzuschauen, zu hören, was für Wetten abgeschlossen wurden, und zu spüren, wie sich die Spannung in ihr aufbaute.

„Man könnte fast glauben, es ginge um das Derby, so aufgeregt bist du", bemerkte Brendon, während er mit ihr zu den Reitställen zurückging.

„Er ist mein erstes Rennpferd. Aber ich bin mir ziemlich sicher, dass er auch mein letztes sein wird. Ich werde jeden Augenblick davon genießen, und trotzdem ... meine Leidenschaft ist es nicht. Nicht so wie deine und Dads. Und sogar Mas."

„Du hast deine ganze Leidenschaft in deine Reitschule gesteckt. Ich hätte mir nie vorstellen können, dass du irgendwann aufhörst, an Turnieren teilzunehmen."

„Ich auch nicht. Genauso wenig wie ich mir je hätte vorstellen können, dass es etwas gibt, das ich als ebenso befriedigend und herausfordernd empfinde."

Sie blieben stehen und schauten den Pferden entgegen, die vom Morgentraining zurückgebracht wurden.

Die Pferderücken dampften ebenso wie die Wannen mit heißem Wasser, die man vor den Ställen aufgestellt hatte.

Hotwalker kamen herbeigeeilt, um die Pferde abzukühlen, Stalljungen und Pferdepfleger warteten auf ihren Einsatz. Irgendjemand spielte auf einer Mundharmonika ein wehmütiges Lied, zu dem der auf den Amboss niedersausende Hammer des Hufschmieds den Takt angab.

„Sie zum Sieg zu bringen ist deine Aufgabe", sagte Keeley ein bisschen später zu Brian, wobei sie auf Betty deutete, die eben vorbeigeführt wurde. „Ich bin glücklich, einfach nur zuschauen zu können."

„Ach ja? Und warum bist du dann schon so früh hier draußen?"

„Einer guten alten Familientradition folgend, werde ich mich heute während des Rennens um Finnegan kümmern."

Davon hatte Brian bis zu diesem Zeitpunkt nichts gewusst, und es gefiel ihm ganz und gar nicht. „Reitstallbesitzer kümmern sich nicht um die Pferde. Sie sitzen auf der Tribüne oder im Restaurant. Sie halten sich raus."

Keeley fuhr fort, Finnegan mit Stroh abzureiben. „Wie lange arbeitest du jetzt schon auf Royal Meadows?"

Seine Miene verfinsterte sich augenblicklich noch

mehr. „Seit Mitte August."

„Nun, in dieser Zeit müsste dir eigentlich schon aufgegangen sein, dass sich die Grants nie raushalten."

„Das heißt noch lange nicht, dass ich es auch richtig finde." Er beobachtete genau, wie sie Finnegans Hals striegelte, entdeckte jedoch nichts, was daran auszusetzen gewesen wäre. Aber das war auch gar nicht wichtig. „Ein Pferd vor einer Ausstellung oder vor einem Training oder einem ganz normalen Ausritt fertig zu machen, ist etwas völlig anderes als vor einem Rennen."

Sie stieß einen tiefen Seufzer aus. „Hast du das Gefühl, ich wüsste nicht, was ich tue?"

„Seine Beine müssen eingepackt werden."

Wortlos deutete sie auf die Tücher auf der Leine und die zusätzlichen Wäscheklammern, die sie sich an ihre Jeans gesteckt hatte.

Immer noch nicht überzeugt, musterte er ihre Striegelbürsten und all die anderen Pflegeutensilien, die man so braucht. Die Watte, die Decken, das Geschirr.

„Die Eisen müssen poliert werden."

Sie schaute auf den Sattel. „Ich weiß, wie man Eisen poliert."

Brian wiegte sich auf seinen Absätzen vor und zurück. Er sollte sich endlich um Betty kümmern. „Man muss mit ihm sprechen."

„Was du nicht sagst. Wie das geht, weiß ich auch."

Brian fluchte leise. "Er hat es aber lieber, wenn man singt."

"Wie bitte?"

"Ich sagte, er mag es, wenn man ihm etwas vorsingt."

"Oh." Keeley schmunzelte. "Und was? Ein ganz bestimmtes Lied? Warte, lass mich raten. *Finnegan's Wake* vielleicht?" Als sie Brians bösen Blick sah, lachte sie so sehr, dass sie sich gegen den Wallach lehnen musste. Das Pferd wandte den Kopf und schnüffelte auf der Suche nach Äpfeln an ihren Taschen.

"Es ist nur ein kurzes Lied", gab Brian unbeeindruckt zurück, "und er liebt es, seinen Namen zu hören."

"Den Refrain kenne ich." Keeley gab sich alle Mühe, das erneute Auflachen, das in ihr aufstieg, zu unterdrücken. "Aber ich bin mir nicht sicher, ob ich den ganzen übrigen Text kenne. Soweit ich mich erinnere, hat es mehrere Strophen."

"Tu dein Bestes", brummelte er, dann drehte er sich um und ging im Laufschritt davon. Als er hörte, wie sie anfing, den Song von dem Dubliner zu singen, der gern einen über den Durst trank, verzog er die Lippen zu einem Grinsen.

Als er an Bettys Box kam, schüttelte er den Kopf. "Das hätte ich mir denken können. Wenn die eine Grant nicht da ist, wo sie eigentlich hingehört, ist es der andere auch nicht."

Travis tätschelte Betty die Schulter. "Ist das Keeley, die da singt?"

„Sie macht sich über mich lustig, aber solange sie tut, was nötig ist, soll es mir recht sein. Sie besteht darauf, sich heute um Finnegan zu kümmern."

„Das ist normal bei ihr. Der Dickschädel ebenso wie die Geschicklichkeit."

„Mir saßen noch nie so viele Besitzer im Nacken. Die brauchen wir nicht, stimmt's, Darling?" Brian tätschelte Betty den Kopf, und sie nickte, dann knabberte sie an seinen Haaren.

„Das verdammte Pferd hat sich in Sie verknallt."

„Auch wenn sie Ihre Lady ist, Sir, ist sie doch meine große Liebe, oder was meinst du, meine Schöne?" Er streichelte sie, und als er ins Gälische verfiel, stellte Betty die Ohren auf und begann nervös hin und her zu tänzeln.

„Sie hat es gern, wenn man sie vor einem Rennen ein bisschen anstachelt", murmelte Brian. „Aufpumpt ... nennen Sie das nicht bei Ihren Footballspielern so? Übrigens ein Sport, dessen Spielregeln mir ewig verborgen bleiben werden. Ich frage mich nur immer, warum die Spieler fast die ganze Zeit über auf dem Spielfeld herumstehen und sich die Köpfe heiß reden, statt zu spielen."

„Trotzdem haben Sie am Montagabend gewonnen."

„Beim Wetten, ja. Das ist das Einzige, was ich mit dem Football anfangen kann." Brian griff nach den Zügeln. „Ich gehe noch ein bisschen mit ihr auf und ab, bevor wir sie runterbringen. Sie liebt es, sich zu zeigen. Sie und Ihre Frau sitzen ja sicher irgendwo in der Nähe des Siegertreppchens."

Travis grinste ihn an. „Wir schauen unten vom Zaun aus zu."

„Los, Betty. Gehen wir noch ein bisschen angeben." Daraufhin führte Brian Betty aus dem Stall.

Nachdem Keeley den Satteleisen den letzten Schliff gegeben hatte, rollte sie ihre schmerzenden Schultern und überlegte, dass ihr noch genug Zeit blieb, sich einen Softdrink zu holen, bevor sie Finnegan die letzten aufmunternden Worte ins Ohr flüsterte.

Als sie aus dem Stall trat, musste sie gegen die plötzliche Helligkeit anblinzeln. Sobald ihr Blick wieder scharf war, sah sie Brian, der in der Nähe der Stalltür auf einem umgestülpten Eimer hockte.

Sie erschrak. Die Hände vors Gesicht geschlagen, saß er wie versteinert da.

„Was ist? Stimmt irgendetwas nicht?" Mit einigen langen Schritten war sie bei ihm und kauerte sich vor ihn hin. „Ist was mit Betty?" Sie bekam vor Aufregung kaum Luft. „Ich dachte, sie läuft gerade."

„Sie ist bereits durchs Ziel gegangen. Als Erste."

„Großer Gott, Brian, und ich dachte schon, es ist was passiert."

Als er die Hände sinken ließ, sah sie, dass er völlig erschüttert war. „Mit zweieinhalb Längen Vorsprung", sagte er. „Sie hat mit zweieinhalb Längen

Vorsprung gewonnen, und zwar mit größter Leichtigkeit. Nichts konnte sie berühren, verstehst du? Absolut nichts. So ein Pferd habe ich in meinem ganzen Leben noch nicht trainiert. Sie ist ein Wunder."

Keeley legte ihm die Hände auf die Knie und setzte sich auf ihre Fersen zurück. Das ist wahre Leidenschaft, dachte sie. Zu Brendon hatte sie davon gesprochen, aber jetzt sah sie sie. „Du hast sie so weit gebracht." Bevor er etwas sagen konnte, schüttelte sie den Kopf und fuhr fort: „Ohne ihren Willen zu brechen, allein mit Überredung."

„Ich kann es immer noch nicht fassen. Es war eine dermaßen starke Gruppe. Ich habe sie nur mitlaufen lassen, weil ich dachte, dass ihr ab und zu eine kleine Lektion in Demut nicht schaden könnte. Weil es Zeit wird, erwachsen zu werden, dachte ich ... na, du weißt schon, was ich meine. Zeit, sich an echten Konkurrenten zu messen."

Immer noch völlig fassungslos, fuhr er sich durchs Haar, dann lachte er auf. „Nun, über Demut wird sie jedenfalls nichts mehr lernen."

„Warum bist du nicht bei ihr?"

„Das ist die Stunde deiner Eltern. Sie gehört schließlich ihnen."

„Du musst selbst noch viel lernen." Sie stand auf und klopfte sich den Staub von der Hose. „Jetzt ist Finnegan gleich dran. Willst du nicht reinkommen und einen Blick auf ihn werfen?"

Brian atmete mehrmals tief durch, dann stand er

auf. „Er wird seine Sache anständig machen", sagte er zu Keeley, während er ihr in den Stall folgte. „Könnte nicht schaden, auf Platz zu setzen."

„Ich setze auf ihn." Während Brian in die Box ging, um Finnegan zu begutachten, holte sie aus der Tasche ihrer Jacke, die sie ausgezogen hatte, mehrere Papiere.

„Die Beine hast du gut eingepackt." Er fuhr mit einem Finger über die Steigbügel. „Und die Eisen sind auch gut poliert."

„Freut mich, dass es deinen Beifall findet. Nächstes Mal kannst du es selbst machen." Sie hielt einen Stapel Papiere hoch.

„Was ist das?"

„Papiere, aus denen hervorgeht, dass dir Flight of Fancy, auch Finnegan genannt, zur Hälfte gehört."

„Wovon redest du?"

„Er hat von Anfang an zur Hälfte dir gehört, Brian. Damit wird es nur amtlich."

Seine Handflächen wurden kalt und feucht. „Lass den Blödsinn. Das kann ich nicht annehmen."

Sie hatte damit gerechnet, dass er sich weigern würde, ihr Geschenk anzunehmen, aber sie hatte nicht damit gerechnet, dass er blass werden und sie anfahren würde. „Warum nicht? Du hast geholfen, ihn wieder auf die Rennbahn zu bringen. Du hast ihn trainiert."

„Zwei Wochen lang, in meiner Freizeit. Jetzt nimm das weg, und hör auf mit dem Unsinn."

Als er versuchte, sich an ihr vorbeizumogeln, trat sie einen Schritt vor und verstellte ihm den Weg. „Erstens würde er ohne dich heute nicht antreten. Und zweitens hängst du genauso an ihm wie ich, vielleicht sogar noch mehr. Wenn es das Geld ist, was dir Kopfschmerzen …"

„Das ist es nicht." Obwohl es zu einem gewissen Teil stimmte. Weil es ihr Geld war.

„Was dann?"

„Ich will kein Rennpferd."

„Das ist sehr dumm, weil du nämlich leider eines hast. Ein halbes zumindest."

„Ich habe gesagt, dass ich es nicht annehme."

„Darüber streiten wir uns später."

„Da gibt es nichts zu streiten."

Sie lächelte ihn zuckersüß an, während sie aus der Box ging. „Weißt du, Brian, nur weil du es schaffst, ein Pferd zu überreden, das zu tun, was du willst, heißt das noch lange nicht, dass du es bei mir ebenso schaffst. Ich werde auf unser Pferd setzen. Um zu gewinnen."

„Er ist nicht unser …" Er sprach nicht weiter und fluchte, weil sie den Stall bereits im Laufschritt verlassen hatte. „Und du wettest auch nicht, um zu gewinnen", brummte er. „Es geht nicht gegen dich", sagte er zu Finnegan, der ihn mit sanft blickenden Augen melancholisch ansah. „Ich kann bloß nichts besitzen. Nicht, dass ich dich nicht lieben und respektieren würde, das tue ich wirklich. Aber was ist, wenn ich irgendwann weiterziehe? Und selbst wenn ich es nicht täte – was ich im Moment für nicht ganz ausgeschlossen halte –, kann ich von Keeley nicht einfach ein Pferd annehmen. Auch kein halbes. Doch keine Sorge, das klären wir später schon."

Brian hätte nicht so nervös sein dürfen. Es war jämmerlich. Dabei war es doch nur ein Pferd unter vielen, ein Rennen unter vielen. Finnegan war, anders als Betty, kein glänzendes Talent. Er war ein gutmütiger, Äpfel liebender Wallach, dessen Willen man gebrochen hatte und der in seiner kurzen Karriere weit mehr Rennen verloren als gewonnen hatte.

Obwohl Brian ihn natürlich mochte und ihm nur das Beste wünschte, wiegte er sich nicht in der Illusion, dass dieser Wallach hier ein potenzieller Champion sein könnte.

Er ermöglichte dem Pferd nur, das zu tun, was für es normal war. Was ihm im Blut lag. Und ihm lag es im Blut, möglichst schnell zu laufen.

Trotzdem hatte Brian vor Aufregung Schmetterlinge im Bauch.

„Die Bahn ist trocken", sagte er zu Larry, während sie über den hinteren Rasen gingen. „Das ist gut. Und die Gruppe ist groß, das mag er auch. Blue Devil, die Nummer sechs, hat gute Chancen. Und zwar aus mehreren Gründen."

„Ich kenne Blue Devil." Larry nickte und wälzte seinen Kaugummi im Mund herum. „Er schafft es, sich im dicksten Gewühl durchzuschlängeln. Dann geht er in Führung und pendelt sich bei einer hohen Geschwindigkeit ein."

„Ich gehe davon aus, dass er es heute genauso macht. Und dabei sollen Sie versuchen herauszufinden, was in Finnegan steckt. Ich will nicht, dass Sie ihn überfordern, aber halten Sie ihn in der ersten Runde auch nicht zurück. Lassen Sie ihn seine Beine testen."

„Alles klar, Mr. Donnelly, ich werde mich gut um ihn kümmern. Ah, da kommt ja Miss Grant. Er sieht gut aus, Miss Grant. Sie haben erstklassige Arbeit geleistet."

„Ja." Ein bisschen atemlos, weil sie vom Wettschalter zurückgerannt war, rubbelte sie Finnegan kräftig den Kopf. „Wir haben erstklassige Arbeit geleistet."

Als die Durchsage für die Jockeys kam, trat sie einen Schritt zurück. „Viel Glück."

„Und sprechen Sie mit ihm", schärfte Brian Larry noch einmal ein. „Vergessen Sie nicht, die ganze Zeit mit ihm zu reden. Erinnern Sie ihn daran, wozu er hier ist."

„Die beiden sehen gut aus", entschied Keeley. „Hier, nimm."

„Was ist das denn?"

„Ich habe fünfzig für dich gesetzt."

„Du ... verdammt."

„Du kannst es mir dann ja aus unserem Gewinn zurückzahlen", schlug sie fröhlich vor. „Wir sollten jetzt besser nach vorn gehen. Sonst verpassen wir womöglich noch den Start. Hast du meine Familie gesehen?"

„Nein. Aber bestimmt entdeckst du sie bald. Ihr seid doch nicht zu übersehen." Weil sie sich anschickte, sich einen Weg durch die Menge zu bahnen, griff er nach ihrer Hand, aus Angst, sie könnte womöglich zerdrückt werden. „Ich weiß wirklich nicht, warum du nicht ins Restaurant gehst, dort ist es doch viel zivilisierter."

„Snob."

„Das hat nichts mit ..." Er gab sich geschlagen. „Ich will, dass du diese Papiere zerreißt."

„Nein. Da, sie bringen sie in die Startboxen."

„Ich will auf keinen Fall eine Gewinnbeteiligung an deinem Pferd."

„An unserem Pferd. Wer ist die Nummer drei? Ich habe mein Formular verloren."

„Das ist Prime Target, acht zu fünf, kommt meistens von hinten. Wirklich, Keeley, es ist ja gut gemeint, aber ..."

„Nicht gut gemeint, sondern nur logisch. So, da wären wir." Sie warf ihm ein strahlendes Lächeln zu. „Unser erstes Rennen."

Es klingelte.

Zehn muskulöse Pferde mit Reitern, die sich tief über ihre Hälse duckten, schossen aus den Startboxen. Innerhalb von Sekunden verschmolzen sie zu einer Einheit mit Dutzenden von langen, sich beugenden und streckenden Beinen, die durch die Luft flogen und nur ganz flüchtig den Boden antippten.

Rote, weiße, goldfarbene, grüne Seidenbänder flatterten bunt im Wind. Und der Donnerhall der Hufe war einfach herrlich.

Keeley tastete nach Brians Hand und umklammerte sie.

Vor lauter Aufregung blieb ihr die Luft weg, und ihr Kopf wurde so leer, dass sie keinen klaren Gedanken mehr fassen konnte.

Von der trockenen Bahn stiegen Staubwolken auf, Jockeys wurden wie Puppen nach vorn geschleudert, und nach der zweiten Runde begann die Einheit zu bröckeln.

„Er behauptet sich auf dem vierten Platz", schrie Keeley. „Er hält durch."

Das Leitpferd schob sich noch weiter nach vorn. Um eine Kopfeslänge, eine halbe Körperlänge. Finnegan holte auf, versuchte, sich an die dritte Stelle zu setzen. Keeley hörte die Menge toben, aber ihr Herz hämmerte im Rhythmus der Hufschläge.

Diese Beine beugten, streckten, hoben sich.

„Er holt immer noch auf." Sie begann zu lachen, obwohl ihre Hand Brians angespannt umklammerte. Sie verspürte eine so überwältigende Freude, als säße sie selbst auf dem Wallach. „Er holt auf. Er wird von Sekunde zu Sekunde schneller. Siehst du ihn?"

Brian sah ihn, und das Grinsen auf seinem Gesicht war breit. „Ich habe nicht genug an ihn geglaubt. Längst nicht genug. Er wird sich noch weiter nach vorn schieben."

Und das tat er tatsächlich, ein großes, nicht sehr ansehnliches Pferd mit einer Gewinnchance von zwanzig zu eins und einem abgehalfterten Jockey in den Steigbügeln. Finnegan schoss nach vorn, wobei seine Hufe kaum den Boden berührten, holte das in Führung liegende Pferd ein und galoppierte Kopf an Kopf mit ihm, umtost vom Geschrei der Menge.

Sekunden, bevor er die Ziellinie erreicht hatte, schob er sich um eine Nasenlänge nach vorn.

„Da! Er hat gewonnen." Keeley wirbelte zu Brian herum. Sie fragte sich, ob sein fassungsloser Gesichtsausdruck ihren eigenen widerspiegelte. „Mein Gott, Brian, er hat gewonnen!"

„Zwei Wunder an einem Tag." Ihm entfuhr ein kurzes, verblüfftes Auflachen, dann noch eins, ein längeres diesmal. Außer sich vor Freude packte er Keeley und wirbelte sie im Kreis herum.

„Das hätte ich nie gedacht." Überglücklich reckte sie die Arme in die Luft, daraufhin legte sie sie Brian um den Nacken und küsste ihn. „Nie hätte ich erwartet, dass er gewinnt."

„Du hast auf ihn gesetzt."

„Das geschah aus Liebe, aber nicht, weil ich wirklich daran geglaubt habe. Mir wäre nicht mal im Traum eingefallen, dass er Erster werden könnte."

„Er ist es aber geworden." Brian schwenkte sie noch ein letztes Mal im Kreis, bevor er sie wieder absetzte. „Das ist alles, was zählt."

„Das müssen wir feiern. Das gibt ein Riesenfest!"

Während Bettys Sieg ihn durch diesen berauschenden Beigeschmack von Vorbestimmung bis ins Mark erschüttert hatte, war er über diesen Erfolg jetzt sprachlos vor Freude. Er packte Keeley erneut und tanzte mit ihr durch die Menge.

„Ich kaufe dir eine Flasche Champagner."

„Zwei", korrigierte sie ihn. „Eine für jeden von uns. Wir müssen zur Siegerehrung runtergehen."

„Du gehst. Ich bleibe hier."

Auch wenn er sich wie ein störrischer Maulesel benahm, war er doch ein Mann. Und sie wusste genau, welchen Knopf sie drücken musste. „Mir zuliebe musst du nicht mitkommen und dir zuliebe auch nicht. Aber ihm zuliebe musst du es tun." Sie streckte ihm eine Hand hin.

Er wollte fluchen, aber dann beschloss er, seinen Atem lieber zu sparen. „Na schön, ich begleite dich, als sein Trainer. Gehören tut er dir."

„Nur zur Hälfte", widersprach sie, während sie versuchte, mit ihm Schritt zu halten. „Die andere Hälfte gehört dir. Aber wir können gern darüber streiten, welche."

12. KAPITEL

„Natürlich kümmere ich mich um ihn." Keeley bückte sich, um Finnegans rechten Vorderfuß auszupacken.

„Du solltest raufgehen und feiern."

„Das hier gehört dazu." Behutsam fuhr sie dem Wallach mit der Hand über das Bein, bevor sie das Tuch an die Leine hängte. „Finnegan und ich gratulieren uns gegenseitig, während ich ihn zurechtmache. Aber du kannst mir einen Gefallen tun." Sie zog ihren Wettschein aus der Tasche. „Holst du mir meinen Gewinn ab?"

Brian schüttelte den Kopf. „Im Moment freue ich mich zu sehr, um mich über dich zu ärgern." Mit einer Hand auf dem Pferd beugte er sich vor, um sie zu küssen. „Doch das halbe Pferd nehme ich trotzdem nicht."

Keeley legte Finnegan einen Arm um den Hals. „Hast du das gehört? Er will dich nicht."

„Sag bitte nicht solche Sachen zu ihm. Du verletzt seine Gefühle."

Sie schmiegte ihre Wange gegen den Kopf des Wallachs. „Du verletzt seine Gefühle."

Als ihn zwei Augenpaare musterten, atmete Brian zischend aus. „Darüber unterhalten wir uns später unter vier Augen."

„Er braucht dich. Wir brauchen dich beide."

Sein Magen zog sich schmerzhaft zusammen. „Das ist unfair."

„Es ist eine Tatsache."

Er wirkt so unangenehm berührt, dachte sie innerlich aufseufzend.

Am liebsten hätte sie ihn gepackt und kräftig durchgeschüttelt. Aber jetzt war nicht der richtige Moment, um wütend zu werden und zu verlangen, dass er sich die Frau, die ihn liebte, genau ansehen sollte.

„Wir werden darüber reden." Wir müssen über viele Dinge reden, ergänzte sie in Gedanken. Und zwar sehr bald. „Im Moment werden wir einfach nur glücklich sein."

Er zögerte, während sie fortfuhr, Finnegans Beine auszuwickeln. „Ich war in den letzten Monaten so glücklich wie noch nie in meinem Leben."

„Daran braucht sich nichts zu ändern." Sie hängte die restlichen Tücher auch noch auf und griff dann nach einer Striegelbürste. „Wir sind ein gutes Team, Brian. Wir können viel zusammen machen."

Brian strich Finnegan über die Unterseite des Halses. „Heute haben wir einen sehr guten Anfang gemacht. Hast du vielleicht Lust, nachher mit mir irgendwo hübsch essen zu gehen?"

Keeley warf ihm einen vernichtenden Blick zu. „Ist das jetzt endlich die Verabredung, auf die ich schon so lange warte?"

„Unter den gegebenen Umständen scheint es angemessen." Grinsend befingerte er den Wettschein. „Außerdem sieht es ganz danach aus, als hätte ich nebenbei auch noch ein bisschen Geld verdient."

„Dann würde ich die Einladung sehr gern annehmen."

„Ich muss nur noch nach Betty sehen und dafür sorgen, dass sie gut nach Hause kommt."

„Wenn dir unterwegs jemand von meiner Familie über den Weg läuft, sag Bescheid, wo ich bin, okay?"

„Okay. Na, jetzt hast du deinen großen Moment gehabt, was?", sagte Brian leise zu Finnegan.

Keeley legte die Bürste weg und durchquerte die Box, während Brian ihr die Tür öffnete. „Du kannst dich auch nicht beklagen, Donnelly."

„Das tue ich ja gar nicht. Ich kann mich nicht erinnern, wann ich jemals so einen guten Tag hatte."

Sie legte ihm die Arme um den Nacken und lehnte den Kopf an seine Schulter. „Es wird noch mehr davon geben. Für uns alle." Sie blickte auf. „Wir werden dafür sorgen, dass es noch mehr gibt", versprach sie, während sie ihm den Mund bot.

Wenn er sie im Arm hielt, war es so einfach, sich aus der Realität davonzustehlen und zu träumen.

„Du vernachlässigst unser Pferd." Er schmiegte

seine Wange an ihre und schloss die Augen. „Ich bin gleich zurück."

„Ich werde warten."

Aber er bewegte sich nicht, sondern stand einfach nur so mit ihr da, während das Verlangen in ihm pulsierte. Endlich vermochte er sich von ihr zu lösen, ergriff ihre Hände und zog sie an die Lippen. „Vergiss nicht, ihm Äpfel zu geben. Er frisst sie so gern."

„Ja, ich weiß. Brian ..."

„Ich bin gleich zurück", wiederholte er und ging weg, bevor er sagte, was ihn so sehr bewegte.

„Irgendetwas hat sich verändert", flüsterte Keeley vor sich hin. „Ich spüre es ganz genau." Sie presste ihre Hände, die immer noch warm waren von seinen, an ihre Brust. Oh, das ist wirklich ein herrlicher Tag, dachte sie. Und er ist noch nicht vorbei. Sie wandte sich wieder zu Finnegan um, der sie geduldig beobachtete. „Er liebt mich. Er kann die Worte nur noch nicht aussprechen, aber ich weiß ganz genau, dass er mich liebt."

Sie griff wieder nach der Striegelbürste. „Bevor der Tag zu Ende ist, werden wir durch ein weiteres Ziel gehen. Ich muss mich schön machen. Bei Kerzenlicht, Wein und ..."

Sie sprach nicht weiter, als sie hörte, dass die Tür der Box wieder geöffnet wurde. In der Annahme, dass Brian schon zurück sei, drehte sie sich um. Ihr strahlendes Lächeln verschwand, als sie Tarmack sah.

„Da haben Sie mich aber schön reingelegt, was?"

„Sie sind hier unerwünscht."

„Schnappt mir einfach dieses Pferd weg! Sie sind nicht besser als eine Pferdediebin. Und wahrscheinlich kommen Sie damit auch noch durch, nur weil Sie eine Grant sind."

„Ich habe den Preis, den Sie verlangt haben, bezahlt", sagte sie kalt. Sie roch seine Whiskeyfahne. Und Finnegan roch sie offenbar auch. Das Pferd begann zu zittern. Beruhigend legte sie eine Hand an sein Geschirr. „Wenn Sie eine Beschwerde haben, sollten Sie sich an die Rennkommission wenden."

„Die Ihr Vater schmiert?"

Sie riss den Kopf hoch. Empört funkelte sie Tarmack an. „Reden Sie nicht so über meinen Vater!"

„Ich sage, was mir passt." Er betrat die Box und blickte sie aus glasigen Augen hasserfüllt an. „Ihr seid doch alle Betrüger! Betrüger, die sich einbilden, besser zu sein als Leute wie ich, die sich irgendwie ihren Lebensunterhalt verdienen müssen. Sie haben mir dieses Pferd gestohlen." Er bohrte ihr einen Finger in die Schulter. „Und Sie haben behauptet, dass er nicht fit genug ist, um zu laufen."

„Das war er auch nicht." Sie hatte keine Angst. Hier waren überall Leute, und wenn er ihr zu nahe kam, brauchte sie nur zu schreien. Aber sie war eine Grant, und eine Grant ließ sich nicht so schnell einschüchtern. Sie wurde auch allein mit einem Trunkenbold fertig.

„Aber für Sie konnte er schon laufen, was? Und gewinnen. Dieser Pokal gehört mir und sonst niemandem."

Es geht ihm nur ums Geld, dachte sie. Genau wie Brian gesagt hatte, ging es für manche nur um Geld und nicht um Gefühle. „Sie haben Ihr Geld erhalten. Mehr bekommen Sie nicht. Und jetzt schlage ich vor, Sie verschwinden, bevor ich Anzeige gegen Sie erstatte."

„Wage es nicht, mir den Rücken zuzudrehen, du Luder."

Als er sie am Arm packte und herumzerrte, keuchte Keeley vor Schreck und vor Schmerz. Beim Versuch, sich von ihm loszumachen, zerriss ihr Hemd an der Schulter. Finnegan neben ihr wieherte erschrocken und scheute.

„Sieh mich gefälligst an, wenn ich mit dir rede. Du hältst dich wohl für was Besseres?" Als er ihr einen leichten Stoß versetzte, taumelte sie gegen den Wallach, und Tarmack riss sie wieder nach vorn. „Du glaubst wohl, du bist was Besonderes, bloß weil dein Daddy in Geld schwimmt."

„Ich glaube", erwiderte Keeley mit trügerischer Ruhe, „dass Sie mich loslassen sollten." Sie schob eine Hand in ihre Tasche und schloss ihre Finger fest um einen Hufreiniger.

Es passierte schnell, eine kaum wahrnehmbare Bewegung, ein Geräusch. In dem Moment, in dem sie ihre Waffe herauszog, riss Finnegan den Kopf herum und biss Tarmack in die Schulter.

Tarmack stieß sie zum zweiten Mal gegen Finnegan, und als er den Arm hochriss und ausholte, schrie sie auf und machte einen Satz auf ihn zu, um zu verhindern, dass er seine Faust auf Finnegans Kopf niedersausen ließ.

Die Faust streifte stattdessen ihre Schläfe, woraufhin ihr kurz schwarz vor Augen wurde. Noch während sie ihr Gleichgewicht wiederzufinden versuchte, erschien Brian wie ein Rachegott auf der Schwelle.

Um Finnegan zu beruhigen, drehte sich Keeley zu ihm um und packte seine Zügel. „Es ist gut. Alles ist gut."

Doch als sie draußen vor der Box ein schreckliches Krachen hörte, lief sie aus der Box.

„Brian, nicht!"

Sein Gesicht war maskenhaft starr. Er hatte Tarmack, den er gegen die Wand gedrängt hatte, im Würgegriff, während er mit der anderen Hand gerade ausholte, um erneut zuzuschlagen. Tarmacks Mund und Nase waren bereits blutverschmiert. Um Brian aufzuhalten, hängte sich Keeley an seinen Arm, der sich anfühlte wie heißer Stahl.

„Das reicht jetzt. Es ist gut."

Ohne ihr auch nur einen Blick zu gönnen, schüttelte Brian sie ab und rammte Tarmack seine Faust in den Magen. „Er hat dich angefasst."

„Hör sofort auf." Keuchend packte sie erneut seinen Arm und versuchte, ihn festzuhalten. „Er hat mir nichts getan. Lass ihn los, Brian." Sie hörte, dass Tarmack nach Atem rang, weil Brian ihm immer noch den Hals zudrückte. „Mir ist nichts passiert."

Sehr langsam wandte Brian den Kopf. Als sie den eiskalten Ausdruck in seinen Augen sah, begann sie zu zittern. „Er hat dich angefasst", wiederholte er leise. „Geh mir aus dem Weg."

„Nein." Sie hörte Schreie hinter sich und sah aus dem Augenwinkel, dass Leute herbeieilten. Und sie konnte das Blut riechen. „Es reicht. Lass ihn los."

„Es reicht nicht." Er versuchte wieder, sie abzuschütteln. Vergeblich.

Vor Tarmack hatte sie keine Angst gehabt, aber jetzt hatte sie welche.

„Was ist hier los?"

Als sie die Stimme ihres Vaters hörte, hätte sie am liebsten vor Erleichterung geweint. Die Umstehenden machten ihm Platz. Er schaute ihr lange und forschend ins Gesicht, dann glitt sein Blick über ihren zerrissenen Ärmel, und obwohl die Hand, die auf ihrer Schulter lag, sanft war, entging ihr nicht, dass er die Augen gefährlich zusammenkniff.

„Tritt zurück, Keeley", sagte er mit stählerner Stimme.

„Dad." Sie schüttelte den Kopf, während sie immer noch wie eine Klette an Brians Arm hing. „Sag Brian, dass er ihn loslassen soll. Auf mich hört er nicht."

Hasserfüllt stieß Brian Tarmacks Kopf gegen die Wand, während er wiederholte: „Er hat sie angefasst."

Travis' Augen glitzerten kalt. „Stimmt das?"

„Dad, um Gottes willen." Keeley senkte die Stimme. „Mach was. Er bringt ihn gleich um."

„Lassen Sie ihn los, Brian." Delia, die herbeigeeilt war, hatte die Situation mit einem Blick erfasst. Sanft berührte sie Brian an der Schulter. „Sie sind mit ihm fertig geworden. Jetzt machen Sie Keeley nur noch Angst."

„Ihr Hemd ist zerrissen. Haben Sie gesehen, dass ihr Hemd zerrissen ist?" Er sprach immer noch so langsam, als hätte er Mühe, die Worte zu artikulieren. „Bringen Sie sie hier raus."

„Ja, ja. Aber lassen Sie erst diesen armseligen Mann los. Er ist es nicht wert."

Vielleicht war es ihre Stimme, der singende Tonfall, der schließlich zu ihm durchdrang.

Brian lockerte seinen Griff, und Tarmack schnappte gierig nach Luft.

„Er hat sie in der Box überfallen. Überfallen, verstehen Sie? Und er hat sie angefasst."

Delia nickte. Ihr Blick glitt kurz zu ihrem Mann. Vor langer Zeit hatte er einen Betrunkenen überwältigt, der sie berührt hatte. Sie erkannte die nur mühsam in Zaum gehaltene Gewaltbereitschaft in Brians Augen und verstand ihn. „Jetzt ist alles in Ordnung. Dafür haben Sie gesorgt."

„Ich bin noch nicht fertig." Er sagte es so ruhig, dass Delia nur verblüfft blinzeln konnte, als seine Faust wieder vorschoss und so hart zuschlug, dass Tarmack in die Knie ging.

„Hör auf." Keeley, die nicht wusste, was sie sonst hätte tun können, drängte sich zwischen die beiden Männer und versuchte Brian mit den Händen wegzuschieben. Obwohl es ihr nicht gelang, ihn auch nur einen einzigen Zentimeter von der Stelle zu bewegen, zeigte die Geste doch Wirkung. „Das reicht. Es ist nur ein zerrissenes Hemd. Er ist betrunken und hat sich dumm benommen. Aber jetzt ist es genug, Brian."

„Du irrst. Es wird nie genug sein. Du hast eine zarte Haut, Keeley, und er hat mit Sicherheit seine Spuren darauf hinterlassen, deshalb wird es nie genug sein."

Tarmack kroch auf allen vieren ein Stück beiseite und übergab sich. Travis zog ihn in einer fast geistesabwesend wirkenden Geste auf die Füße. „Ich schlage vor, dass Sie sich bei meiner Tochter entschuldigen und dann verschwinden, sonst lasse ich diesen Burschen wieder auf Sie los."

Tarmacks Magen rebellierte vor Schmerz, und er konnte sein eigenes Blut schmecken, aber die Demütigung traf ihn nicht weniger hart. „Scheren Sie sich zum Teufel. Sie und alle anderen. Ich werde den Kerl wegen Körperverletzung anzeigen."

„Jetzt machen Sie aber mal halblang." Travis entblößte seine Zähne zu einem gefährlichen Lächeln. „Sie sind betrunken und haben sich dumm benommen, genau wie meine Tochter gesagt hat. Und Sie haben sie angefasst."

„Er hat sie angebrüllt, Mr. Grant." Larry bahnte sich seinen Weg durch die Menge. „Ich habe gehört, wie er ihr gedroht hat, als ich in den Stall kam, um nach dem Pferd zu sehen."

Travis hielt Brian im letzten Moment davon ab, sich erneut auf Tarmack zu stürzen. „Nicht", sagte er leise, dann richtete er seine Aufmerksamkeit wieder auf Tarmack. „Sie halten sich in Zukunft von meiner Tochter fern, Tarmack. Wenn ich Sie noch ein einziges Mal in ihrer Nähe erwische, werden Sie Ihr blaues Wunder erleben."

Tarmack wischte sich mit dem Handrücken das Blut aus dem Gesicht und sagte aufsässig: „Und was ist so schlimm daran, dass ich sie am Arm angefasst habe? Ich wollte bloß, dass sie mir zuhört. Außerdem ist sie doch sonst nicht so wählerisch damit, wer sie begrabscht. Bei diesem miesen Schmalspurtrainer hier hatte sie jedenfalls nichts dagegen."

Brian sprang vor, um sich erneut auf ihn zu stürzen, aber Travis war näher dran und fast genauso schnell. Seine Faust krachte gegen Tarmacks Kiefer. Der Mann verdrehte die Augen, als er in die Knie ging.

„Delia, bring Keeley nach Hause, ja?" Travis ließ den Blick über die Umstehenden schweifen und zog herausfordernd die Augenbrauen hoch, während er fragte: „Würde vielleicht jemand den Sicherheitsdienst rufen?"

„Wir hätten nicht gehen sollen." Keeley lief nervös in der Küche auf und ab und blieb jedes Mal, wenn sie am Fenster vorbeikam, davor stehen. „Warum sind sie bloß noch nicht zurück?"

„Darling, du zitterst ja. Setz dich doch jetzt endlich mal hin, und trink deinen Tee."

„Ich kann nicht. Was ist los mit den Männern? Sie hätten diesen Narren zu Brei geschlagen. Was mich bei Brian nicht sonderlich überrascht, aber von Dad hätte ich so etwas nicht erwartet."

Delia warf ihr einen überraschten Blick zu. „Warum nicht?"

Aufgewühlt fuhr sich Keeley mit der Hand durchs Haar. „Weil er sich normalerweise immer unter Kontrolle hat. Im Gegensatz zu dir ... bei dir könnte ich mir schon eher vorstellen, dass du mal zulangst ..." Sie zuckte zusammen. „Entschuldige, ich wollte dich nicht verletzen", sagte sie rasch, aber sie sah, dass ihre Mutter schmunzelte.

„Das habe ich auch nicht so aufgefasst. Gut möglich, dass mein Temperament ein bisschen ... na ja, sagen wir hitziger ist als das deines Vaters. Aber wenn die Situation es verlangt, kann er auch ganz anders. Und hier war es so. Dieser Mann hat sein kleines Mädchen bedroht und ihm Angst gemacht."

„Sein kleines Mädchen war drauf und dran, diesen Mann mit einem Hufreiniger auszuweiden." Keeley atmete laut aus. „Ich habe nie gesehen, dass Dad jemand geschlagen hätte oder auch nur kurz davor war."

„Er benutzt seine Fäuste nicht allzu oft, weil es nicht nötig ist. Doch über diese Sache wird er außer sich sein, Keeley." Delia zögerte, dann deutete sie auf einen Stuhl. „Setz dich einen Moment, ich will dir etwas erzählen."

Nachdem Keeley ihrer Aufforderung gefolgt war, begann sie: „Vor vielen Jahren, kurz nachdem ich hier angefangen hatte zu arbeiten, war ich spätabends noch unten im Stall. Einer der Stallburschen hatte getrunken. Er fiel in einer der Boxen über mich her. Ich kam nicht gegen ihn an."

„Oh Ma."

„Er fing gerade an, mir die Kleider vom Leib zu reißen, als dein Vater in den Stall kam und sah, was da vor sich ging. Er zerrte den Mann von mir weg und prügelte so auf ihn ein, dass ich Angst hatte, er schlägt ihn tot. Denselben kalten Zorn habe ich heute in Brians Gesicht gesehen." Behutsam berührte sie die schwache Verfärbung an Keeleys Schläfe. „Und ich kann es ihm nicht verdenken."

„Ich auch nicht." Keeley ergriff die Hand ihrer Mutter. „Trotzdem war diese Situation anders. Tarmack war wütend wegen des Pferdes und hat versucht, mich einzuschüchtern."

„Drohungen bleiben Drohungen. Wenn ich zuerst da gewesen wäre, hätte ich mich auch eingemischt. Mach dir doch nicht so viele Gedanken, Liebling."

„Ich werde mich bemühen." Keeley hob ihre Teetasse, stellte sie wieder ab. „Ma, was Tarmack über Brian gesagt hat ... von wegen, dass er mich begrabscht hätte. Das war nicht so. So ist das nicht zwischen uns."

„Das weiß ich. Du liebst ihn."

„Ja." Es war schön, es auszusprechen. „Und er liebt mich. Er hat es nur bis jetzt noch nicht über die Lippen gebracht. Und jetzt mache ich mir Sorgen, dass Dad ... na ja, jetzt ist er sowieso schon wütend, und wenn er das, was dieser Dreckskerl gesagt hat, für bare Münze nimmt ..." Sie sprach den Satz nicht zu Ende und stand wieder auf. „Warum sind sie bloß noch nicht zurück?"

Sie lief noch einmal einige Minuten auf und ab und nahm schließlich eine Tablette gegen die Kopfschmerzen. Danach trank sie eine Tasse Tee und versuchte, sich einzureden, sie hätte sich beruhigt.

Und schoss in dem Moment, in dem sie draußen Reifen auf dem Kies knirschen hörte, blitzartig von ihrem Stuhl hoch. Sie kam gerade rechtzeitig an der Tür an, um Brians Truck vorbeifahren zu sehen, während ihr Vater seinen Wagen hinter dem Haus abstellte.

„Und ich habe die Show verpasst." Obwohl er es leicht dahinsagte, glitzerte in Brendons Augen dieselbe Wut, die sie bei ihrem Vater gesehen hatte. „Bist du okay?"

„Mir geht es gut." Keeley beobachtete, wie ihr Vater ausstieg. Sein Gesicht war ausdruckslos. „Ich bin völlig okay", versicherte sie noch einmal, während sie auf Travis zuging.

„Ich möchte, dass du mit ins Haus kommst."

Die Selbstbeherrschung in Person, dachte sie. Es

war beeindruckend und fast ein wenig unheimlich, zu sehen, wie gut er sich trotz seiner Wut im Griff hatte.

„Ja, aber vorher muss ich mit Brian reden." Flehend blickte sie ihren Vater an. „Ich bin gleich zurück."

Sie drückte kurz seinen Arm, dann eilte sie davon.

„Lass sie gehen, Travis", sagte Delia von der Tür aus. „Sie muss das jetzt klären."

Travis schaute seiner Tochter mit zusammengekniffenen Augen nach. „Ich gebe ihr fünf Minuten."

Keeley holte Brian am Fuß der Treppe zu seinem Quartier ein. „Warte!", rief sie. „Ich habe mir solche Sorgen gemacht." Sie war drauf und dran, sich ihm in die Arme zu werfen, aber er wich einen Schritt zurück. Und sein Gesicht war maskenhaft starr. „Was ist passiert?"

„Nichts. Dein Vater hat alles geregelt. Dieser Mann wird dich nicht noch einmal belästigen."

„Das meine ich nicht", sagte sie kurz angebunden. „Was ist mit dir? Bist du okay? Ich hatte schon Angst, du würdest Probleme bekommen. Ich hätte bleiben und den Vorgang schildern sollen. Es war alles so ein Durcheinander."

„Es gibt nichts, worüber du dir Sorgen machen müsstest."

„Das ist gut. Brian, ich wollte dir sagen, dass ich ... Oh Gott! Deine Hände." Sie griff danach, und als sie sich seine geschwollenen, aufgeschürften Knöchel genauer ansah, stiegen ihr die Tränen in die Augen. „Es tut mir so leid. Deine armen Hände. Lass uns nach oben gehen. Ich kümmere mich um sie."

„Das kann ich selbst."

„Sie müssen gesäubert, desinfiziert und …"

„Ich will nicht, dass du noch länger hier bleibst."

Er machte sich von ihr los und stieß einen Fluch aus, als er sah, dass ihr die erste Träne über die Wange rollte. „Verdammt, hör auf zu weinen. Ich bin jetzt wirklich nicht in der Stimmung, zu allem Überfluss auch noch Tränen abzuwischen."

„Warum tust du mir so weh?"

Er wurde von Schuldgefühlen und Traurigkeit überschwemmt. „Ich muss arbeiten." Er wandte sich ab, begann die Treppe hinaufzugehen. Dann aber gewann Wut die Oberhand, und er drehte sich noch einmal um und schleuderte ihr ins Gesicht: „Du wolltest nicht, dass ich dir helfe."

„Wovon redest du?"

„Für einen Quickie oder um dir mit den Pferden zu helfen, bin ich gut genug. Aber nicht, um mich für dich einzusetzen."

„Das ist absurd." Wieder stiegen ihr Tränen in die Augen. „Hätte ich denn tatenlos danebenstehen und zusehen sollen, wie du ihn totschlägst?"

„Ja." Er packte sie bei den Schultern und schüttelte sie. „Es ging ganz allein mich etwas an. Erst hast du dich eingemischt, und dann kam dein Vater und hat alles an sich gerissen. Und dabei hatte es doch ganz allein mit mir zu tun, von wegen Schmalspurtrainer und so."

„Was ist hier los?" Zum zweiten Mal an diesem Tag waren Travis und Delia von lauten Stimmen herbeigelockt worden. Als Travis die Tränen seiner Tochter sah, fragte er wütend: „Was, zum Teufel, geht hier vor?"

„Ich weiß nicht genau." Keeley blinzelte die Tränen weg, während Brian sie losließ. „Dieser Narr hier scheint anzunehmen, dass ich Tarmacks Meinung über ihn teile, nur weil ich ihm nicht erlaubt habe, den Mann totzuschlagen. Offenbar habe ich seinen Stolz mit Füßen getreten." Sie warf ihrer Mutter einen erschöpften Blick zu. „Ich bin müde."

„Geh ins Haus", befahl Travis. „Ich möchte mit Brian reden."

„Ich weigere mich, mich wegschicken zu lassen wie ein Kind. Mischt euch bitte nicht ein. Das geht nur mich etwas an. Mich und ..."

„Ich verbiete dir, in diesem Ton mit deinem Vater zu sprechen." Brians scharfer Befehl erzeugte vielfältige Reaktionen. Keeley sah ihn verblüfft an, Travis runzelte nachdenklich die Stirn, und Delia verkniff sich ein Lächeln.

„Entschuldige, aber ich habe es wirklich satt, ständig unterbrochen und herumkommandiert zu werden wie ein aufsässiges Kind."

„Dann benimm dich auch nicht so", entgegnete Brian. „Auch wenn meine Familie nicht so reich ist wie deine, hat man uns doch Respekt beigebracht."

„Ich verstehe nicht, was das ..."

„Halt den Mund."

Das machte sie sprachlos.

„Entschuldigen Sie, dass ich noch eine Szene verursacht habe", sagte er förmlich zu Travis. „Anscheinend habe ich mich immer noch nicht ganz beruhigt. Ich habe mich noch gar nicht bei Ihnen bedankt, dass Sie den Sicherheitsdienst besänftigt haben, sonst hätte ich womöglich noch Schwierigkeiten bekommen."

„Es gab genug Leute, die gesehen hatten, was passiert war. Sie hätten bestimmt keine Schwierigkeiten bekommen. Sie nicht."

„Eben warst du noch wütend darüber, dass sich mein Vater eingemischt hat."

Brian gönnte ihr nicht einmal einen Blick. „Ich bin über alles wütend."

„Oh ja!" Da Gewalttätigkeit heute an der Tagesordnung zu sein schien, bohrte sie ihm einen Finger in die Schulter. „Du bist einfach nur wütend. Punkt. Er glaubt nämlich, ich hielte ihn für nicht gut genug, um mich vor einem betrunkenen Großmaul zu beschützen. Nun, ich habe Neuigkeiten für dich, du sturer irischer Pferdenarr."

Jetzt ebenfalls wütend, trommelte sie ihm mit der Faust auf der Brust herum. „Ich kann mich nämlich ganz gut allein wehren."

„Er ist aber zwei Mal so groß und vier Mal so schwer wie du, du stures halbirisches Spatzenhirn."

„Ich wäre mit ihm zurechtgekommen, aber ich weiß

deine Hilfe trotzdem zu schätzen."

„Gar nichts tust du! Es ist ständig dasselbe mit dir, alles musst du unbedingt selbst machen. Weil keiner so klug und so kompetent ist wie du. Trotzdem vielen Dank, dass du nach mir pfeifst, wenn du eine kleine Abwechslung brauchst."

„Glaubst du das wirklich?" Sie war so außer sich, dass sich ihre Stimme fast überschlug. „Du solltest für mich nur eine kleine Abwechslung sein? Du schändlicher, beleidigender, widerlicher Dreckskerl."

Sie ballte die Hände zu Fäusten und hätte sie vielleicht sogar benutzt, wenn Travis nicht Brian blitzschnell am Kragen gepackt und gefährlich leise gesagt hätte: „Ich sollte Sie zusammenschlagen."

„Oh Travis." Delia presste ihre Finger an die Schläfen.

„Dad, wage es nicht!" Keeley, die mit ihrem Latein am Ende war, warf verzweifelt die Hände in die Luft. „Ich habe eine Idee. Warum schlagen wir uns nicht alle gegenseitig die Köpfe ein, damit wir es endlich hinter uns haben?"

„Du hast recht." Brian ließ Travis nicht aus den Augen.

„Du hörst jetzt sofort auf, Dad. Ich bin eine erwachsene Frau. Eine erwachsene Frau!", wiederholte Keeley und schlug ihrem Vater mit einer Faust auf den Arm. „Und ich habe mich ihm an den Hals geworfen."

Sie verspürte irgendwie Genugtuung, als ihr Vater diesen kalten Blick jetzt auf sie richtete. „Ja, es stimmt", bekräftigte sie. „Ich habe mich ihm an den Hals geworfen. Ich wollte ihn, deshalb bin ich zu ihm gegangen und habe ihn verführt. Na und?"

„Wie es dazu gekommen ist, spielt keine Rolle", mischte sich Brian ein. „Ich hatte Erfahrung und sie nicht. Ich hatte kein Recht, sie anzufassen, und das wusste ich auch. Ich an Ihrer Stelle würde mich zusammenschlagen."

„Hier wird überhaupt niemand zusammengeschlagen." Delia trat einen Schritt vor und legte Travis eine Hand auf den Arm. „Was ist los mit dir, Liebling, bist du blind? Siehst du denn nicht, was zwischen den beiden ist? Lass den Jungen in Ruhe. Du weißt ganz genau, dass er sich nicht wehren würde, wenn du ihn verprügelst, und dass dir das gar keine Genugtuung wäre."

Nein, Travis war nicht blind. Beim Blick in Brians Augen erkannte er, dass sich sein, Travis', Leben verändert hatte. Aus seinem kleinen Mädchen war unversehens eine Frau geworden. Die ebenso unglücklich über den Verlauf dieser ganzen Geschichte zu sein schien wie er selbst. „Was haben Sie vor?"

„Ich kann in einer Stunde weg sein."

„Ach ja?", fragte Travis in beißendem Ton.

„Ja, Sir." Zum ersten Mal in seinem Leben würde Brian nicht alles, was er brauchte, zusammenpacken und in seiner Reisetasche verstauen können. „Reivers ist fähig genug, um mich zu ersetzen, bis Sie einen neuen Trainer gefunden haben."

Sturer irischer Stolz, dachte Travis. Nun, im Umgang damit hatte er langjährige Erfahrungen. „Ich werde es Sie wissen lassen, wenn Sie gefeuert sind, Donnelly. Delia, haben wir eigentlich noch diese Schrotflinte im Haus?"

„Selbstverständlich", gab sie, ohne mit der Wimper zu zucken, zurück. Und versuchte, sich zu erinnern, wann sie auf den Mann, den sie geheiratet hatte, jemals stolzer gewesen war oder wann sie ihn mehr geliebt hatte. „Ich glaube, ich weiß auch, wo sie ist."

Mit einem Gefühl bittersüßer Belustigung beobachtete Travis, wie Brian alle Farbe aus dem Gesicht wich. „Gut zu wissen. Es freut mich immer wieder, dass meine Kinder Qualität erkennen und zu schätzen wissen." Er ließ Brian los und wandte sich an Keeley: „Wir unterhalten uns später."

Während Keeley ihren Eltern nachschaute und sah, wie ihr Vater die Hand ihrer Mutter nahm, kamen ihr fast wieder die Tränen.

„Ich habe um vieles gekämpft", sagte sie leise, „für vieles gearbeitet und mir vieles gewünscht. Aber im Grunde wollte ich immer nur eins." Sie drehte sich um, als Brian mit unsicheren Schritten zur Treppe ging und sich setzte. „Er wird nicht auf dich schießen, wenn du endlich aufhörst davonzulaufen, Brian."

Das machte ihm auch keine Angst, sondern die Schlussfolgerungen, die sich daraus ergaben. „Ich glaube, ihr seid alle ein bisschen durcheinander. Es war ein aufregender Tag."

„Ja, das stimmt."

„Ich weiß, wer ich bin, Keeley. Ich bin der zweitälteste Sohn von Eltern, die es noch nicht ganz bis in die Mittelschicht geschafft haben und erst seit einer Generation der Armut entkommen sind. Mein Vater liebte den Alkohol und die Pferderennbahn ein bisschen zu sehr, und meine Mutter war fast immer todmüde. Über so etwas kommt man hinweg.

Und ich weiß auch, wer ich bin", fuhr er fort. „Ich bin ein verdammt guter Trainer für Rennpferde, den es nie länger als drei Jahre in einem Job gehalten hat. Obwohl es einem vielleicht Halt gibt. Aber ich wollte mich nie einsperren lassen."

„Und ich sperre dich ein."

Er schaute auf, die Augen blickten wachsam und erschöpft zugleich. „Du könntest es. Aber was würde dann aus dir?"

Sie seufzte, dann ging sie zu ihm hinüber. „Ich weiß auch, wer ich bin, Brian. Ich bin die älteste Tochter von großartigen Eltern. Ich bin in einer liebevollen Umgebung aufgewachsen. Und ich hatte Privilegien."

Da er nichts sagte, hob sie eine Hand und strich ihm eine Strähne aus dem Gesicht. „Und ich weiß auch, dass ich eine verdammt gute Reitlehrerin bin, die hier verwurzelt ist. Hier kann ich etwas bewirken, ich habe bereits etwas geschafft. Aber mir ist klar geworden, dass ich es nicht allein tun will. Ich will dich einsperren und dich nie wieder weglassen, Brian", sagte sie leise, während sie sein Gesicht umfasste. „Ich hämmere schon seit Wochen an diesem verdammten Zaun herum. Seit mir klar geworden ist, dass ich dich liebe."

Er umschloss ihre Handgelenke, drückte sie kurz, bevor er sich eilig erhob. „Du bringst da etwas durcheinander." Die Panik war wie ein Pfeil, der sich in sein Herz bohrte. „Ich habe dir gesagt, dass Sex die Dinge nur kompliziert macht."

„Ja, das hast du. Und woher soll ich den Unterschied zwischen Sex und Liebe kennen, wenn ich vor dir noch nie mit einem Mann zusammen war? Obwohl das außer Acht lässt, dass ich eine intelligente selbstbewusste Frau bin und weiß, dass du nur deshalb der einzige Mann bist, mit dem ich je zusammen war, weil du auch der einzige Mann bist, den ich je geliebt habe. Brian …"

Sie machte noch einen Schritt auf ihn zu, und ihre Augen blitzten belustigt auf, als er zurückwich. „Ich habe mich entschieden. Und du weißt, wie stur ich sein kann."

„Ich trainiere die Pferde deines Vaters."

„Na und? Meine Mutter hat sie früher gepflegt."

„Das ist etwas anderes."

„Warum? Oh, weil sie eine Frau ist, natürlich. Wie dumm von mir, nicht zu begreifen, dass wir uns nicht lieben, dass wir uns kein gemeinsames Leben aufbauen können. Aber wenn Royal Meadows dir gehören und ich hier arbeiten würde, wäre es selbstverständlich etwas anderes."

„Hör auf, dich über mich lustig zu machen."

„Ich kann nicht anders." Sie breitete die Hände aus. „Weil deine Argumente so lächerlich sind. Aber ich liebe dich trotzdem. Wirklich, ich habe versucht, die Sache ganz vernünftig zu sehen. Normalerweise überlege ich mir alles ganz genau und steuere dann ohne Umwege auf mein Ziel los. Aber in deinem Fall …"

Sie zuckte die Schultern und lächelte. „Bei dir hat es nicht funktioniert. Wenn ich dich anschaue, dann … na ja … dann besteht mein Herz darauf, das Kommando zu übernehmen. Ich liebe dich so sehr, Brian. Kannst du mir das nicht auch sagen? Kannst du mir nicht in die Augen schauen und es mir sagen?"

Behutsam strich er mit den Fingerspitzen über den blauen Fleck an ihrer Schläfe. Er wollte sich darum kümmern, wollte sich um sie kümmern. „Wenn ich es täte, gäbe es kein Zurück mehr."

„Feigling." Sie sah, dass seine Augen wütend aufblitzten, und überlegte, wie schön es doch war, dass sie ihn so gut kannte.

„Du schaffst es nicht, mich in die Enge zu treiben."

Jetzt lachte sie. „Pass auf", sagte sie und drängte ihn weiter die Treppe hinauf. „Mir ist heute vieles klar geworden, Brian. Du hast Angst vor mir – vor den Gefühlen, die du mir entgegenbringst. Du ziehst dich in der Öffentlichkeit vor mir zurück, weichst aus, wenn ich die Hand nach dir ausstrecke. Das tut mir weh."

Dieser Gedanke entsetzte ihn. „Ich hatte nie die Absicht, dir wehzutun."

„Nein, absichtlich könntest du das gar nicht. Und wie hätte ich dann verhindern können, dass ich mich in dich verliebe? Ein harter Kopf und ein weiches Herz. Das ist unwiderstehlich. Trotzdem hat es wehgetan. Ich dachte, dass es einfach nur der Snob in dir ist. Mir war nicht klar, dass es deine Nerven waren."

„Ich bin kein Snob, und ein Feigling bin ich auch nicht."

„Dann umarme mich. Küss mich. Sag es mir."

„Verdammt." Er legte ihr die Hände auf die Schultern und hielt sie einfach fest, außerstande, sie entweder wegzustoßen oder an sich zu ziehen. „Es ist im ersten Moment, in dem ich dich sah, passiert. Als du in den Raum kamst, blieb mir fast das Herz stehen. Ich fühlte mich wie vom Blitz getroffen. Bis dahin ging es mir gut."

Ihr wurden die Knie weich. Ein harter Kopf, ein weiches Herz, und dann, ganz überraschend, ein schwindelerregender Schuss Romantik. „Warum hast du mir das nie gesagt? Weshalb hast du mich so lange zappeln lassen?"

„Ich habe geglaubt, dass ich darüber hinwegkomme."

„Darüber hinwegkommen?" Sie zog die Augenbrauen hoch. „Wie über eine Grippe?"

„Vielleicht." Er ließ sie los und wandte sich ab, um auf die Hügel zu schauen.

Keeley schloss die Augen, ließ sich vom Wind das Haar zerzausen, die Wangen kühlen. Als sie ganz ruhig geworden war, öffnete sie die Augen wieder und lächelte. „Eine richtig schwere Kopfgrippe wird man nicht so leicht wieder los."

„Das brauchst du mir nicht zu sagen. Ich wollte nie in meinem Leben irgendwelchen Besitz", begann er, immer noch mit dem Rücken zu ihr. „Es ging ums Prinzip. Aber wenn ein Mann beschließt, sesshaft zu werden, ändert sich manches."

Manches ändert sich tatsächlich, dachte er. Vielleicht hatte sie ja recht, und er war wirklich lange Zeit davongelaufen. Aber wenn er nicht davongelaufen wäre, wäre er auch nie hier gelandet.

Schicksal. Er war zu sehr Ire, um seinem Schicksal nicht dankbar zu sein, wenn es ihm einen Schlag verpasste. „Ich habe Geld gespart. Eine ganz anständige Summe, weil ich immer bescheiden gelebt habe. Es reicht, um ein Haus zu bauen oder zumindest damit anzufangen. Vermutlich möchtest du hier in der Nähe bleiben ... wegen deiner Reitschule und deiner Familie und allem."

Sie musste wieder die Augen schließen. Tränen würden ihn nur in Verlegenheit bringen. „Auf diese Art von Einzelheiten achte ich normalerweise genau, aber im Moment sind sie mir nicht so wichtig. Sag es doch einfach, Brian. Ich muss es hören, dass du mich liebst."

„Dazu komme ich noch." Er drehte sich wieder zu ihr um. „Nie hätte ich gedacht, dass ich jemals eine Familie will. Aber mit dir wünsche ich mir Kinder, Keeley. Unsere eigenen Kinder. Bitte, wein jetzt nicht."

„Ich werde mir Mühe geben. Beeil dich."

„Bei so einer Gelegenheit kann ich mich nicht drängen lassen. Zwinkere sie weg, sonst verpatze ich es. Anders geht es nicht." Er ging auf sie zu. „Ich will keine Pferde besitzen, aber bei dem Geschenk heute könnte ich ja vielleicht eine Ausnahme machen. Als eine Art Symbol. Ich hatte kein Vertrauen zu ihm, kein wirkliches Vertrauen, ich konnte mir nicht vorstellen, dass er laufen würde, um zu gewinnen. Und zu dir hatte ich auch kein Vertrauen. Gib mir deine Hand."

Sie griff nach seiner und umschloss sie mit ihren. „Sag es mir."

„Ich habe diese Worte noch nie zu einer Frau gesagt. Du bist die erste, und du wirst die letzte sein. Ich habe dich vom ersten Augenblick an geliebt. Mit der Zeit aber ist diese Liebe noch stärker und tiefer geworden, sodass sie jetzt wie etwas Lebendiges in mir ist."

„Das ist alles, was ich hören wollte." Zärtlich berührte sie seine Wange. „Heirate mich, Brian."

„Verdammt noch mal, Keeley! Wirst du mich wohl fragen lassen?"

Sie musste sich auf die Lippen beißen, um ein leises Auflachen zu unterdrücken. „Entschuldige."

Lachend hob er sie hoch und schwenkte sie im Kreis. „Na, was denn sonst, zum Teufel! Natürlich werde ich dich heiraten."

„Auf der Stelle."

„Auf der Stelle." Er küsste sie leicht auf die Schläfe. „Ich liebe dich, Keeley, und da du Spatzenhirn bereit bist, einen sturen irischen Pferdenarr zu heiraten, werde ich jetzt ins Haupthaus gehen und bei deinem Vater um deine Hand anhalten."

„Frag einfach mich, Brian – wirklich."

„Ich will alles richtig machen. Aber vielleicht nehme ich dich ja mit, nur zur Sicherheit, falls er diese Schrotflinte gefunden hat."

Sie lachte und schmiegte ihre Wange an seine. „Ich werde dich beschützen."

Er stellte sie wieder auf die Füße. Und dann gingen sie Hand in Hand an den bunten Herbstblumen, den weißen Zäunen und den Weiden, auf denen Pferde grasten, vorüber.

Und Keeley, die Brians Hand ganz fest hielt, hatte nun alles, was sie sich gewünscht hatte.

– ENDE –